Hendrik Otremba

Über uns der Schaum

Roman

VERBRECHER VERLAG

1. Auflage
Verbrecher Verlag Berlin 2017
www.verbrecherei.de

Chinesische Übersetzung Kapitel 8: 黎佳昳 LI Jiayi mit der Unterstützung von Felix Meyer zu Venne.
Illustrationen: Hendrik Otremba
Satz und Gestaltung: Christian Walter
Druck und Bindung: CPI Clausen & Bosse, Leck

ISBN: 978-3-95732-234-0

Printed in Germany

Der Verlag dankt Insa Hansen-Goos.

Für Dommi.

Als die Wellen in der Atmosphäre verebbt waren,
lag der Planet für einen Moment ganz still

Shabbatz Krekov, Dichter (verschollen)

Prolog

Der erste Schlag hatte direkt gesessen, er taumelte, ein metallischer Geschmack füllte seinen Mund. Wenn er jetzt dem Klingeln folgte, würde er niedergehen. So aber preschte er mit dem Kopf nach vorn, der einzige Ausweg, der ihm blieb, hob die Arme angewinkelt an, und als er sich auf der Höhe seines Gegners befand, schlug er blindlings drauflos. Mit flackernden Augen versuchte er, ein Bild seines Angreifers zu gewinnen. Eine Vogelscheuche. Kein Gesicht, Dunkelheit, die Haare lang und strähnig. Das Wesen trieb ein Knie in seinen Magen, er zog sich zusammen. Eine Tüte, aus der man mit dem Mund alle Luft aussaugt. Die Fäuste prasselten mit unsagbarer Geschwindigkeit auf seinen Kopf, der nun, in gebückter Haltung, ein wahres Ziel abgab. Ein paar Schwinger links und rechts in die Nieren seines Gegenübers konnte er noch landen, doch waren sie ohne Kraft, sabotierten mehr den eigenen Schutz, als dass sie seine Position verbessert hätten. Er war der Gewalt ausgeliefert. Das fingrige Werkzeug seines Feindes traf ihn im Gesicht, hub ihn hoch. Er stand da, mit geschlossenen Augen, wartend, nur einen Augenblick. Die Vogelscheuche tat einen Schwinger und schlug ihn zu Boden. Sein Körper kippte in eine Lache giftigen Wassers, platschte einem Stein gleich in die trübe Pfütze. Stiefeltritte setzten nach, unermüdlich, traktierten ihn in schnellem Takt, wie abgezählt. Das Wasser der Pfütze spritzte umher. Immer wieder erwischte die Vogelscheuche die kaputten Rippen und die Stiefel scheuerten über die Naht am Rücken. Schließlich hielt der Angreifer inne, stand breitbeinig über ihm. Es war, als sammelte das unheimliche Wesen Energie, um ihn endgültig zu zerstören, als wolle es den Moment vor dem Todesstoß noch genießen. Dann setzte die hagere Gestalt einen schrillen Schrei in die Nacht ab, setzte ein Signal, markierte: *Ich werde dich dem Leben nun entreißen.*

Da erhob sich ein Geräusch, dröhnend, es verband sich mit dem Schrei. Tief eingebrannt in die Menschen war dieser Klang, einst hatte er drohende Bombardements angekündigt, als es sich noch lohnte, Kriege zu führen oder sich gegen Angriffe überhaupt zu verteidigen. Noch immer schauten die Menschen in den Himmel, wenn er erklang. Nun aber, wo doch ohnehin alles verloren war, rollten die Schallwellen aus einem anderen Grund durch die Häuserschluchten, endlos hingezogen, hoch und tief, in langsamen Ellipsen. Ein Regen wurde angekündigt. Weynberg hörte noch die sich schnell entfernenden Stiefel seines Angreifers auf dem Asphalt, als er schon im Begriff war, sich aufzurichten. Schmerz und Erschöpfung forderten von ihm, einfach liegen zu bleiben. Doch er durfte diesem Ruf nicht folgen. *Aufrichten!* Er musste leben. Nur noch kurz. Für Hedy und auch für Maude. Er hob den Kopf aus der Pfütze. Das Wasser und sein Blut, dünner, mit der trüben Giftsuppe vermischt, liefen an ihm herunter.

Weynberg stolperte auf eine Telefonzelle zu, als die ersten Tropfen kamen. Ließ sich hineinfallen, die Tür schloss, er sank auf dem Boden in sich zusammen. Dann goss es los. Ein Regen wie ein Bombenhagel. Alles ward nass vom giftigen Niederschlag. Laut, tosend, ein Wasserfall. Licht blitzte auf, so hell, dass er ganz in seinem Schatten verschwand. Ende.

I

»Das ist die Arbeit, das ist der Preis
So geht's bei Detektiven
Eine Pflanze wächst im Kleiderschrank
Nimm dich in Acht vor ihren Trieben«
Weynberg

Ich bin Weynberg, ich fahre Auto wie ein junger Gott, und ich ficke wie ein junger Gott. Ich breche Nasen und Herzen, wenn mir einer dumm kommt, mach ich ihn kaputt. Mir kann keiner was, ich brauche keinen Lehrer, ich dulde keine Schüler, ich brauche niemanden. Meine Fäuste sind wie Stahl, mein Geist ist wach, ich durchdringe alles, ich durchdringe dich, ich kriege jeden, ich kann es mit euch allen aufnehmen, es lohnt nicht, sich vor mir zu verstecken. Ich mache keine Witze, und es gibt auch nichts zu lachen, und keiner kann mir widerstehen, ich werde gewinnen, auch wenn es kein Spiel gibt, das überhaupt zu gewinnen wäre. Wer meinen Schwanz will, darf sich anstellen, aber hofft auf nichts, ich ficke nur, wen ich ficken will. Krabbelt, krabbelt doch, und ich lache nur, sonst nichts. Oh, ich mache es so gut. Ich mache es so gut. Keiner macht es so gut wie ich. Aber macht euch keine Hoffnung. Ich mache nur noch, was ich will, ich mache nur noch, was ich will, mache nur noch, was ich will. Was wollt ihr denn von mir? Kommt doch her, ich nehme jeden von euch ran, ich zerschmeiße euch wie Fliegen, ihr entkommt mir nicht. Wenn ihr mich anguckt, ach, wenn ihr nur an mich denkt, habt ihr schon verloren. Ich habe mich noch nie so gut gefühlt wie gerade jetzt in diesem Augenblick, verdammt, mein Saft wird für euch alle reichen, ich mache es euch allen gleich, oh – es wird euch nicht gefallen, aber ihr könnt nicht anders, ihr braucht es. Ich brauche gar nichts, keiner kann mir was.

So schreit es in mir, für eine Weile. Mein ganzer Körper zittert, ich liege auf der fleckigen Matratze eines Bettes, das nicht mir gehört, kalter Schweiß steht mir im Gesicht, überall, meine blöden Haare kleben mir auf der Stirn, es ist so komisch heiß hier drin, aber ich kann die Jacke nicht ausziehen. Ich glaube, ich habe zu viel genommen, zu viel versucht, das Portobin frisst sich überall durch, ich brauche irgendwas, um runterzukommen. Ich würde so gerne schlafen, aber mein Herz geht zu schnell, geht immerzu schneller, es rast, mein Körper zuckt, die Atmung geht viel zu schnell, alles geht gerade viel zu schnell. Ich bin in einem dunklen Zimmer, durch die Löcher in den Vorhängen fällt ein wenig Licht, meine Augen brennen. Ich muss in der Dunkelheit bleiben, und ich brauche Ruhe, muss schlafen, endlich schlafen.

Wenn ich rechne, wenn ich die Stunden mit der Zungenspitze an meinen Zähnen abzähle, bemerke ich es. So geht es nicht weiter. Aber ich muss mich melden, muss Bericht erstatten, *ich bin doch noch gar nicht weit gekommen,* Lang wird mich opfern, er wird einen Anderen beauftragen, er wird sich meiner entledigen, bald bin ich weg. Und sie, sie wird doch nicht auftauchen, ich warte, seit zwei Tagen warte ich hier. Ich will sie sehen, wird es mich auch wieder zerreißen.

Meine Beine liegen weit ausgestreckt, schon *bin* ich halb zerrissen, die Hose offen, der Oberkörper lehnt ab einem der oberen Wirbel krumm am Kopfe des Bettes. Es ist nicht bequem, aber ich kann mich nicht bewegen, meine Arme sind wie tot, ausgestreckt, sie sind einfach so *da*, ich liege hier, seit Stunden liege ich nur da. Das Fenster, ich muss aus dem Fenster schauen, aber es ist viel zu weit weg. Ich kann nicht mehr, ja, mein Arm, der tut weh, tut so weh. Das Portobin macht mich irre, ich fühle mich so gut, im einen Moment, also länger,

länger als nur für einen Moment, und glaube auch daran, und kurz darauf bin ich wie Dreck, klebe wie Scheiße am Boden, das geht so nicht weiter.

Nachdem ich das letzte Portobin genommen hatte, ging es richtig ab, es war noch ein bisschen zu viel für einen Versuch, doch nicht genug für zwei Rationen, da habe ich alles fertig gemacht, alles probiert, jetzt weiß ich, dass es zu viel war, jetzt habe ich Angst. Ich brauche irgendwas anderes, irgendwas dagegen, ich muss irgendetwas essen, aber ich habe keinen Hunger. Ich brauche ein neues Loch im Gürtel. *Dreck!* Was mache ich wieder? An was ich alles gedacht habe, zu was ich in der Lage wäre. Aber es geht, es ist Phantasie, da geht das, da kann ich alles machen, da tut es niemandem weh.

Außerdem ist es das Portobin, es verschärft alles. Immer, wenn ich gekommen bin, war da ein Moment von Klarheit, wenigstens, und davor auch. Aber jetzt, wo die Wirkung nachlässt, wo die Euphorie nicht mehr zurückzuholen ist, kehrt sich alles ins Gegenteil. Die Angst. Ich kann nicht mehr, alles tut mir weh. Aber ich weiß ja, was es ist. Langsam, ganz langsam, beruhigt sich mein Atem. Das ist trügerisch, kann auch nur eine kurze Phase sein, im Runterkommen, das kenne ich schon, habe ich zu oft schon erlebt – es kann jeden Augenblick wieder losgehen, ich muss aufpassen, darf mich nicht wieder aufregen, darf keine Angst haben. Angst ist das Schlimmste. Angst erzeugt nur Angst, Angst hat keinen Sinn, Angst ändert nichts an der Situation, Angst verhindert Veränderung. Respekt hätte ich haben sollen, Respekt sollte ich haben, nicht dumm sein, nicht so, wie ich es jetzt bin.

Langsam, langsam jetzt. Atmen. Atmen. Langsam. Atmen. An der Decke über mir taxiere ich einen alten Wasserfleck, der das schmutzige Weiß verdunkelt. Braun ist die Decke da geworden, eine gescheckte Fläche, das Wasser hat den Staub und alles, was im Boden war, mit sich nach unten gezogen, hat einen Fleck gezeichnet. Es sieht so aus, als habe jemand, ein früherer Bewohner dieses Zimmers, die Ränder des Wasserflecks immer wieder mit einem dünnen Bleistift nachgezogen, immer aufs Neue, wenn er um einen Zentimeter gewachsen war. So erinnert das Gebilde an eine Insel auf einer Landkarte, eine dreckige Insel aus der Perspektive eines Vogels, eine Insel von Welt, mit Gebirgen, riesigen Bergen aus Scheiße und Morast, die sich zum Himmel erheben. Ich verliere mich in den Schluchten der Insel und entkomme. Das bringt mich runter, wie ich da den Fleck beobachte, mit der Zunge im Mund seine Umrisse nachzeichne, sie mit den Augen verfolge. So schreit es in mir, für eine Weile, und nun wird es langsam still.

Ich vernehme das leise Quietschen des Ventilators an der Decke, der einen milden Sturm über die Insel fegt, höre den Atem der Insekten, die tippelnden Schritte der Kakerlaken. Ich beruhige mich, das alles beruhigt mich. Aber ich weiß schon, dass ich es wieder tun werde, manchmal geht es ja auch, manchmal ist es richtig gut, wenn ich nicht so leichtfertig damit umgehe, wenn ich vernünftiger bin. Dann geht es, dann ist es manchmal gut.

Ich wache langsam wieder richtig auf und fühle mich wie vertrocknet, mein Glied tut weh, mein Mund ist ganz stumpf und taub, und ich fühle mich furchtbar, ich stinke, ich schäme mich für alles. Vorsichtig ziehe ich die Fliegerjacke aus, mein Arm beginnt unmittelbar zu pochen, und da ich den rechten Ärmel an der Stelle, an der es mich erwischt hat, mit Panzerband umwickelt habe, muss ich einige Verrenkungen anstellen, um die Jacke loszuwerden. Verdammt, die schöne Jacke. Der Ärmel ist zerfetzt, und das Blut unter dem Panzerband bekomme ich auch nicht mehr weg. *Oder ich lasse sie einfach so.* Meine vom Dreck steifen Jeans strampele ich ab, die Unterhose ebenso, mit dem Hemd halb offen stolpere ich ins Bad. Ich sehe nicht gut aus, keiner würde mich mögen, käme ich jemandem so unter. Gut, dass ich hier alleine bin. Gut, wenn überhaupt irgendetwas gut ist gerade.

Diese Zimmer geben mir den Rest. Schön ist es hier sicher einmal gewesen, davon zeugen noch die Armaturen, der große Spiegel, das Holz, doch das ist lange her, nun sind die Räume eine traurige Erinnerung an eine andere Zeit geworden. Wie passiert so etwas, und wie lange dauert es, bis ein Raum alles verliert? Irgendwann mal fühlte sich jemand beim Betreten dieser Räume erhaben, da bin ich sicher. Irgendwann vor Jahren. Jetzt sind hier nur noch Schmutz und Verfall.

Ich hänge so halb über dem breiten Waschbecken. Der fleckige Marmor, der es umschließt, fühlt sich an meinen Unterarmen kalt an, selbst durch den Stoff des Hemdes. Ich stemme mich hoch, drücke mich mit den Händen ab. *Klingelt im anderen Zimmer ein Telefon?* Mein Gegenüber im Spiegel scheint sich langsamer zu bewegen als ich, aber ich bin es, muss es sein, das Wesen da sieht so furchtbar aus wie ich. Langsam geht es. Etwas Vernünftiges beginnt in mir zu walten. Wenn ich leben will, wenn ich weiter machen will, brauche ich eine Pause, muss ich an mich denken. Ich werde den Fall abgeben. Fast ist es eine rationale Entscheidung. Etwas zu essen, eine Dusche oder ein Bad, Wasser, viel Wasser, und schlafen, bis die Träume wieder schön werden. Wie ich aussehe, wie ich zugerichtet bin.

Ich meine, ein Saxophon zu hören. Vielleicht ist es auch gar nicht da, das habe ich manchmal, wenn ich runterkomme, dann, wenn alles in Watte, alles etwas langsamer ist. Oder ist es auf der Straße? Ein paar Worte erheben sich zur Melodie in meinem Kopf.

Die Haut ist Leinwand eines Lebens
Die Haut trägt Spuren mit davon
Die Haut, sie zeichnet Tag und Nacht nach
Die Haut ist schön, kennt kein Pardon

Solche Einfälle kommen immer in den dümmsten Momenten. Ich hätte ein blöder Dichter werden sollen, dann würde ich wenigstens mit Stil verarmen. Wann ist man eigentlich ein Dichter? *Wenn man arm ist und die Worte sich aufeinander reimen.* Die Sätze versuche ich mir zu merken.

So drehe ich den Hahn auf, wische mir kaltes Wasser ins Gesicht, streife das Hemd ab. Der Verband am Arm hat sich gelockert, den weißen Mull unterm Panzerband ziert ein rotbrauner Fleck. Aber ein bisschen zögere ich noch, ihn zu wechseln. Ich zünde mir eine Zigarette an, um ruhiger zu werden, schmeiße das Streichholz ins Waschbecken. Kurz zischt es auf, dann ist es nutzlos. Mein Körper gleicht einem mit Wachs überzogenen Skelett. Diese Selbstversuche werden mich noch umbringen. Das Portobin frisst mich auf. Ich muss damit aufhören. Ich schleiche zurück ins Schlafzimmer, so, als ob ich mich vorsehen wollte, jemanden zu wecken; aber da ist ja *wirklich* niemand.

Neben dem Bett hängt ein Gemälde, der Akt eines Mannes. Mit Stift und Pinsel hat der Maler die Rippen hervorgeholt, ihnen mit Tusche und Wasserfarben eine Textur gegeben, ganz dreckig sieht die Haut aus, ein ausgemergeltes Bild. *Die Haut ist Leinwand eines Lebens.* Ich bleibe hängen, starre das Gemälde an, starre hindurch und sehe nur mich. *Nicht mehr lange und ich sehe aus wie so einer, mit diesen Rippen.* Ich muss mir angewöhnen, wieder regelmäßig zu essen, sonst werde ich weiter durchhängen, nicht vorwärtskommen, ständig nur kassieren, wenn es zur Sache geht. Und das Portobin muss ich einschränken oder endlich aufhören mit diesem Dreck, überhaupt rauche ich zu viel und trinke auch über die Maßen. Ich habe schon wieder die Spur verloren und hänge in der Luft.

Ob Maude gegenüber auftaucht? Der alte Wurmfresser, ein Trinker, ein Porto, ein Fixer vor dem Herrn, hat es mir erzählt. Er war ihr selbst lange nachgelaufen, tat es auf eine Art noch immer.

Hier gegenüber trifft sie sich mit Männern, manchmal auch mit Frauen, manchmal mit Männern und Frauen, in der Wohnung eines Freundes, der ihr genauso verfallen ist, wie jeder, dessen Herz mal gebrochen war. Und wessen Herz ist nicht gebrochen worden in dieser Stadt? Manchmal schaute der Freund ihnen zu, erzählte der Wurmfresser. Ein Voyeur, wie ich.

Ich denke an den Wurmfresser, seinen Geierkopf. Sein Herz war schon lange gebrochen. Sie hatte es zu Staub zerrieben. Er lallte bereits, als ich mit ihm sprach, Mitte der Woche ist das gewesen. Ein Trinker. Ein Fixer. Ein Porto wie ich. Nachdem ich auf der Straße ein paar Leute vorsichtig durchgeschüttelt, ihr Gedächtnis abgeklopft und mir dabei den Arm verletzt hatte – jemand mir den Arm verletzt hatte –, wusste ich, dass sie manchmal in diese Bar ging, ins Kim, und weil ich das am besten konnte, hatte ich eine Nacht dort getrunken und beobachtet, hatte dabei eines von Langs Fotos, die er mir gegeben hatte, von Zeit zu Zeit in den Händen gedreht und angestarrt, meinen Köder geworfen. Als sich bereits eine Melancholie in dem Stimmgewirr der anderen Gäste durchzusetzen begann, hatte der Wurmfresser angebissen, hatte sie auf dem Foto erkannt, mich angesprochen, hatte mir dann sein Herz ausgeschüttet, wie sie ihn aufgelesen hatte, an einem guten Abend, wie er ihr verfallen war, sie dann mit Geschenken überhäuft hatte, obwohl er doch kein Geld besaß, nicht für seine Kinder zahlen konnte, und wie sie ihn immer nur so weit an sich herangelassen hatte, dass er die Hoffnung nicht aufgeben konnte. Bis sie irgendwann ein neues Spielzeug gefunden hatte. Das sagte er nicht so, aber das war es, was er dachte. Ich konnte in seinen Kopf sehen. Eine kurze Geschichte. Eine traurige Geschichte. Er war ihr nachgelaufen, bis er von einem ihrer Liebhaber ein paar Hiebe bekommen hatte. Manchmal drückte er sich noch durch die dunklen Gassen um ihre Wohnung, die ich nun seit zwei Tagen beobachte. Er konnte mir versichern, dass sie dort wenigstens ein Mal die Woche auftauchte, häufig zwei Mal. Doch ich scheine Pech zu haben, seit ich hier bin, ist da niemand.

Irgendwas zieht mich zum Fenster, eine Ahnung. Ich bin unruhig. Das kommt meistens mit der wiederkehrenden Klarheit, der relativen

Klarheit – die Unruhe. Ich gehe also zum gekippten Fenster und schnippe die Zigarette durch den Spalt in die tiefe Häuserschlucht, blicke hinaus. Es hat aufgehört zu regnen, die giftige Feuchtigkeit hängt noch in der Luft. Es ist ungemütlich da draußen. Ich bin im 15. Stock. Unten auf den Straßen ist niemand, so scheint es, manchmal fährt ein Auto vorbei. Ich blicke rüber in den 14. Da erwischt es mich. Fast mantrisch habe ich immer wieder hinübergeschaut in den vergangenen zwei Tagen, langsam den Glauben daran verloren, dass sie dort noch auftauchen wird. Die letzten Stunden habe ich zudem mit dem Versuch an einer guten Menge Portobin vertan, bin fast am Schüttelfrost erfroren und dann wieder nahezu verbrannt, in der Einsamkeit, habe Stunden in einem *Zustand* zugebracht, da ist mir die Aufmerksamkeit abgegangen.

Doch nun ist etwas, jetzt passiert etwas. Gegenüber regt sich etwas. Endlich, die zwei Tage haben mir nicht gutgetan, außerdem ist es vergeudete Zeit, wäre vergeudete Zeit gewesen. Plötzlich allerdings ändern die vergangenen 48 Stunden ihre Vorzeichen. *Sie* ändert die Vorzeichen. Maude Anandin – wer bist du nur?

Sie betritt das Zimmer, wie ich es gerade im Bad geahnt habe. Das bin ich einfach, ich weiß es manchmal, wenn jemand kommt. Ewig habe ich sie nicht mehr gesehen, so kommt es mir in diesem Moment jedenfalls vor, so befreiend und schmerzhaft ist es. Und wieder geht mir ein Stich durch den Körper. Sie ist mit zwei Männern da, Lachen, das gelbliche Licht entflammt, zeigt die edle Einrichtung der alten Wohnung, mit ihren hohen Decken, dem schweren Teppich, dem luxuriösen Mobiliar, so weit aus der Zeit, dass die Einrichtung sich ganz von ihr befreit hat. Endlich habe ich ihre Fährte wiedergefunden. Ich ziehe die schweren Vorhänge ein wenig zu, lösche das wenige Licht, hole mir einen Stuhl heran und beobachte aufgeregt die großen Fenster gegenüber.

Ein Treiben, ja. Es trifft mich schmerzlich. Noch kein Wort habe ich mit ihr gesprochen. Doch es tut weh, sie mit diesen Männern zu sehen. Ich weiß, was jetzt passieren wird, es erregt mich und fühlt sich gleichzeitig an wie ein Schlag in die Magengrube. Ich beobachte sie bereits eine Weile und es ist nicht das erste Mal, dass ich etwas in dieser Richtung anschaue. Und alle, mit denen ich geredet habe, der Wurmfresser, Gustav Lang selbst, die Männer in den Bars, die Jungs auf der Straße, haben mir Geschichten erzählt, Puzzleteile, aus denen sich langsam ein Bild geformt hat. Mein Herz rast, ich sitze da auf diesem Stuhl, mein Körper zittert. Sie ist so schön, und diese Männer, sie haben beide etwas Unheimliches, sind umgeben von einer dunklen Aura. Warum geht sie mit solchen Ungeheuern mit? Warum nimmt sie sie mit? Diese Männer sind so hässlich.

Das ist ihre einzige Gemeinsamkeit, die Hässlichkeit, sonst könnten sie kaum unterschiedlicher sein. Der eine ist untersetzt, dick, er trägt einen Zopf, seine schwarzen Haare werden schon licht, außerdem glänzen sie, vielleicht Fett, vielleicht Wachs, vielleicht sein Verderben. *Pardon my Pǔtōnghuà,* aber er hat etwas sehr Schmieriges. Ich kann seine kleinen, wachen Augen sehen, sie sind glasig, er hat irgendwas genommen oder getrunken, seine Kleidung sieht mehr nach Pulver aus als nach Alkohol, vielleicht auch Portobin. Er hat etwas von einem Insekt, von einer Schabe, seine Bewegungen sind flink, die kurzen Beine tippeln schneller als sie müssten. Er trägt einen Anzug, ein helles Grau, darunter ein Hemd, ein gutes Stück aufgeknöpft, so dass seine Brusthaare herausstehen. Das Spiel hat noch kaum begonnen, da will ich ihn schon unter meinem Schuh zerquetschen, will, dass er knackt und sein Inneres verspritzt, wie die Kakerlake, die er ist.

Der Andere ist groß und hager, unscheinbarer, trägt dunkle Kleidung, die Haut ganz blass. Die Haare stehen ganz kurz geschoren auf seinem Schädel. Wie vom Krebs zerfressen sieht er aus. Tief liegen die Augen in ihren Höhlen, die Ohren stehen ab, alles wirkt ein wenig zu groß und wie in einer Karikatur. Ein Eckendrücker. Nicht einer, der rumsteht, eher einer, der sich versteckt, der lauert. Auch er lächelt, aber anders, verhaltener. Etwas Obsessives steht in seinem Gesicht, eine unbändige Lust, ein Trieb, gleichzeitig ein Desinteresse an den Dingen des Lebens, das damit gar nicht zusammengeht. Er hat etwas von einem Toten. Ja, er ist ein Toter. Ich will ihn einen Toten nennen. Wie zwei Fliegen ums Licht kreisen die beiden um sie herum. Maude, das Licht.

Sie wirft ihren Mantel ab, ein Werfen ist es kaum, vielmehr lässt sie ihn einfach auf die Erde gleiten. So liegt er jetzt da, mitten im Raum, wie die abgestreifte Haut einer Schlange. Ein Kamelhaarmantel, alt und fleckig, trotzdem edel, so wie sie ihn trägt, mit einem Pelzkragen. Ihre Haare hat sie auf ihrem Kopf zu einem Zopf geflochten, die Wimpern, ihre Lider und ihre Lippen sind stark geschminkt, die großen Augen blitzen. Der breite Mund, den sie beim Sprechen weit aufreißt, lässt vermuten, dass sie sehr laut redet, sehr laut lacht, vergnügt ist. Was vergnügt sie nur an diesen Insekten? Unter dem Mantel trägt sie ein Kleid, es sieht ein wenig aus wie ein Kettenhemd, nur leichter, irgendein goldener, glitzernder Stoff, eng geschnitten, mit weitem Ausschnitt, so dass man viel von ihren Brüsten sehen kann. Die Brüste stehen weit auseinander, kein Büstenhalter, der sie zusammendrückt, und ich möchte mit meinem Finger nur ganz langsam dazwischen durch streichen. Ihre spitzen Schuhe sind unaufdringlich, schwarz, Lack, kaum Absatz, und die Beine stecken in einer dünnen, schwarzen Strumpfhose, vielleicht sind es auch Kniestrümpfe. Ja, es sind ganz bestimmt Kniestrümpfe. Sie hat ihre Kleidung heute Morgen nach einem Plan ausgewählt. Wahrscheinlich wie an jedem Morgen. Der Plan, jemanden zu verspeisen.

Maude lässt sich auf einen cremefarbenen Clubsessel fallen und spreizt lachend die Beine über die Lehnen, lässt ihren Kopf auf die Holzlehne fallen. Der kleine Dicke lässt sich direkt auf die Knie runter und schiebt ihr das Kleid hoch, wie ein Hund, der auf diesen Befehl nur sehnsüchtig gewartet hat. Maude trägt kein Höschen. Das hat Hedy nie so gehandhabt. Der Andere, der Tote, setzt sich auf den Boden und beobachtet, was der kleine Dicke mit Maude macht, fängt an, seinen Schwanz durch den Stoff der Hose zu massieren. Die Schabe nähert sich dem dunklen Dreieck zwischen ihren Beinen, taucht in ihr schwarzes, buschiges Schamhaar ein. Er bewegt sich wie ein Mann, der Hund spielt. In dem Moment, als er mit der Zunge wie in Zeitlupe ganz in ihrem Schoß verschwindet, lässt sie die grüne Sektflasche fallen, aus der sie noch zuvor einige tiefe Schlucke genommen hat. Die Flüssigkeit sprudelt schäumend auf den Teppich, sie blickt kurz an die Decke – ihr Körper spannt sich an –, lässt den Kopf dann wieder nach hinten sinken und schließt die Augen, packt den Dicken mit einer Hand bei seinen schmierigen Haaren, scheint ihn ganz in ihren Schoß pressen zu wollen.

Ich will diese Männer kaltmachen, will die Schabe zertreten und den Toten ganz begraben. Doch der ist gar nicht tot, der sieht nur so aus, steht jetzt auf und holt seinen Schwanz raus. Mir wird immer komischer. Die unheimliche, große Gestalt stellt sich hinter Maude, grinst, sie züngelt an seinem steifen Glied, den Kopf in den Nacken geworfen. Er packt sie an den Haaren und gibt ihr eine Ohrfeige, noch eine, sein Blick hat etwas Irres. Sie lacht. Mir wird schlecht vor Aufregung. Es ist wie bei einem Unfall, ich fahre daran vorbei mit dem Wunsch, das, was da geschieht, schnell zu passieren, werde aber langsamer, muss alles sehen, auch wenn ich weiß, dass es sich mir auf immer einbrennen wird. Nein, ich will das alles nicht sehen, aber irgendetwas in mir zwingt mich dazu. Die Bilder verschwimmen.

Sie ähnelt Hedy so sehr, nicht nur in ihrem Aussehen, auch in der Art, wie sie sich bewegt. Hedy. Ich bemerke die Tränen in meinen Augen. Die Luft bleibt mir weg, ein Schmerz drückt auf die Brust, es pocht hinten in meinem Kopf. Ich fühle mich ganz taub, das kenne ich schon. Es durchfährt mich immer wieder seitdem, ich werde es nicht los. Fast sehne ich mich danach. Weil es sie mir für einen Augenblick vergegenwärtigt. *Hedy!* Dann ist sie wieder verschwunden.

Ich werde eifersüchtig auf etwas, das nicht existiert, auf ein Phantom, einen Geist. Jemanden zu sehen, der ihr so ähnelt. Ich hatte Hedy begehrt wie niemand anderen, das erste Mal in meinem Leben hatte ich jemanden wirklich begehrt, das weiß ich, denn nur wer jemanden begehrt hat, den er nun nicht mehr haben kann, weiß, was Begierde *wirklich* ist. Und nun ist sie verschwunden, und dieser Mensch dort gegenüber, der ihr wie ein Zwilling gleicht, gibt sich zwei Männern hin, lässt zwei Männer sich ihr hingeben, ich rase, *mein Herz* beginnt wieder zu rasen. Langsam. Warum kann sie nicht hier sein? *Hedy!*

Trotz allem werde ich ein bisschen hart. Ich kann einfach nicht anders; wenn ich Menschen beobachte, die etwas tun, bei dem sie kaum gesehen werden möchten, zieht mich das an – selbst in Situationen wie diesen. Vielleicht bin ich deshalb Detektiv geworden, wobei man ja nicht die Entscheidung trifft, so etwas zu tun. Eigentlich ist es das einzige, was einem bleibt, wenn man alles andere vergeigt hat. Vielleicht interessiere ich mich nur für die *Wahrheit,* weil ich ein Voyeur bin. Nervös fingere ich nach einer neuen Zigarette und beruhige mich ein wenig. Mein Schwanz tut weh. Wie irre das doch ist, wie ich da nur reingeraten bin. Die Ähnlichkeit ist verblüffend. Ich weiß ja, dass es nicht Hedy sein kann, und langsam lässt auch der Wahn nach, der noch immer dem Portobin geschuldet ist. Ich kann wieder einigermaßen klar denken, will ich damit sagen. Als sie das Zimmer betraten, war ich wirklich eifersüchtig. Ruhig jetzt! – sage ich mir – tu' jetzt das, wofür du bezahlt wirst.

Ich betrüge mich sicher selbst, aber ich denke, dass sie Hedy noch ähnlicher wird. In der kurzen Zeit schon, die ich sie verfolge, hat sich ihr Äußeres verändert, auch ihr Wesen, das, was man aus der Distanz davon verspürt, es scheint gewandelt. Ihr dunkelbraunes, fast schwarzes Haar hat an Masse gewonnen, die Augen sind dunkler geschminkt, sie bewegt sich mit mehr Schwung, mehr wie ein Tier im Kampf oder in der Balz. So wie Hedy, in der ich immer ein Raubtier gesehen habe, ein mildes Raubtier. Sie scheinen sich immer ähnlicher zu werden, in der kurzen Zeit, in der ich nicht umhinkomme, sie in ihrer äußeren Erscheinung zu vergleichen, in der ich erinnert werde an etwas, das ich vergessen möchte. *Fang nicht wieder an, konzentrier dich!*

Ihre Augen leuchten, die Blicke fressen die Umgebung auf, alles, was sie taxiert, scheint zu Nahrung zu werden. Sie verschlingt die Welt. Etwas geht in ihr vor, eine Lust, und sie scheint bis in dieses Zimmer zu sprühen. Ich will sie, will ihre warmen Schenkel spüren, ich will spüren, dass sie feucht ist, will ihren Nacken beißen, sie festhalten, sie zu fest halten an den Stellen, wo sie ein bisschen Speck hat, an der Hüfte, an den Schenkeln. Und ich will diese zwei Berserker umbringen, mit denen sie im Zimmer gegenüber gestrandet ist. Das ist nicht Hedy, nein, sie ist es nicht. Gut, dass es nicht Hedy ist. *Wäre sie es doch* ... Auch, wenn es mir in diesem Moment albern vorkommt, verfehlt es doch nicht seine Wirkung, und so schlage ich mir ins Gesicht, zische mir laut zu! Die drei auf der anderen Seite verlieren sich immer mehr im Rausch, bieten sich mir dar wie auf einer Schaubühne, sie werden zu einem fleischigen Ball, Maude und die Schabe lassen sich auf den schweren, tiefen Teppich fallen, er auf allen Vieren und schon wieder mit dem Kopf zwischen ihren Beinen. Der Tote trinkt aus einer großen, grünen Flasche, die ich vorher gar nicht wahrgenommen habe – oder ist das die, die sie gerade hat fallen lassen? Sie rollen jetzt eng umschlungen über den Teppich, lachen immer mehr, wirken fast hysterisch auf eine Art, ich kann an ihren Zähnen vorbei in ihre Rachen sehen, wie in Zeitlupe geschieht das.

Mein Zimmer liegt höher als das ihre, so kann ich den ganzen

Raum überblicken. Ich hole die Kamera aus meiner Tasche und drehe den Stuhl um, schiebe ihn ganz ans Fenster, stütze den Apparat auf der Lehne auf, wie auf einem Stativ, um in der Dunkelheit die Aufnahmen nicht zu verwackeln. Die welken Zimmerpflanzen neben den Fensterbänken kitzeln an meinen Armen. Zwischen Vorhang und Fenster hängt eine Jalousie, ich spreize die Lamellen mit den Fingern auseinander und schiebe das Objektiv hindurch. Im Sucher ist nun alles noch näher, sieht noch wirklicher aus, obwohl es fast wie in so einem alten, schlechten und dreckigen Film erscheint, völlig verwackelt und nervös. Die beiden Typen ziehen Maude nach und nach aus, grob, löschen die Lichter nicht, so als ob sie wollten, dass man ihnen zusieht, dass *ich* ihnen zusehe. Aber sie wissen nicht, dass ich sie beobachte. Ich bin gut, selbst in diesem Zustand bin ich wie ein Schatten. Oder gerade in diesem Zustand? Ich bin so sehr in der Dunkelheit, dass mich, wollte ich es so, niemand mehr sehen könnte. Ich könnte in ihrem Zimmer in einer Ecke stehen und keiner würde mich im gedimmten Licht bemerken.

Maude ist jetzt ganz nackt, er hat ihr die Strümpfe von den Beinen gezogen. Sie ist eine so schöne Frau, ihr Körper sieht so *echt* aus. Ich will sie berühren. Sie nagen an ihr, beißen ihre Brustwarzen, die Schwänze lugen aus ihren geöffneten Hosen, hart und spitz wie Pflöcke, sie ganz feucht und fahrig. Die Haut an der Innenseite ihrer Schenkel glänzt, das kann ich deutlich sehen. Es hat so etwas Obszönes, dass sie ganz nackt ist und die es nicht sind.

Ich muss wieder an die Worte denken, die mir vorhin eingefallen sind. *Die Haut ist Leinwand eines Lebens?* Ihre Haut ist schön, wie Alabaster. Ich will sie berühren, an ihr riechen. Aber meine Haut? *Nur Flecken.*

Ich schieße die Fotos. Ich habe binnen kürzester Zeit jegliche Distanz verloren, bin wie besessen. Das muss ich in den Griff bekommen. Aufnahme um Aufnahme entsteht so, Penetration, Samen auf ihrer

Haut, verschwitzte, klebrige Haare und weit aufgerissene Augen, die in der Leere, in die sie blicken, etwas Schönes finden, etwas Schöneres zumindest als in der Gegenwart. Und Zungen, Zungen und Zähne, die aufeinanderschlagen, immer wieder. Wenn ich ihm diese Bilder zeige, es wird ihn zerreißen. Mich zerreißt es schon. Ich weiß natürlich, dass ich diese Fotos auch für mich mache, oder dass ich sie *gegen* mich mache. *Aber wenn ich sie ihm zeige, wird es ihn zerreißen.*

2

»Wer kann die Welt heut' nicht mehr sehen
Ich werde niemals von dir gehen«
Weynberg

Als Gustav Lang in Begleitung seiner Beschützer in mein Büro getreten war, vor über einem Monat, ging es mir nicht schlecht, ging es mir gar nicht mehr *so* schlecht. Ich hatte mich einige Male mit einer Frau getroffen, merkte, dass ich noch lange nicht so weit war, fühlte mich aber gut, besser, als ich gedacht hatte. Ich aß einigermaßen regelmäßig, hatte das Portobin auf eine niedrige Dosierung am Abend heruntergefahren, die mir zwar noch immer fiebrige Träume bescherte – doch wenigstens schlief ich jetzt überhaupt! So ließ ich mich von seiner Erscheinung erst nicht einschüchtern, wenn sie mich auch beunruhigte.

Es war schon weit nach Mitternacht, draußen war ein brutaler Regen niedergegangen, über eine Stunde, gerade hatte es aufgehört und die Stille war gespenstisch. Ich vermutete, dass sie schon eher hatten hochkommen wollen, der Wolkenbruch sie allerdings gezwungen hatte, eine ganze Weile im Auto zu verharren. Ihre Mäntel jedenfalls waren nicht nass. Der eine Eisenschrank, ein unvorstellbar bulliger und brutal wirkender Kerl, etwas älter als ich, Ende dreißig etwa, ging zum Fenster und drehte die Jalousie zu, der Andere, nicht minder bullig, aber kleiner, untersetzter und mit einer unsagbar hässlichen Visage, sah sich intensiv im Raum um, drehte ein paar Gegenstände in seinen groben Fingern, nickte Lang schließlich zu. So, als ob der Raum ihnen gehörte.

Ich bat die Männer, sich zu setzen, lächelte ihnen entgegen und musste dabei darauf achten, mich nicht hinter meinem Schreibtisch zu übergeben. Lang nickte zur Tür, woraufhin die klobigen Männer mein Büro so plötzlich verließen, wie sie es betreten hatten.

»Herr Weynberg. Ich gehe davon aus, dass Sie mich bereits erkannt haben?«

»*In etwa.*«

Natürlich hatte ich ihn erkannt, oft genug waren die Zeitungen voll gewesen von seinem Gesicht, immer wieder hatten sie ihm aufgelauert, ihm Fragen gestellt, sein sich mürrisch und angeekelt abwendendes Gesicht fotografiert. Die Zeitungen hatten ihn verewigt, ob er wollte oder nicht. Denn egal wie viel Macht man hatte, egal welche Leute hinter einem standen, an den Zeitungen kam man nicht vorbei. Ich war käuflich, ich war sogar gerne bereit, mich für ein bisschen Kohle herzugeben. Ich kannte auch Loyalität gegenüber Auftraggebern; zumindest, wenn ihr Anliegen mir etwas bedeutete. Doch gib mir genug Geld und ich vergesse *alles*. Aber die Journalisten dieser Zeit, warum auch immer, waren einer Art Ehre verpflichtet, die ihrem Berufsstand eigentlich längst abgegangen war. Es musste viel geschehen, damit ein Journalist einknickte. Manche von ihnen blieben auf der Strecke oder ließen sich auf die ein oder andere Art und Weise doch überzeugen, ihren Idealismus zu verwerfen, oft war auch hässliche Gewalt im Spiel, aber es blieben immer genug übrig, um den Dreck an die Oberfläche zu kehren.

Selbst wenn es sie nicht gegeben hätte, wenn sie nicht Zeile um Zeile über Gustav Lang geschrieben hätten: Wer in der Stadt lebte, in dieser dampfenden Kloake, der kam an dem verlebten Gesicht Gustav Langs, wenigstens für eine Zeit, nicht vorbei. Eine furchige Visage, die mit ihren aufmerksamen Augen den Niedergang der zivilisierten Welt zynisch lächelnd beobachtete, lachte, während die groben Fäuste noch ihren Profit daraus schlugen.

Gustav Lang hatte Gelder von Krona veruntreut, Gelder für den Wiederaufbau, mit dem sich der Konzern gern schmückte, ein sensibles Thema, wurde aber in solidarischer Arroganz vom Konzern gedeckt. So wie die Kirche, die über die Jahrhunderte ihre Kinderschänder deckte und unbehelligt ließ. Die Justiz, wohlwissend um die Aussichtslosigkeit ihres Unterfangens, zitierte ihn trotzdem ein paar Mal vor Gericht, der Prozess zog sich. Von Anfang an war dabei klar, dass er auf freiem Fuß bleiben würde. Nicht die Justiz entschied, sondern der Konzern. Für einen Augenblick dann aber wirkte es, als wollte die Staatsanwaltschaft an Gustav Lang ein Exempel statuieren. Doch das Geld, die Macht, die Anwälte und nicht zuletzt die Schläger des Konzerns hielten ihm den Rücken frei. Die Richter hatten Angst.

Nur die Journalisten in ihrer Masse fürchteten ihn nicht, und so schien es manchmal fast, als fände in ihrem Schmutz, den sie reißerisch an die Tagesoberfläche hievten, doch die Gerechtigkeit Platz, die sich der korrupte Rest der Welt nicht mehr leisten konnte. Das letzte Überbleibsel Anstand befand sich auf dünnem Papier, das am nächsten Tag in den Öfen landete. Natürlich geschah das nicht ohne Abrechnung. Ab und zu fand man damals, in diesem stickigen, heißen Sommer vor etwa zehn Jahren, einen von ihnen aufgeknüpft in den Gassen, einen Fotografen oder einen Schreiberling. Auch Menschen, die ich kannte. Ihre Mörder blieben immer im Dunkeln und ich weiß bis heute nicht, ob es Leute des Konzerns waren, die die vielen Toten hervorbrachten. Vielleicht hatte das auch nichts mit Gustav Lang zu tun, in dieser Stadt starb es sich wie bei den Fliegen. Doch ich erinnere diesen Sommer meiner späten Jugend als einen, in dem nicht wenige meiner Kontakte verschwanden. Es gab kaum eine Berufsgruppe, deren Vertreter man nicht von Zeit zu Zeit aufgeknüpft irgendwo vorfand. Leute wie Gustav Lang kamen seltener zu Tode, auch wenn es vorkam. Aber von Menschen seiner Sorte gab es nur ein paar wenige.

Menschen meines Schlages hingegen mussten häufig sterben in diesen Tagen und müssen es auch heute noch.

Der Prozess verlief irgendwann im Sand. An Gerechtigkeit glaubte sowieso niemand mehr in dieser Stadt. Gustav Lang machte weiter sein Geld, wenn er auch fortan aus dem Verborgenen agierte, weil er untergetaucht war, seine Ämter abgegeben hatte und nun wie unsichtbar ein paar der Fäden zog. Das erzählte man sich. Sicher hatten sie ihm eine Abreibung verpasst, aber Krona, der Konzern, strukturierte sich als eigene Welt, mit eigenen Gesetzen.

Der ganze Vorgang war eine Farce, eine Verhöhnung des Rechtssystems, in Kommentaren und auf der Straße hieß es sogar, das Ganze sei vom Konzern inszeniert worden, um der ohnehin schon gebeutelten Stadt ihre Machtlosigkeit vorzuführen. Damals hielt ich es für übertrieben, auch wenn es nicht ganz abwegig schien. Ab einem gewissen Niveau des Reichtums gelten andere Gesetze. Nun, Gustav Langs Reichtum überstieg meine Vorstellungskraft.

Das zog mich in diesem Moment auch an. Das Geld zog mich an. Gustav Lang saß vor mir. Und dass er hier vor mir saß, in diesem Loch von einem Büro, bedeutete Geld. Geld für mich. Er sah deutlich älter aus als in den Zeitungen damals, hatte die letzten zehn Jahre im Verborgenen sicher nicht untätig und auch nicht ohne Exzesse verbracht. Seine Haut lag lose auf dem Gesicht, wie eine Maske.

Ich offenbarte ihm mein leichtes Erstaunen, versucht, möglichst unbeeindruckt zu klingen. Allein die Tatsache, dass einer wie er sich in diesen Bezirk verirrte, überraschte mich. Mir wurde schon zu diesem Zeitpunkt klar, dass es hier um ein sehr persönliches Anliegen gehen musste. In meinem Kopf ratterte es. Der Konzern hatte seine eigenen Schnüffler, widerliche Kerle, denen gegenüber ich mich fast als eine moralische Instanz verstand. Es musste also etwas sein, das bei Krona nicht bekannt werden durfte. Selbst wenn der Konzern mit Externen arbeitete, und selten kam das überhaupt vor, wurden diese von irgendwelchen Delegierten kontaktiert. Niemals von den wenigen Köpfen, niemals von Leuten wie Gustav Lang. Vielleicht kam mir all das auch deshalb so seltsam vor, kommunizierte ein Gustav Lang doch sonst nicht mit solchen wie mir. Er stöhnte. Fast zitternd formten seine Lippen ihren Namen. Ich weiß noch, wie wohlig diese Laute auf mich wirkten, auch wenn sie aus dem Mund eines Mannes kamen, für den ich nur Verachtung übrig hatte.

Er sagte: *Maude Anandin.*

Maude Anandin, dachte ich.

»Sie kennen sie nicht, und auch ich weiß so gut wie nichts über sie. Ich dachte es, aber ich weiß doch nichts. Sie sollen das ändern, Herr Weynberg.«

Pause.

»Sie entschwindet mir, immer wieder, sie lässt sich durch nichts beeindrucken, nicht kaufen, mein Geld spielt für sie keine Rolle. Ich muss erfahren, wer sie ist, wie ich sie bekommen kann. Ich finde sie nicht wieder. Ich muss wissen, wo sie ist. Ich brauche sie, ich will sie haben.«

Fast klang er wie ein jammerndes Kind. Er machte sich lächerlich.

»Nun, das werden wir sehen. Warum wenden Sie sich an mich in dieser Sache?«

»Ich brauche jemanden, der in unseren Reihen unbekannt ist. Ich denke, Sie haben häufiger mit solchen Dingen zu tun. Ich habe mich über Sie informiert, Weynberg. Sie sind fertig, heißt es. Und dass Sie trotzdem noch der Beste seien, den man finden kann! Sie sollen Maude Anandin finden. Mehr noch: Ich muss *alles* wissen, muss wissen, mit wem sie verkehrt. Ich will wissen, wie sie funktioniert, wie ich sie kriegen kann, was ich machen muss, damit sie zu mir kommt.«

Diese Sätze hatte er sich zurechtgelegt.

»Ich kenne Sie ja, also weiß ich auch um ihre Situation. Warum leisten Sie sich keine andere?«

Warum konnte ich den Mund nicht halten? Er funkelte mich an, beherrschte sich aber. In seinen Augen lag etwas Gefährliches. Auch wenn die Hülle alt war, so zeigte sein Blick ganz deutlich, dass man sich mit ihm nicht anlegen sollte.

»Herr Weynberg, Sie verstehen nicht, diese Frau ist anders. Mich interessiert einfach niemand sonst. Schauen Sie mich an. Ich bin ein alter Mann. Ich habe alles gehabt, was ich haben wollte. Und nun will ich Maude. Aber es klappt nicht. Ich kann sie nicht kaufen, kann nicht dafür sorgen, dass sie zu mir will.«

»Ich verstehe sehr wohl, verzeihen Sie. Dennoch muss ich Ihnen diese Fragen stellen.«

»Das ist Ihr Beruf.«

Das Wort *Beruf* brachte er nicht ohne Ironie über die schwulstigen Lippen, doch längst war ein milder Hund aus ihm geworden, die Hierarchie im Zimmer verschob sich, fast konnte ich es quietschen hören. Eine Frau also. Es mag banal klingen: wenn Geld kein Kriterium mehr ist, spielen irgendwann nur noch Dinge eine Rolle, die man nicht kaufen kann. Er hatte sie für eine Weile an sich binden können, aber ihr Herz, so wähnte ich schon damals, ließ sich nicht durch Geld und Macht erobern. Er hatte sich verliebt, und Maude Anandin, deren unvergleichliche Ausstrahlung ich zu diesem Zeitpunkt noch nicht erahnen konnte, hatte für eine Weile mit ihm gespielt. Er hatte sein Leben lang bekommen, was er wollte, und nun, wo er sich aufgebraucht hatte, war jemand aufgetaucht, der ihn wieder in Wallung brachte, ihm wieder etwas schenkte, das ihn erfüllte. Eine Lust. Doch er konnte sie nicht haben, und da war er einem Gefühl verfallen, das meinen Berufsstand quasi begründet: *Die Hölle der Eifersucht.*

Eigentlich war seine Geschichte eine, die ich schon oft erzählt bekommen hatte. Eigentlich war es aussichtslos, eigentlich fütterte ich in solchen Fällen nur noch die Obsessionen meiner Auftraggeber, ließ ihren Wahn wachsen, sie hoffnungsloser werden. Davon lebte ich.

Mehr oder weniger. Gustav Lang hatte sich wirklich verliebt, wenn ich auch seine Interpretation von Liebe nicht teilte. Es hatte ihn sensibel gemacht, zumindest sich selbst gegenüber, seine arrogante und machtvolle Hülle glitt immer deutlicher von ihm ab. Er wurde nervös. Das war noch, bevor er mir ihre Bilder vorlegte. Im Kopf hatte ich den Auftrag ohnehin schon angenommen, ich wollte sein Geld und es klang einfach.

Ich würde sie finden, das konnte ich. Beschattung, ein Personenprofil, das ihm Dinge zeigte, die er noch nicht wusste, Tagesabläufe, kleine Geheimnisse, dabei keinen Staub aufwirbeln, im Schatten bleiben. Vielleicht würde ich auch wirklich etwas finden, das ihm nützte. Selbst wenn ich nicht daran glaubte. Meine Neugierde war geweckt. Und ich mochte ihren Namen, wollte wissen, wer sich hinter diesem Wohlklang verbarg. Ich dachte auch, dass sie sehr hübsch sein müsste. Maude Anandin. Außerdem fürchtete ich, von den zwei Schränken alle Knochen zerrieben zu bekommen, sollte ich den Auftrag ablehnen. Wenn ich nicht ohnehin als Mitwisser früher oder später würde sterben müssen. Doch das konnte ich mir zu diesem Zeitpunkt bereits nicht mehr aussuchen.

Fast tat er mir da ein bisschen Leid, war ich doch bereits von der Enttäuschung und dem Schmerz überzeugt, die ihm die Ergebnisse meiner Ermittlungen bescheren würden. Ich kannte diese Konstellationen. Aber solche Aufgaben gehörten zu meinem täglichen Brot. Schnüffeleien in den Kisten paranoider Männer und Frauen, eifersüchtiger Eheleute, Liebhaber oder intriganter Konkurrenten. Fast immer dank der Verzweiflung eines gekränkten Menschen. Häufig deprimierend. Ich nickte also nur, seufzte in mich hinein, suggerierte ihm, fortzufahren. Noch immer klangen seine Worte wie abgelesen, doch etwas Ehrliches zog ein. Gustav Lang war ein Spieler, anders hätte er es nicht so weit gebracht, und das Schauspiel lag ihm, aber jetzt, in seinen Erzählungen, war er weicher geworden. In seinen

Augen sah ich es. Dieses Gespräch kostete ihn viel mehr Überwindung, als vor Gericht auszusagen oder sich im Vorstand zu rechtfertigen.

Seine Nase fing an zu bluten, ein dünnes Rinnsal floss aus dem rechten Loch. Ich wies ihn darauf hin.

»Oh.«

Mehr entfuhr ihm nicht, nur eine gehauchte Rundung seines Mundes und das Mindeste an Laut. Ich reichte ihm ein Taschentuch, kurz berührten sich unsere Hände, seine Haut fühlte sich kalt und gespannt an.

Das Blut hörte schnell wieder auf zu fließen, er wischte es weg. Zwischen Nase und Oberlippe war die Haut nun leicht rötlich gefärbt, und mit den glasigen Augen sah er aus wie einer meiner tuntigen Freunde am Ende einer langen Pulverparty, mit verschmiertem Lippenstift, früher, als ich noch ausgegangen war, als ich noch Freunde hatte. Er griff in die Innentasche seines Mantels.

»Ich denke, Sie werden verstehen.«

Ich schwieg, saugte auf, taxierte ihn.

Dann legte er mir die Fotos vor, elf Bilder, und mein Herzschlag setzte aus. Da war Hedy auf diesen Bildern. Es war nicht Hedy, sie konnte es nicht sein, Hedy war tot, aber sie sah aus wie Hedy. *Hedy.* Ich ließ mir nichts anmerken, versuchte es zumindest. Ich hatte ja Hedy sterben sehen, einmal tatsächlich, und dann abertausende Male vor meinem inneren Auge. Etwas Scharfes zerschnitt mich. Auf den Bildern sah ich eine junge, schöne Frau, vielleicht dreißig Jahre alt, vielleicht ein bisschen älter, reif und jugendlich zugleich, manchmal trug sie einen Bademantel, einmal war sie in einen Pelzmantel gehüllt, die Fotografie war im Winter aufgenommen, draußen, ich meinte, Schnee zu erkennen, fragte mich, wo das sein könnte, hier hatte es lange nicht geschneit, und Schnee war, wie Regen, giftig. Dann ein Passbild, ausdruckslos und kalt und grau. Auf dem Nächsten wieder sie, lachend, wie sie eine Katze in Richtung der Kamera streckt. Hedy hatte Katzen gemocht. Ich verstand gar nichts mehr. Die Bilder stammten aus vier oder fünf Zusammentreffen, wahrscheinlich hatte er bei den meisten hinter der Kamera gestanden.

Das nächste Bild war zu viel, ihr Gesicht, ganz nah, sie lag auf einer Decke, war verschwitzt, der Kopf reckte sich leicht zum Objektiv, die Haare berührten den Boden und den Mund hatte sie leicht geöffnet, ihre Augen halb geschlossen, als würde sie einen tiefen Kuss fordern, die Schultern nackt, mehr sah man nicht, mehr sah nur die Fantasie. Ein Stich ging mir durch den Körper.

»Wer ist sie?«

Ich versuchte, das Zittern in meiner Stimme zu kontrollieren.

»Das wüsste ich auch gerne.«

Seine Stimme war jetzt eine ganz andere, traurig, wirkte menschlich, getroffen, dünn.

»Sie war eine Hure. Ich habe sie von der Straße geholt, ihr eine Wohnung gegeben.«

Maude Anandin war keine Hure. Manchmal ging sie mit, wie ich später herausfinden sollte. Huren standen am Straßenrand und boten sich an. Ich kannte Huren. Maude aber war nicht käuflich, sie tat, was sie wollte und *nahm* sich das Geld. Die Menschen reagierten wie hypnotisiert auf sie. Ich ahnte es schon in diesem Moment, später sollte es sich bestätigen. Maude war mehr als eine Hure jemals verkörpern könnte. Maude war Sex und Gewalt, Macht, Maude war ein Geist, ein Phantom. Sie war die einzige ihrer Art!

Gustav Lang hatte sie auf einem Empfang getroffen, sie war dort aufgetaucht, saß plötzlich an einem der Tische, lachte, trank, kannte irgendwen. Flaschen kippten um, Sekt spritzte auf weiße, schwere Tischdecken. Später am Abend wurde die Stimmung ausgelassener, die Alten immer trunkener, Krawatten lockerten sich, es wurde lauter. Da hatte sie plötzlich neben ihm gesessen.

In diesen ersten Stunden ihrer Bekanntschaft entstand das Bild, das mich so aufgebracht hatte, jene Fotografie, die sie auf dem Boden liegend zeigte und auf der ihre Schultern frei lagen. Sie nahmen sich ein Hotelzimmer. Als er beschrieb, wie sie die erste gemeinsame Nacht verbracht hatten, hielt er kurz inne, blickte glasig in eine Erinnerung. Dann fuhr er fort.

»Ich bin ein reicher Mann, Sie wissen um den Dreck, der über mich in den Zeitungen stand. Wissen Sie, Weynberg, das ist alles egal, das hat keine Rolle gespielt. Ich habe meine Rechnung bei Krona bezahlt, und es hat sich nichts geändert seitdem, ich nehme mir, was ich möchte, schon immer. Und dann kommt so eine junge Frau daher, dreht mich um, macht mich verrückt. Und ich kann nichts tun, gar nichts, meine Macht, das Geld – nichts kann sie beeindrucken! Ich habe es versucht. Sie entschwindet mir, ich sehe sie nicht mehr, erreiche sie nicht. Mir geht es schlecht, ich werde krank, ich habe das Gefühl, dass mein Herz brennt. Und dieses Nasenbluten. Verdammt! Ich brauche jemanden wie Sie, Weynberg.«

Die letzten Worte hatte er fast geschrien, hatte sich an die Brust gefasst, die Augen weit aufgerissen, hatte sich zu mir nach vorne gebeugt, Speichel tropfte aus seinem Mund. Ein Sterbender war aus ihm geworden, ja, die unerwiderte Liebe hatte einen Sterblichen aus ihm gemacht.

»Das verstehe ich.«

Auch, wenn ich noch immer wie benommen war. Ihre Ähnlichkeit zu Hedy war unvorstellbar, ich hätte sie auf der Straße verwechselt, wäre ich ihr begegnet, hätte gemeint, eine Tote zu sehen, die auferstanden war. Aus dem Abstand, den die Fotos mit sich brachten, wusste ich, dass sie es nicht war. Doch ich wollte diesen Auftrag nun nicht mehr annehmen, weil ich das Geld brauchte, das Lang zahlen würde. Ich wollte sie sehen, wollte sie finden, mich von diesem Wunder überzeugen, mir allen Glauben nehmen lassen, nochmal alles nehmen lassen, hatte ich doch schon einmal alles verloren. Ich spürte etwas Warmes, ein Gefühl kam in mir zurück, allein durch diese Fotos. Ich erinnerte mich an die Liebe zu Hedy. Ich wollte Hedy in ihr wiedersehen. Gleichzeitig wusste ich, dass es eine Wunde aufreißen würde, die ohnehin noch nicht zugewachsen war, die sich nur langsam schloss, ja, eine Wunde offen hielte, die vielleicht niemals ganz verschwand und deren Narbe, selbst wenn sie sich schloss, mich für den Rest meines Lebens zeichnen sollte. Deshalb war es auch egal. Ich hatte keine Wahl. Wegen Lang nicht und wegen mir nicht. Er schaute mich ernst an.

»15 Kilo. Und ein Spesenkonto, über das Sie mir Rechenschaft ablegen. Ich erwarte regelmäßig Ihren Bericht.«

15.000. Das würde mich umbringen. Für diesen Mann spielte eine Summe keine Rolle, die mir bereits zum Verhängnis werden konnte. Mir wurde schwindelig.

Und Gustav Lang ging es ähnlich. Er war fertig, saß da, Schweiß stand ihm auf der Stirn. Seine Leidenschaft für diese Frau war zu einer Krankheit geworden. Wir gaben uns nicht die Hand. Aber wir saßen da wie nach einem Boxkampf, überall Schweiß, verkrustetes Blut, unsichtbar. Er holte einen Umschlag raus, darin ein Dossier mit allem, was er über sie wusste. Ein Papier. Dort stand fast nichts.

»Einverstanden.«

Noch in der Nacht begann ich mit der Ermittlung.

An all das muss ich denken, während ich ihnen jetzt zuschaue. Ich muss daran denken, wie ein unnahbarer Mann wie Gustav Lang in meinem Büro binnen einer Stunde zu einem Häufchen Elend verkommen ist, und was diese Ermittlung aus mir gemacht hat, innerhalb eines Monats. Lang hatte Recht, diese Frau war anders, sie stand mit etwas Dunklem im Bunde.

Das Szenario auf der anderen Straßenseite holt mich aus meinen Erinnerungen zurück. Irgendetwas da drüben stimmt nicht. Etwas läuft da ganz gehörig aus dem Ruder. Der Tote hat Maude jetzt auf einen Stuhl geführt und verdreht ihr die Arme auf dem Rücken, fesselt ihr die Hände hinter der Lehne mit einem Kabel zusammen. Er und die Schabe drehen sich weg und nehmen irgendetwas, ich kann es nicht sehen, nur, dass Maude versucht, sich zu befreien und dabei etwas zu ihnen rüber ruft. Sie lacht nicht mehr, sie wirkt in die Enge getrieben. Sie ist ganz starr und angespannt. Aber sie wenden ihr und mir den Rücken zu, stecken die Köpfe zusammen, tuscheln. Der Tote packt die Schabe kurz an den Haaren, nur ganz kurz, als wolle er ihm einen Ruck geben. Sie drehen sich wieder dem Fenster zu, so dass ich sie sehen kann. Die Männer bewegen sich jetzt anders, fast wanken sie auf den Stuhl mit der gefesselten Maude zu. Der kleinere, schmierige Typ holt aus und schlägt ihr mit der flachen Hand ins Gesicht, fester als vorhin der Tote, setzt direkt nach. Ein Zucken geht durch meinen Körper, ich erschrecke. Plötzlich verändert Maude ihren Blick und sie bäumt sich auf. Ich kann sehen, wie sie ihn anschreit, kann nicht ablesen, was sie sagt, wohl aber, dass viel Hass in ihren Worten liegt. Ihre Unterlippe blutet und ihre Nase auch. Der Tote lacht und die Schabe beginnt sie zu würgen, sie strampelt mit den Beinen und versucht sich loszueisen, windet sich in den Pranken der Schabe. Der Tote packt sie an den Haaren, reißt an ihrem Kopf. Die Männer haben etwas Irres in den Augen, haben die Lider weit aufgerissen, so dass die Pupillen nun winzige Punkte in einem weißlich-gelben, trüben Meer sind. Ich kann es sehen, ich bin ganz nah davor. Und da wird es ernst, das spüre ich. Als ihre Beine zu zittern beginnen, wie bei einem Anfall, lege ich die Kamera weg und werde panisch. Verdammt, die Schabe würgt sie immer fester, schüttelt sie, in ihren Augen sieht man nur noch das Weiße, Speichel tropft aus ihrem Mund. Diese Bestien werden sie umbringen!

Ich hole meine Waffe, wie in Trance öffne ich das Fenster, stehe breitbeinig da, nackt, nur mit meinem offenen Hemd, die Pistole fest in beiden Händen. Maude. Hedy. Nicht schon wieder. Hedy. Ich muss etwas tun. Ich höre mich schreien, ein kehliger Laut. Ich muss etwas tun. Ich ziele auf den Kopf der Schabe. Maudes Körper wirkt ganz leblos, schon ist er schlaff, die Beine, die eben noch wild um sich traten, hängen jetzt herunter. Er würgt sie, würgt sie noch immer. Ich drücke ab.

Die Scheibe gegenüber zerspringt in tausend Stücke. Irgendetwas fliegt durch die Luft hinter einem Wasserfall herabregnender Glassplitter, etwas, das nach Haut aussieht, mit Haaren daran. Es ist die Schädeldecke der Schabe, der Mann kippt zur Seite, Blut sprüht aus einem großen Loch in seinem Kopf. Maude fällt mit dem Stuhl hintenüber, alles geschieht ganz langsam, in einem einzigen Augenblick, der mir wie eine Ewigkeit vorkommt. Ich sehe das Blut auf ihrem nackten Körper, an der Tapete, die Knochensplitter, Hirn, ein Fleck an der Wand, sehe, wie der Tote aus dem Bild verschwindet, alles aus meinem Bild verschwindet. Ich habe jemanden erschossen. Ich kippe zur Seite und noch im Fall speie ich irgendetwas aus, krache halb auf den Stuhl und lande auf dem Boden. Verdammt. Licht aus.

3

Scheiße, auf Touren. Gut. Mach mich fertig. Du Stück. Du wirst gucken. Ich will kommen. Scheiße, es knallt. Halt dein Maul. Halt's Maul. Haha. Jetzt schreist du. Das Porto ist so gut. Mein Gott. Du Stück verarschst mich nicht mehr, heute nicht. Na, wie gefällt dir das? Gefällt dir das? Gefällt dir das? Willst du mehr? WAS WILLST DU? Was ist mit der? WAS IST MIT DIR EIGENTLICH LOS? Du bist irre, irre bist du! Scheiße, bin ich auf Touren. HALT DEIN MAUL! Du bleibst schön hier, ich hab noch was vor. Das wird was. Wir haben noch einiges mit dir vor heute, du Sau. Mein Gott ist das geil kaputt. Oh Gott, verdammt, wie du riechst, ich kann dich riechen. Du bist geil, ja, bist du geil? Aber du hast Angst. Ja, gut. Strohm. Haha. Wie gefällt dir das, du Stück? Jetzt kannst du nichts mehr machen, gar nix. Wie gefällt dir das? Wie gefällt dir das? Das gefällt dir nicht, was? Haha. Ich brauch noch mehr. Scheiße, ist das geil, ich brauch noch mehr, brauch noch mehr, jaaaaaa. Huuuuuuu. Wie gefällt dir das? WIE GEFÄLLT DIR DAS? Ich will noch mehr von dem Scheiß.

Strohm, haha. Scheiße, das knallt voll rein. Jetzt ist es soweit. Es kommt, oh mein Gott ist das heftig. Oh, meine Nase, ist das heftig, der Scheiß knallt mir direkt alles zu. Na, wie gefällt dir das? WIE GEFÄLLT DIR DAS? WIE GEFÄLLT DIR DAS? WIE GEFÄLLT DIR DAS? Gleich bist du soweit, oh das haut so rein, verdammt ihre Augen ihre Augen ihre Augen ihre Augen IHRE AUGEN IHRE AUGEN IHRE AUGEN oh verdammt oh Gott ich k

Paul Tremmo

4

»Ein fremdes Gebäude, ein mir unbekannter Ort
Etwas in mir sagt mir, ich war schon häufig dort
Weite Flure, lange Gänge – ich durchschreite sie allein
Etwas in diesem Haus saugt meinen Körper ein«
Weynberg

Weynberg stand auf, wischte sich mit dem Arm über den Mund, hastig und doch wie in Trance. Eine der Zimmerpflanzen lag umgekippt auf dem Boden und die feuchte Erde klebte dem Detektiv am Handrücken, er wischte sie mechanisch am Vorhang ab, während er sich noch zu orientieren suchte. Sein Blick war apathisch, ging ins Leere. Dann kam er zurück in die Wirklichkeit. Weynbergs Blick ging nun durch das Fenster des Hotelzimmers zur Wohnung gegenüber. Es war lediglich zu erahnen, dass eines der Fenster dort zerschlagen war, an den Rändern links und rechts wehten sanft die Vorhänge heraus, waren in der Finsternis nur schemenhaft sichtbar – die Wohnung nämlich lag dunkel. Wie lange war er ohne Besinnung gewesen? Er schloss die Augen und atmete tief ein. Nur einen Augenblick.

Ein Mann war tot. Die letzten Momente vor dem Schuss, vor dem Zusammenbruch, vor dem Fall, geisterten wie auf Folien vor Weynbergs Innerem umher, doch er konnte nichts erkennen. Den Knall erinnerte er, spürte noch den Rückstoß der Waffe, roch den Schmauch. Er stolperte benommen rückwärts in sein ebenfalls dunkles Zimmer, suchte, fast im Sturze, seine Kleider zusammen, zog sich eine Unterhose an, sprang in die Hosen, dann Socken und Schuhe, er stolperte umher, stieß sich den Fuß an, den Kopf, fluchte, schlüpfte in die Jacke.

Unsanft beförderte er seine Kamera und den zusammengestauchten Schirm in die bereitstehende und für den Fall einer schnellen Flucht *zu jeder Zeit* gepackte Reisetasche aus blauem Leinen, schob sich die Pistole hinten in den Hosenbund und warf sich die Tasche über die Schulter. Er schloss das Fenster und verließ das Zimmer. Wie wahnsinnig stürmte er das Treppenhaus hinunter, nahm immer mehrere Stufen auf einmal, stöhnte bei jedem Aufkommen der Füße auf dem alten Teppich. Kaum zu fassen, dass er nicht stürzte, waren seine langen Beine doch so weich.

Wieder schossen ihm Bildfragmente des Geschehenen durch den Kopf, Maudes nackter Körper, der fette Rücken des Mannes, die dunklen Schweißflecken, die sich auf dem edlen Stoff seines Hemdes abzeichneten. Der Tote. Die Fensterscheibe. Das Glas. Die Splitter. Knochen. Hirn. Der Regen.

In der Eingangshalle war niemand, Weynberg hastete an den mit Graffitis beschmierten, hohen Wänden vorbei. »Tod allen Menschen!«, das hatte ihn besonders beeindruckt, als er sich vor zwei Tagen hier eingemietet hatte, jetzt passierte er die Stelle, ohne die Schrift eines Blickes zu würdigen. Unachtsam schleuderte er seinen Hotelzimmerschlüssel mit Wucht in die Richtung, in der er die Rezeption erinnerte, er hörte ein Klirren, einen erschrockenen Fluch, und binnen kürzester Zeit war er auf der Straße, rannte ohne zu schauen darüber, musste einem Auto ausweichen, das mit quietschenden Reifen zum Stehen kam, schaffte es gerade so, sprang die wenigen Stufen zur Eingangspforte des dunklen Sandsteinbaus hoch, warf sich dagegen und stand unmittelbar im dunklen Flur des Gebäudes. Ohne zu zögern ging er weiter, in einer Geschwindigkeit, die man ihm in Anbetracht seines Zustands nicht zugetraut hätte. Weynberg nahm immer gleich drei Stufen auf einmal, hechtete die Treppen hoch, kämpfte sich trotz seiner Erschöpfung nach oben. Ihm wurde sehr warm, der Schweiß trat ihm auf die Stirn, in seinen Augenwinkeln sammelte sich das salzige Wasser und in den Oberschenkeln brannte ein saures Feuer. Im 14. Stock rannte er den Flur nach rechts hinunter, und als er an der fünften Tür war – er hatte abgezählt und wähnte dahinter das Mausoleum der toten Schabe – ließ er die Tasche fallen, zog seine Pistole hervor, hielt kurz inne, mit dem Rücken an die Wand gedrückt, dann drehte er sich in die nur angelehnte Tür, hechtete in die Wohnung, ins Zimmer und rollte sich über die linke Schulter ab. Er blieb dicht am Boden, wirbelte einmal im Kreis herum, die Waffe im Anschlag. Das Zimmer war leer. Weynberg tat einen Satz zu der Stehlampe in der Ecke des Zimmers und knipste sie an. Stille. Keine Bewegung. Nichts.

Etwas aber drängte in sein Sichtfeld, stach ihm ins Auge, jetzt sah er ganz deutlich vor sich, was er bereits wusste, was er angerichtet hatte, was nie wieder verschwinden würde. Die dicke Schabe lag auf dem Boden, ganz tot. Weynberg hatte dem Mann mit seinem Schuss die Schädeldecke abgetrennt. Wo vorher das lichte, schwarze Haar die entstehende Glatze zu kaschieren suchte, klaffte nun ein Loch. Die Kugel musste eine Stelle getroffen haben, die einen anatomischen Mechanismus ausgelöst hatte – anders konnte er sich das Szenario kaum erklären. Weynberg benutzte kein großes Kaliber, so überraschte ihn das Ausmaß der Zerstörung. Vielleicht hatte sich die Patrone auch gedreht – die Spitzen der Munition, die er gerade im Magazin hatte, waren mit kleinen Kunststoffspitzen versehen, die diesen Effekt begünstigten. Ihm wurde schlecht. Die Wand hinter der Schabe war gesprenkelt mit Hirnmasse und Blut. Ein Muster des Grauens. Winzige Knochensplitter steckten in der Tapete. Hatte noch kurz zuvor so viel Bewegung und Rage diesen Körper getrieben, lag er nun umso ruhiger da.

Weynberg hatte den Raum dunkel vorgefunden, wie er ihn schon von der anderen Seite gesehen hatte, er wusste, dass der Tote Maude mitgenommen hatte. Auch wenn er unerkannt geblieben war, die Beschattung war aufgeflogen.

Nachdem Weynberg die anderen Zimmer in Eile durchgesehen und dabei nichts gefunden hatte, was auf den Verbleib von Maude und dem *lebendigen Toten* hätte hindeuten können, kniete er sich neben die Leiche der Schabe und ließ die Waffe sinken. Er begann zu zittern. Es war vier Jahre her, seit er zuletzt einen Menschen getötet hatte. Einen Mann hatte Weynberg damals erschossen, er war fast noch ein Junge. Weynberg war ein guter Schütze, hatte das Leben des Mannes mit Präzision ausgelöscht, um das zweier Kinder zu retten. Dieser Schuss hier allerdings, das wusste er, hatte mehr mit Glück zu tun gehabt, als mit seinem Waffengeschick.

Weynberg benutzte seit Jahren eine belgische Halbautomatik, eine Fabrique Nationale mit 5,7 x 28-Millimeter-Munition. Ihm gefiel die Machart dieser Pistole, viele der Elemente waren aus Kunststoff gefertigt, die Waffe war leicht. Trotzdem eignete sie sich dazu, wenn nötig, gegen ein paar Köpfe zu schlagen. Die FN lag gut in der Hand und hatte gleichzeitig keinen starken Rückstoß. In seiner Hand nun aber, in seiner zitternden Hand, wurde ihm bewusst, was diese Funktionalität bedeutete, welche Kälte die Eigenschaften eines Gegenstandes zu erzeugen vermochten. Etwas von Menschen Entworfenes hatte in den Händen eines Menschen einem anderen Menschen das Leben beendet.

Wieder schloss Weynberg kurz die Augen, schluckte, atmete tief durch. Schon meinte er, den Tod riechen zu können, der aus dem Körper vor ihm aufzusteigen begann. Durch das zerschossene Fenster vernahm er den fernen Hall der herannahenden Sirenen, sah von der Straße vage blaues und rotes Licht aufblitzen. Jemand hatte die Polizei gerufen, und schnell, wie hungrige Straßenhunde auf der Jagd nach frischem Fleisch, waren sie gekommen. Lange konnte er drüben also nicht gelegen haben. Er musste verschwinden.

Er fischte dem Toten die Brieftasche aus der Jacke, doch er hielt überrascht inne. Da war noch etwas, ein weicher, kompakter Gegenstand. Ein Päckchen Portobin – nicht wenig davon. Weynberg stockte der Atem. An der Farbe erkannte er, dass es sich um reines Portobin handeln musste. Es war von einem dunklen Gelb, schien also importiert, natürlich – nicht wie der braune, synthetische Dreck, den er gewohnt war, oder das tödliche, braune Zeug, das sich die Ärmsten selber herstellten und das wie ein Virus einen nach dem anderen von Innen verbrannte. Seine Hand zitterte, er dachte an die Erlebnisse, die ihm die Versuche mit dem Portobin bescheren würden. Reines Portobin konnte er sich nicht leisten, hatte er höchstens ein Dutzend Mal in seinem Leben konsumiert.

Wie gerne hätte er alles auf einmal probiert, in einem letzten Versuch sich ganz verabschiedet, der Einsamkeit ein Ende bereitet. Kurz spielte er mit dem Gedanken. Er schüttelte den Kopf. Es galt, Maude Anandin zu finden, mehr denn je, oder: jetzt erst recht. Er war für ihre Lage mitverantwortlich, hatte sie noch verschlimmert – auch, wenn er ihr zunächst das Leben gerettet hatte. Weynberg steckte erst das Portobin und dann die Brieftasche der toten Schabe in die Innentasche seiner Jacke, verließ die Wohnung. Die Tür ließ er offen stehen um die herannahenden Polizisten in den Raum zu lotsen, so würde er etwas Zeit gewinnen können. Finden würden sie die Schabe ohnehin, so nutzte ihr toter Körper ihm zumindest noch für einen kleinen Vorsprung.

Sie waren schon im Treppenhaus, das spürte er. *Stand da jemand um die Ecke? Da war doch ein Geräusch.* Schnell nahm Weynberg seine Tasche und sprintete die Treppen hoch, Richtung Dach. Das Gebäude zählte siebzehn Stockwerke, er musste nicht mitrechnen, das alles hatte er in den zwei Tagen zuvor ausgekundschaftet. So wusste er auch, dass es durchaus möglich war, vom Dach auf die benachbarten Häuser zu gelangen, seine Flucht war also nicht aussichtslos. Irgendwo würde er sicher eine Dachluke öffnen können, um zurück auf die Straße zu gelangen.

Im 17. Stock angekommen fand er schnell die in die Decke eingelassene Leiter zu einem niedrigen Dachboden, langte hoch, sein Arm schmerzte, doch er zog sie herunter und verschwand augenblicklich in dem dunklen, kühlen Loch zum Speicher. Hinter sich zog Weynberg die Luke wieder zu, hoffte, die Polizisten würden sie nicht gleich entdecken. Er schulterte die Reisetasche mit ihren zwei Tragegurten auf seinen Rücken und lief zu einem Dachfenster, das in die Schräge eingelassen war. Mit dem Griff der Pistole schlug er das marode Schloss auf, drückte das Fenster nach oben und kletterte aufs Dach. *Erst wenn es keine Wände gibt, wird einem bewusst, was Höhe wirklich bedeutet.* Weynbergs Hände wurden feucht und er wurde von einem leichten Schwindel befallen. In der Stadt fanden sich weitaus höhere Gebäude, doch in diesem Bezirk, weiter außerhalb, fehlten Bezugspunkte, die die Höhe relativiert hätten. Er fluchte und krabbelte los. Die kühle Nachtluft klärte Weynberg ein wenig den Kopf.

Nachdem er einige Minuten von Dach zu Dach geklettert war, über Leitern und niedrige Mauervorsprünge, versteckte er sich hinter einem verlassenen Taubenschlag. Sein Herz raste und der Magen knurrte, er hatte in den letzten Tagen kaum gegessen, seine Bedürfnisse in der Beschattung weit heruntergefahren. Das tat er immer, wenn es erforderlich war, deshalb war er so schlank, auch wenn er sich unter normalen Bedingungen nur von Dreck ernährte. Normale Bedingungen. *Was war das eigentlich?* Auch das Portobin machte ihn dünn, es saugte an ihm wie ein Vampir. Das Porto erleichterte ihm manchmal das Warten, das die Arbeit mit sich brachte, auch wenn es dabei gleichzeitig *eine andere Zeit* verkürzte. Weynberg war abhängig.

Das Knurren seines Magens war so laut, dass er fürchtete, es könnte ihn verraten. Er war unruhig. Der Körper gehorcht dem Menschen nicht, dem Süchtigen wird er zum Feind. Vorsichtig lugte Weynberg um die Ecke. Von den Polizisten war weit und breit nichts zu sehen.

Jetzt holte er das Päckchen Portobin hervor, wog es in der Hand. Wenn er sich jetzt hier oben einen Schuss setzte, wäre er verloren – die Polizei würde bald sicher auch die Dächer durchkämmen. Er stopfte das Päckchen zurück in die Jackentasche. Dann griff Weynberg nach der Brieftasche des Mannes, den er getötet hatte. Er wollte den Namen der toten Schabe nicht wissen, doch ihm war klar, dass dies sein einziger Anhaltspunkt sein würde, Maude Anandin wiederzufinden. Wenn es noch nicht zu spät war. Er fand ein Bündel Geldscheine in dem Portemonnaie, zählte fast 500. Er steckte das Geld ein. Dann ein Mitgliedsausweis für einen Schießstand. Ausgestellt auf einen Paul Tremmo. Neben dem Namen ein Foto der Schabe. Tremmo. *Paul Tremmo. Tot.* Nun wusste Weynberg, wen er erschossen hatte. Es änderte nichts daran.

Ein Schießstand, dass es so etwas noch gab. Schade, dachte er, vielleicht hätte es besser zu einem richtigen Duell kommen sollen. Wir hätten uns auf der Straße zwischen den Häusern treffen können. Außerdem fand Weynberg einen kleinen Stapel Visitenkarten von einem Hotel. Hotel Paradiso. Wenn Tremmo und der andere Mann Zuhälter waren, wie Weynberg vermutete, war das sicher der Ort, an dem er weiter herumstochern musste. Warum sollte jemand mehr als eine Karte eines Hotels mit sich führen, wenn er sie nicht auch verteilte. Ein Stich ging ihm durch den Magen, als er an Maude dachte, daran wo sie jetzt war, was gerade mit ihr geschah.

Hotel Paradiso. Dort würde er weitersuchen. Am Morgen würde er sich auf den Weg machen. Jetzt war noch zu viel Staub in der Luft, das Risiko viel zu hoch. Und der Schlaf holte ihn schon im Sitzen zu sich. Weynberg musste schleunigst runter vom Dach und dann weg von der Straße, für ein paar Stunden untertauchen. Er verstaute die Brieftasche wieder in seiner Jacke, ließ den Blick über das Dach schweifen, entdeckte schließlich das in den Boden eingelassene Fenster zu einem kleinen Atrium. Gebückt lief er hinüber.

Das Fenster, keinen Quadratmeter groß, stand einen Spalt weit offen. Weynberg nutzte seine Waffe als Hebel, um es weiter aufzutreiben, riss die Luke schließlich mit den Händen auf. Es schien tief hinab zu gehen. Aus seiner Hosentasche zog Weynberg ein Päckchen Zigaretten und Streichhölzer hervor, riss den Deckel von der Zigarettenschachtel ab, entzündete ein Holz und hielt es an das Papier, das sofort Feuer fing. Er ließ die brennende, dünne Pappe kurz auflodern, bis sie eine sichere Flamme versprach, und ließ sie dann in das Loch fallen. Ganz langsam segelte das brennende Papier herab. Es offenbarte keinen Boden, das Atrium schien ein tiefes Treppenhaus abzuschließen, das sich um den dunklen Abgrund schlang. Hier kam er nicht weiter.

Er wollte sich gerade vom geöffneten Dachfenster wegbewegen, um einen anderen Weg zu suchen, als ein Schrei über das Dach hinwegstob.

»STEHENBLEIBEN! POLIZEI! DIE HÄNDE HOCH!«

Ein Polizist war in der Dunkelheit herangeschlichen, musste ihn entdeckt haben, als er das Papier angezündet hatte. Der Lichtstrahl einer Taschenlampe erfasste Weynberg, kurz drehte er sich erschrocken um. Er überlegte nicht lange, es blieb ihm keine Zeit, und so ließ er sich vornüber in das Loch fallen, drehte sich in der Bewegung seitlich um und hielt sich im Abtauchen mit beiden Händen am Holzrahmen des Fensters fest. Es riss in seinem rechten Arm und er schrie auf, als er ganz über die Kante war und nun das Gewicht seines Körpers mit den Händen halten musste. Panisch linste er über seine Schulter. Das brennende Papier glitt unter ihm noch immer langsam durch die staubige Luft und erhellte den oberen Teil des Treppenhauses mit einem kaum merklichen, zitternden Schein. Im fahlen Licht taxierte er die Umgebung. Weynberg hing an seinen Händen über dem rundum von Treppen gesäumten Abgrund, der Fall würde unendlich sein. Seine Arme schmerzten und auch die Finger, kaum konnte er sich halten. Es schnürte ihm die Kehle zu. Doch der Polizist kam immer näher. Es gab keinen Weg zurück mehr. Er schaukelte mit dem Körper hin und her, schnell, zog die Beine in der Vorwärtsbewegung an sich und streckte sie im Schwungholen weit nach hinten aus. Es war riskant, aber wenn er im richtigen Moment das notwendige Maß an Anspannung fand und losließ, würde er es bis über das Geländer schaffen, das ein Stück versetzt gut drei Meter unter ihm die Treppe abschloss. Er keuchte. Dann blieb ihm keine Wahl mehr, über ihm tauchte schreiend der Polizist auf, griff nach ihm, eine grobe Pranke fasste nach seinen Haaren. Da ließ er los, nahm den letzten Schwung mit, fiel. Der Bulle schrie irgendetwas. Weynbergs Beine gelangten nur knapp über das Geländer, er verfing sich, die Rippen prallten auf das massive Holz, sein Kopf riss herum, doch er fiel in den Gang des Treppenhauses. Ein Schmerz schoss ihm durch die Seite, er brüllte laut. Sein Arm tat so weh, dass er das Gefühl hatte, in ihm läge nun das Zentrum seines ganzen Körpers und dass der Rest, seine Beine, der Rumpf, die Schultern und der Kopf, nur Anhänge waren, die vor dem Schmerz zu fliehen suchten, sich vom Arm trennen wollten. Ähnlich strahlte es in der Seite. Er sank am Geländer in sich zusammen. *Wie viel Schmerz kann ein Mensch aushalten?* Er schluckte, es brannte in seiner Kehle – *alles* brannte –, Schweiß stand ihm auf der Stirn, sauer lief er ihm das Gesicht herab und er kniff die Augen zusammen. Aber er hatte es geschafft. Sein Atem ging schnell, das Herz überschlug sich. Weynberg schob sich mit dem Rücken am Geländer hoch, verhedderte sich mit der Tasche zwischen den Streben, riss sich los und fing unmittelbar an zu laufen. Drei Meter über ihm der Polizist, keifend, er schien die ganze Zeit geschrien zu haben, wies ihn an, sich nicht zu bewegen, feuerte einen Schuss ab. Weynberg dachte noch, der Polizist habe in die Luft geschossen, zur Warnung, doch irgendetwas schlug dicht neben ihm ein. Das Adrenalin ließ ihn weiterlaufen. Der Polizist war ihm nicht nachgekommen, konnte ihm nicht nachkommen, versuchte nun aber, ihn mit der Taschenlampe ausfindig zu machen, schrie noch immer. Doch Weynberg verstand ihn nicht, es klang für ihn wie das Bellen eines heiseren, wütenden Hundes. Der Lichtkegel suchte das Treppenhaus ab, tänzelte nervös durch die Dunkelheit, zuckte nur einen halben Meter an seinen Füßen vorbei, immer wieder, und im gleißenden Strahl der Lampe tänzelte der Staub durch die Luft, Millionen Partikel, die sich umspielten. In der Dunkelheit glich das Treppenhaus dem tiefen schwarzen Ozean, in dessen Stille statt des Staubs Plankton durch das Wasser schwebte. Wie gern wäre Weynberg auf dem Grunde des Meeres.

Er verlegte seinen Weg weiter nach außen, so dass ihn der Lichtkegel nur treffen konnte, wenn er auf der gegenüberliegenden Seite des Dachfensters entlanglief, von dem aus der Polizist ihn auszumachen versuchte, passte dort Runde für Runde die richtigen Momente ab, um unbemerkt dem Lichtkegel zu entgehen. Es krachte, trotz seiner Vorsicht trieben die Kugeln nah an ihm vorbei in die Wände. Dann, nach vier Stockwerken, war er so weit unten, dass der Polizist ihn nicht mehr entdecken konnte. Leicht verlangsamte Weynberg nun sein Tempo.

Da blieb er plötzlich stehen. *Was war das?* Weynberg meinte, ein paar helle Stimmen zu hören, die nach ihm riefen. Frauenstimmen, sie klangen verzweifelt, flehend und furchtbar dünn. Oder waren es Kinder? Er wähnte sie direkt hinter der breiten Flügeltür vor ihm, doch konnte er sie nicht verstehen. Immer wieder riefen sie ein Wort. Seinen Namen? *Was sprachen sie?* Was wollten sie? Er spürte mit einem Mal die Seelen tausender Wesen um sich, gleichzeitig wirkte das Haus wie der verlassenste Ort der Welt. Doch er konnte sich ihrem klagenden Hall nicht entziehen und er trat auf die Flügeltür zu, sie war nur angelehnt. Mit der Hand stieß er sie auf. In der düsteren, weißen Halle, die sich ihm auftat, war kein Mensch, nur Möbel unter weißen Laken. Am Ende des langen Raumes meinte er, einen Aufzug auszumachen. Er kniff die Augen zusammen und ein Schaudern durchzog Weynbergs Körper. Er schüttelte den Kopf.

Nun geschah es. Als er sich von der Tür abwandte, um seinen Weg fortzusetzen, hörte er einen Schrei von oben, und einen Augenblick darauf rauschte ein Schatten in der Dunkelheit an ihm vorbei, vom Geräusch flatternden Stoffes begleitet. Wie eine Flagge, die im Sturm weht. Als der Körper des Polizisten am Boden zerschellte, viele Stockwerke weiter unten, vernahm Weynberg deutlich den Aufprall. Ein platzendes Geräusch, wie ein voller Müllsack oder ein großer Stapel Zeitungen, den man in eine große Pfütze fallen lässt. Er erstarrte, musste sich am Geländer festhalten, und es wurde ihm schlecht. Er verkrampfte. Er konnte nicht hinabsehen, hätte in der Dunkelheit wohl ohnehin nichts erkannt. Der Abgrund, ja, das ganze Treppenhaus, war nun vom Tod beherrscht. Die Gedanken verhedderten sich in seinem Kopf.

Wenn ich nicht geflohen wäre, würde der Polizist noch leben. Hätte ich Paul Tremmo nicht erschossen, würde der Polizist noch leben. Hätte ich Maude nicht gerettet, würde der Polizist noch leben. Zwei Leichen gegen eine Lebende. Ich muss Maude Anandin finden.

5

»Es regnet Putz, es regnet Knochen
Es löscht das Licht sich von allein
Der Detektiv steht im Gewitter
Er möchte alles davon sein
Ein Donner schallt ganz ohne Blitze
Wer hält die Fäden in der Hand?
Wie sich das Gras zuletzt bewegte
Als ich den toten Körper fand«
Weynberg

Es hatte zu viele Tote gegeben an diesem Tag. Zu viele Tote in zu kurzer Zeit. Warum war der Polizist ihm gefolgt? Er hatte doch gesehen, dass es nahezu unmöglich war, vom Dachfenster sicher in das Treppenhaus zu gelangen, hatte Weynberg fast sterben sehen. Oder hatte er die Stimmen gehört, die Weynberg zu hören gemeint hatte? War der Polizist jenem Ruf der Sirenen gefolgt, die ihn zuvor durch die Tür geführt hatten?

Sein Körper löste sich langsam aus der Starre. Spätestens jetzt steckte er in großen Schwierigkeiten. Auch, wenn er sich aus der Situation mit Paul Tremmo vielleicht noch hätte herauswinden können, hatte er Maude verloren, *hätte er Maude verloren,* wäre er nicht geflohen – aber ein toter Polizist? Er musste aus diesem Haus heraus. Langsam setzte er sich wieder in Bewegung, wohlwissend, dass unten ein lebloses Etwas auf ihn wartete, dass einmal ein Mensch gewesen war. An dessen Absturz er Mitschuld trug.

Kurz vor dem Erdgeschoss entschied Weynberg, es über die nach hinten liegenden Kellerräume zurück in die Außenwelt zu versuchen, hoffte, dort auf einen Hinterausgang zu treffen. Mantrisch hatte er die vielen Stockwerke herab die Umrundungen mitgezählt, so dass er nun seinem inneren Kompass folgend ausmachen konnte, welcher Weg in den hinteren Teil des Hauses führen musste. Die Türen mied er, sie ängstigten ihn jetzt, und mit jedem Schritt, der ihn dem Keller näherbrachte, wurde ihm mulmiger zumute.

Dann kam er dort an. Es roch verfault, ein beißender Gestank stieg ihm in die Nase, gleichzeitig war die Luft ganz feucht. Überall lag Müll, standen aufgebrochene Kisten, die im fahlen Licht ihre Schatten in die Dunkelheit warfen, diese noch dunkler machten. Der Boden bildete eine Landschaft kleiner Pfützen, die in der Schwärze noch die wenigen Strahlen des Mondes reflektierten, die ins Treppenhaus Einzug fanden. In diesem Licht sah der Boden des weiten Treppenhauses aus wie eine Landschaft einsamer, karger Seen.

Genau in der Mitte des Bodens, im fahlen Schein des Mondes, lag der Körper des Polizisten, die wenigen Lichtstrahlen, die sich durch die Dachfenster in den Bauch des Hauses verirrten, konzentrierten sich auf ihm. Die Taschenlampe des Polizisten flackerte plötzlich auf und leuchtete wieder, sie war auf seinem Körper gelandet, hatte so den Sturz überlebt. Als er nähertrat, rollte sie auf den Boden. Ihr Licht zeichnete nun einen Schatten an die Wand, zeichnete eine Pose, die Weynberg anzuklagen schien. Der Staub wirkte auch hier wie Plankton, so, wie Weynberg es weiter oben beobachtet hatte. Ja, der Tote lag wie auf dem Grund eines tiefen Abgrunds, die Stille, die ihn umgab, kam der des Ozeans gleich. Es schien Weynberg unergründlich, doch wie der Körper dalag, mit all seiner Klage über die Hässlichkeit des überraschenden, unnötigen Todes, hatte er eine unbeschreibliche Schönheit. Weynberg ging ein Stück näher heran. Der Tote hatte die Augen aufgerissen, sein Mund stand offen, dunkelrotes, klumpiges Gelee trat daraus hervor. Die Bauchdecke war aufgeplatzt und Blut lief in dünnen Fäden aus den Ohren. Schon färbte sich das Wasser um den toten Polizisten. Arme und Beine schienen beim Aufprall gebrochen, der Polizist lag in einer unmöglichen Körperhaltung.

Da gab es ein Geräusch vom Körper des Toten, ein Knacken und Rauschen. Weynberg erschrak. Auch das Funkgerät hatte den Sturz überlebt, der Polizist war mit dem Rücken aufgeschlagen, hatte das schwarze, massive Gerät vorn am Gürtel getragen.

»Krrrch – kchhhh – 2-17 kommen. Krrrrrrrrchhhhh – Wo bist du? Hast du ihn? Scheiße – brrrrrr – Mann, melde dich! Keiser – 2-17, melden.«

Keiser. Tot. Weynberg nahm dem Polizisten die Taschenlampe ab und trabte los. Er vermied es, den Lichtkegel noch einmal auf den toten Bullen zu richten. Er hatte ihn lang genug angeschaut, der Anblick brannte sich ihm für immer ein. Seine Kollegen würden ihn finden. Würden seiner Familie Bescheid geben. Ihn begraben und sein Bild in ihrem Mannschaftsquartier aufhängen. *Keiser.* Neben all den anderen Bildern. Keiser. Und wenn Sie ihn fänden, wäre Weynberg lange weg.

Er bahnte sich seinen Weg in den hinteren Teil des Hauses, der zu den Innenhöfen des Blocks führte. Die Kellertüren, die sich ihm hier und da in den Weg stellten, waren aus altem, modrigen Holz. Nie brauchte er länger als ein paar Augenblicke, sie mit der Waffe aufzuhebeln oder die morschen Latten mit Fuß und Schulter durchzudrücken.

Endlos schienen sich die Gänge des Kellers in der Dunkelheit hinzuziehen und die Taschenlampe wurde in dem alles verschluckenden Schwarz immer schwächer. Schließlich ging sie aus und Weynberg war blind. Er spürte, wie das Wasser in den Gängen tiefer wurde und das platschende Geräusch seiner schnellen Schritte hallte durch den weiten Korridor, übertönte das verhaltene Fiepen der Ratten, die hier kaum noch Störungen gewohnt waren und sich ohnehin nicht von ihrer Witterung des toten Körpers ablenken ließen.

Nachdem Weynberg tastend durch den langen Gang gelaufen war, vorbei an den Verschlägen, in die die Bewohner des Hauses ihren Müll schmissen, geschmissen hatten – lange schien diesen Ort niemand mehr betreten zu haben –, gelangte er schließlich an eine Kellertür, die zum Hinterhof heraufführte. Sie war verschlossen und wirkte massiver als die bisherigen Hindernisse. Schnell zog Weynberg seine Reisetasche vor den Bauch, öffnete die schmale Vortasche und griff nach dem Stilett. Er war in Übung, war eigentlich nie aus der Übung gekommen, öffnete Türen häufiger auf diesem Wege als mit einem Schlüssel. Es dauerte nur ein paar Sekunden und das alte Schloss sprang auf.

Und dann war er wieder draußen, rannte die Kellertreppe hoch, lief ein paar Meter in den Hof, der vom Mondlicht erleuchtet wurde und ihm im Vergleich zum Haus fast taghell vorkam. Er lief, bis der Schauder nicht mehr kalt nach ihm griff, drehte sich um. Das Haus, in dem er selbst nur knapp dem Tod entronnen war und in dem der Polizist Keiser nun leblos bei den Ratten verweilte, lag dunkel. Riesig stand es im fahlen Licht. Keines der Fenster war erleuchtet. Ein totes Haus. Eine Bestie, die lauerte.

Sein Weg im Licht des Mondes führte ihn weiter über ein paar Mauern in einen Hinterhof am Ende des Blocks, von dem aus er zurück auf die Straße fand. Aufmerksam beobachtete er die Umgebung. Auf den Straßen war nur wenig los, zu dem Licht des Mondes gesellten sich große, elektrische Reklametafeln, sie priesen Dinge an, die er nicht verstand, in Zeichen, die er nicht lesen konnte. Leichte Motorräder und Straßenroller brummten an ihm vorbei. Er lief wohl einige hundert Meter, bis es zu regnen begann, und kurz ignorierte er den Regen, wiedersetzte sich dem Impuls, einen Unterstand zu suchen. Die warnende Sirene setzte spät ein, doch sie weckte ihn auf. Er hielt nahe dem Eingang einer heruntergekommenen Kneipe. Das Fenster der dunklen Bar war mit schwarzer Folie verklebt, über der Tür zuckte es in blauem Neonlicht, nervös offenbarten die Lettern den Namen des Etablissements: DREK. Ein paar grobe Männer drückten sich vor dem Eingang herum und stritten laut, ihre Regenschirme trugen sie wie Waffen, wie Totschläger.

Als der Regen stärker wurde, drückten sie sich eng an die Hauswand, noch unsicher oder schon zu verwirrt, um zu entscheiden, wohin sie jetzt sollten. Daran erkannte man die Süchtigen in der Stadt. Manchmal vergaßen sie den Regen und das schadete ihrer Haut.

Weynberg hielt inne, seine Instinkte warnten ihn. An der Ecke die Straße runter tauchte ein Polizeiauto auf, die Roller und Motorräder, die noch auf der Fahrbahn waren, wichen ihm aus, langsam pflügte es sich durch sie hindurch. Weynberg zögerte nicht, er trat durch die niedrige Tür des DREKS.

Die Luft, die ihm heiß entgegenstob, war nicht verqualmt, sondern gesättigt von Rauch, dunstig, biss sofort scharf in seine Atemwege. Es lief leise Musik, nur ein verhuschtes Schlagzeug und ein Klavier mit einer Trompete, er erinnerte sich an das Stück, kam jedoch nicht auf den Namen des Musikers. Blasse Erinnerungen an einen Film tauchten auf, der die Geschichte des Trompeters erzählte. Er war mit seinem Instrument im Arm tot in einer Gasse gefunden worden, das Blut voller Gift. Soviel wusste er noch.

Weynberg ging durch den schmalen, langgezogenen Raum, schob sich an den Trinkern vorbei, die auf Hockern am Tresen saßen. Am Ende des Ladens führte eine kleine Tür zu den Toiletten, Weynberg betrat den kleinen Raum. Aus einer der zwei Kabinen dort hörte er die würgenden Geräusche eines Mannes. Er drehte den Wasserhahn auf und schaute in den Spiegel, begutachtete zwei schmale Schrammen auf Stirn und Wange, schlug sich mit den Händen Wasser ins Gesicht, schüttelte sich, wiederholte den Vorgang, wurde nicht los, was ihn verfolgte. Dann ging er zurück in den Hauptraum und ließ sich auf eine Bank links vom Tresen gleiten, schob die Tasche darunter und zog vorsichtig die Jacke aus, ließ auch sie unter der Bank verschwinden. Ihm am nächsten saßen zwei Männer, die sich aufgeregt unterhielten und wild gestikulierten. Er konnte ihre Sprache nicht verstehen, es klang, als redeten Insekten. Weynberg bestellte ein Glas Falschen und gereinigtes Leitungswasser, dann noch mal dasselbe, dann ein Glas richtigen Whisky. Er zahlte mit Tremmos Geld.

Eine Stunde verging, ohne dass er irgendwas Konkretes dachte, nur der Name Paul Tremmo schoss ihm immer wieder durch den Kopf, ohne dass er ihn zu fassen bekam. Seine Hand zitterte, das bekam er nicht unter Kontrolle. Die Erschöpfung hatte ihn fest im Griff, seine Lippen brannten, in seinen Oberschenkeln loderte noch immer das Feuer, Säure stieg durch seinen Körper. Erinnerungsfetzen schossen auf Weynbergs Netzhaut, suchten fehlende Bildfragmente, mit denen sie sich wieder zusammenfügen wollten. Niemand sprach mit ihm, niemand nahm ihn wahr, nur der Mann hinter der Theke, wenn er bei ihm bestellte. Doch selbst der blickte zumeist durch ihn durch.

Die Bilder der zwei Menschen, an deren Ableben er unmittelbar beteiligt war, wurden schärfer, zogen vor seinen Augen auf. Tremmo. Keiser. Er kippte viel zu viel des teuren Alkohols auf einmal herunter, doch der echte Whiskey schmeckte gut. Weynberg zündete sich eine Zigarette an. Er dachte an das Portobin in seiner Jacke. Noch war es zu früh dafür, in dieser Verfassung hätte ihn der kleinste Versuch umgebracht. Ohnehin, hier war es nicht sicher, er musste wenigstens einen Rest Kontrolle behalten. Auch der Genuss des Alkohols war falsch. Alles war falsch. In dieser Nacht hätte Weynberg Gift trinken müssen, um sich gerecht zu werden.

Nach einem neuen, letzten Glas zog sich Weynberg vorsichtig die Jacke über, schulterte seine Tasche und ging vor die Tür. Es hatte aufgehört zu regnen. Die Männer waren weg, aber es lag eine Beinprothese auf dem Boden, am Fuß ein blauer Turnschuh, das hautfarbene Plastik war an einigen Stellen abgeplatzt und eine Metallkette war um den falschen Knöchel gewickelt. Weynberg zog die Jacke ganz zu, knöpfte den Kragen zusammen. Er kramte seine schwarzen Handschuhe hervor, zog sie an, steckte die Hände dann noch in die Hosentaschen, und es schützte ihn ein Bisschen vor der Welt. Ihm wurde dennoch kalt. Wenn er morgen weitermachen wollte, musste er schlafen. Weynberg rekonstruierte seine Position. Zum Laufen war es zu weit, und spätestens in einer Stunde wäre er tot, trostlos verscharrt. Hier konnte er um diese Zeit nicht zu Fuß laufen. Auch Koschka wollte er jetzt nicht anrufen – eine Telefonzelle war ohnehin nicht zu sehen. Er wollte niemanden sehen, trottete weiter.

Einmal fuhr noch ein Polizeiauto an ihm vorbei, langsam, das scharfe Licht eines Suchscheinwerfers glitt an den Wänden entlang. Sie hielten Ausschau, suchten irgendwen, vielleicht ihn. Weynberg verbarg sich in einem dunklen Hauseingang, stolperte über einen schlafenden Obdachlosen, wartete ab, bis das Auto wieder verschwunden war und ging dann weiter.

Dann sah er eines der cremefarbenen Autos, die zu dieser Zeit noch am ehesten die Möglichkeit boten, heil nach Hause zu kommen. Weynberg winkte das Fahrzeug an den Straßenrand, sprach sein Ziel in das Mikrofon und schob eine Zahlkarte in den Schlitz, die Tür hinten sprang auf. Als er sich auf einen der Sitze fallen ließ, aus dessen aufgeschlitzten Polstern der Schaumstoff so herausquoll wie die Gedärme des toten Keisers, wäre er am liebsten noch in der Bewegung eingeschlafen. Die Tür schloss zischend und das schwere Fahrzeug setzte sich träge in Bewegung. Irgendetwas flog gegen die Scheibe und hinterließ einen blauen Farbfleck, färbte das wenige Regenwasser, das im Fahrtwind das Glas entlangtrieb. Weynberg kippte zur Seite. Weil er nicht gesehen werden wollte und weil er sich nicht mehr aufrechthalten konnte. Nun war er endgültig entkommen, für diese Nacht zumindest, dem Tod wie dem Leben. Die Toten und Lebenden selbst jedoch, die waren noch da.

6

Ach, das ist ja direkt hier um die Ecke. Was ist da wieder los? Scherben? Scheiße, na und? Wer ruft denn wegen Scherben an? Ach, was soll's, vielleicht treffe ich ja einen von der Kirche oder Bianca, verdammt, die würde ich sogar echt gerne treffen. Hat die Dienst? Oh, diese Möpse. Hoffentlich hat die Dienst. Der Kaffee ist eh zum Kotzen, was ist daran eigentlich so schwer? Mein Breitarsch kriegt es doch auch hin, und wenn die das kann, sollte das wohl jeder beschissene Wichser auf dem Planeten hinkriegen, oder? Wie die heute Morgen ausgesehen hat, scheiße! Na dann. Uff, ich brauche eine neue Diensthose, meine Eier.

»2-17, Keiser hier, ich bin gerade in der Nähe, ich guck mir das an.«

Das sind doch eh wieder irgendwelche dummen Wichser die auf Porto Amok laufen. Aber was soll's, ich hab Bock paar Ärsche zu versohlen jetzt.

Biancas Arsch würde ich auch gerne versohlen, vielleicht steht sie ja drauf. Bestimmt steht die drauf.

Wo ist das denn nochmal? Verdammt, in dieser Drecksgegend sieht auch alles gleich aus. Nur verdammte Ruinen und ein paar Hotels. Allein dafür, dass ich hier aussteige werde ich dem beschissenen Porto den Arsch versohlen, dass er nicht mehr sitzen kann. Und dann sammelt er schön die Scherben auf.

Hoffentlich ist ne Alte dabei. Dann versohle ich beiden den Arsch. Ach, verdammt, das könnte noch ne richtig gute Schicht werden. Was? »WIEDERHOLEN!« Ok, das müsste ja echt hier vorne sein. Das ist schon die Straße.

»2-17, Keiser hier. Bin da, gehe rein.«

Mein Gott, mir doch egal, ob da vielleicht eine Leiche liegt. Und wenn die Pisser noch da sind, um so besser, dann versohle ich halt paar Ärsche mehr heute.

»Keiser hier, 2-17, ja, ich warte auf Verstärkung.«

Teufel werd' ich tun, dann gucken die nur wieder doof. Und wenn die kommen und die Scheiße ist geregelt, kann auch nicht schaden.

Ich lass mal das Licht aus, dann gibt es noch ein bisschen mehr Überraschung. So, Knarre da, alles da, alles, wo es sein sollte. Jetzt hol ich euch, ihr Schweine. Hier kommt Keiser.

Ach, scheiße, hier ist ja echt alles voller Glas. Da oben kriegen gleich ein paar Pisser den Arsch versohlt. Da ist das Fenster kaputt, da wehen die Vorhänge raus. Was ist das, 14? Müsste 14 sein, vier, fünf ... zehn. Ja, 14. Ok, ihr Pisser, Hosen runter, ihr könnt euch schon mal hinknien.

Wer ist das denn? Mein Gott, so eine Hackfresse.

»Ja, junger Mann, ein Schuss, ja. Wir kümmern uns drum, gehen Sie wieder in die Wohnung. Wir kümmern uns drum.«

Scheiße, sah der scheiße aus.

Kein verfickter Aufzug. Jeder Gang macht schlank, scheiße! Schöner Teppich eigentlich, aber hier riecht es echt piefig in dem Scheißladen.

Mein Gott, das ist doch höchstens die Fünf. Ja, da steht's. Verdammt. Die Treppe macht mich fertig verdammt, mein Rücken. Warum muss die Scheiße immer so weit oben passieren? Was ist das hier nur für ein Drecksladen. Wenn ich gleich stinke oben, gibt es doppelt einen drauf. Verdammt, Bianca. Ich muss frisch bleiben. Langsam. Mein Gott, wenn ich da irgendwen erwische dann passiert was.

Zehn. Ich kotze. Und wenn ich da niemanden mehr erwische oben, mach ich die Hackfresse unten fertig.

Ich darf nicht mehr so viel saufen, ich verrecke gleich. Diese beschissene Treppe. Hier muss das sein, das ist das Stockwerk mit dem Fenster. Oder? Ja, doch, müsste es sein. Verdammt. Ah, Verstärkung.

»2-17, Keiser, bin schon oben. 14. Stock, kommt hoch – und viel Spaß mit der Treppe.«

Das muss der Flur sein. Warte mal, war da was? Da war doch was. Hm. Was? Da vorne ist offen.

Da muss die Tür sein. So.

Was zur Hölle? WAS? Scheiße, was ist mit dem Kopf passiert? Was für eine Sauerei.

»Keiser, 2-17. Leiche im 14., männlich, weiß, Kopfschuss wie's aussieht. Ich geh weiter nach oben, hier ist keiner mehr. Entweder ein Nachbar oder der treibt sich noch hier rum. Ich guck mir mal das Dach an.«

In den Flur. Da war doch gerade was, ich könnte schwören, da war was. Nach oben. Ich mach Hackfleisch aus der Ratte. Weiter, weiter, so. Ein Knall. Wie weit geht das noch bis nach oben. 14. War fast Ende, oder? Kann nicht mehr weit sein.

Das ist das Ende, wenn der hier nicht ist, war es ein Nachbar oder ich bin zu spät. Ach, ich kann nicht zu spät gewesen sein, der Pisser muss hier sein. Dachluke. Dachluke, na klar. Das war auch das Geräusch gerade, ja klar. Verdammt, ich fang wieder mit Sport an. So, Dachluke. So. Mein Gott, hier war Jahre niemand mehr, ist das staubig, und dieser Muff. So, hier. Vorsichtig. Hier ist keiner. Aber da, Dachfenster. Ja, der Wichser ist auf's Dach. Du denkst, du wärst schlau, aber nicht mit dem alten Keiser Wilhelm, ha, ich mach dich fertig du Stück Dreck. Na siehst du, hier war doch wer dran gerade. Langsam, vorsichtig.

Uhhhh.

Mein Gott, meine Plauze.

Verdammt.

Hoffentlich bleibe ich nicht stecken.

Bianca.

Da ist doch ein Schatten. Die Sau.

Gleich bist du fällig.

Hinterher.

Der sieht mich nicht, der hat mich gar nicht bemerkt.

Langsam hinterher, hier kommt der eh nicht weg.

So, die Leiter hoch, weiter.

Ganz schön hoch, aber die Luft ist ausnahmsweise mal besser. Schöner Abendspaziergang und gleich Arsch versohlen. Ja. Und dann Bianca. Hoffentlich.

So, da klettert er. Moment. Und hinterher. Nur nicht abrutschen, nicht gut. Gar nicht gut. So, die Mauer. Scheiße, bin ich aus der Puste.

Wo ist der denn jetzt? Verdammt!

VERDAMMT! Wo ist der denn jetzt?

Warte.

Der kann doch nicht ...

Das ist doch ein Taubenschlag.

Was. Da, da ist er wieder, oder?

Scheiße ist das dunkel.

Moment. Hah! Da ist der Pisser wieder. Der will in das Haus. Den krall ich mir. Der macht Licht. Ist der irre? Der macht Licht!

Bleich wie eine Leiche, sicher auf Porto.

So, jetzt oder nie. Taschenlampe. Ist der bleich. Sieht der fertig aus.

»STEHENBLEIBEN! POLIZEI! DIE HÄNDE HOCH!«

Was? Scheiße, der springt da rein. Verdammter Affe. Ey!

Den hol ich mir, egal.

Was soll das? Schnell. Da sind seine Hände. Der ist noch da. Den greif ich mir. Ey! EYYY! »HEEEEEYYYYYY!« Verdammt. Der hat es gepackt. Verdammt, der entkommt mir. Nein! Nein! NEIN NEIN NEIN! Ich knall den Pisser ab.

»STEHENBLEIBEN … BLEIB STEHEN, DU PISSER. POLIZEI!«

Ich knall die Sau jetzt ab. Scheiße! DANEBEN. Verdammt, hoffentlich kommt der nochmal … da ist … VERDAMMT. Nein! Jetzt. Da ist er. Verdammt. »VERDAMMT.« Der kommt noch mal, der muss ja im Kreis rum.

Da war er. Verdammt. Vorbei. Ich kann nix mehr sehen.

Wo ist der?

Was ist das? Ist da was? Hat da wer gerufen? Wer ruft da?

Mir ist kalt. Verdammt ist das kalt. Was ist hier los? Hallo? Ich will da jetzt rein. Ich muss da rein. Scheiße ist das tief. Komm Keiser, mach schon, du musst den Pisser erwischen. Da sind doch Stim Verdammt Nein

War arf naaaa ahhr neinnichtneinbittenichtnichtkaltnein

Hilf

Heinrich Keiser

7

»Kommt her zu mir
Es ist so finster
Kommt spielt die Szene noch ein letztes Mal
Da draußen warten
Doch nur die Gespenster
Und ein Kind steht gefesselt
Am Marterpfahl«
Weynberg

Zwei Männer sterben, eine Frau wird entführt, ich werde von der Polizei verfolgt und gehe dann irgendwann nach Hause schlafen, so als wäre es das Ende eines ganz normalen Arbeitstages.

Ich duschte, nachdem ich die Kleider von meinem Körper geschält hatte. Ich war so wacklig auf den Beinen, dass ich mich in der engen Kabine an der Wand festhalten musste. Anschließend schloss ich die Filme aus der Kamera im Tresor ein und machte mich auf, etwas zu essen zu kaufen. In den Häuserschluchten wimmelte es von kleinen Straßenküchen, von Wagen aus oder unter Zeltdächern verkauften die Menschen ihre Waren. Ich ging zu Zhang, den ich unweit des Hauseingangs antraf. Er schien ohne Unterlass zu arbeiten, war mir vertraut geworden, auch wenn ich nicht wirklich etwas über ihn wusste. Bei dem alten Chinesen mit den grauschwarzen Haaren, der mich unentwegt anlächelte, wenn ich mit ihm sprach, hatte ich wohl häufiger gegessen als während der wenigen behüteten Jahre meiner

Kindheit. Er grüßte mich beim Nachnamen und fragte mich wohl aus höflicher Zurückhaltung nicht, was mit mir geschehen war. In einer anderen Zeit hätte ich ihn gerne zu mir eingeladen, mich vielleicht mit ihm angefreundet. Aber die Geschwindigkeit, meine Ermittlungen, die Vorfälle der letzten Nacht, ja, mein gesamter Lebenswandel verboten es mir, Freundschaften zu schließen. Bis auf Koschka, den ich letztendlich auch immer nur dann kontaktierte, wenn ich seine Hilfe benötigte, waren über die Jahre nicht viele Menschen übriggeblieben. Seit Hedys Tod hatte ich mich zurückgezogen, meine Bekanntschaften von früher machten einen Bogen um Portobin-Abhängige wie mich, hatten sich nach einer anfänglichen Phase des Mitgefühls von mir abgewandt. Mir fehlte wenigstens ein Mensch, dem ich von meinen Sorgen hätte erzählen können. Aber es funktionierte nicht, nicht mehr. Ich zwang mich zu einem Lächeln. Ob Zhang viele Freunde hatte? Sicher war meine Vorstellung von seinem Leben romantisiert, doch die scheinbare Einfachheit seines Alltags zog mich an. Er wusste jeden Tag, was zu tun war. Wenn er sein Essen verkauft hatte, hörte die Arbeit damit auf. Ich wischte den Gedanken fort. Was wusste ich denn über sein Leben? Vielleicht hatte er Sorgen, von denen ich mir keine Vorstellung machte.

Ich kaufte wie so oft Lagman, dicke, von Zhang selbst gezogene weiße Nudeln in einer säuerlich-scharfen Suppe mit Chinakohl, eine uigurische Spezialität. Als meine gebrochene Stimme erklang, veränderte sich etwas in seinem Ausdruck. Anteilnahme färbte seinen Blick. Wie gerne hätte ich ihm alles erzählt.

»Das wird Ihnen gut tun, Herr Weynberg. Sie müssen essen, dann schlafen.«

Er reichte mir einen Styroportopf. Ohne das Rückgeld abzuwarten, nickte ich ihm zu und stahl mich in den Hausflur des heruntergekommenen Backsteingebäudes zurück, schob mich an der Wand entlang die vielen Stufen bis zu meinem Korridor hinauf. Vielleicht sollte ich in einer solchen Verfassung gar nicht unter Leute gehen. In der kleinen Kammer, die dem Büro angeschlossen war, aß ich von den Nudeln. Auch wenn mein Körper die Nahrung brauchte, schien er kaum noch empfänglich dafür, so zwang ich mir appetitlos die Mahlzeit herunter.

Danach verabreichte ich mir eine Dosis von Tremmos Portobin. Die Hände zitterten beim Aufkochen. Ich setzte mir einen Schuss in den Oberschenkel. Sofort ging es los. Ich fiel rückwärts auf die Matratze, mein Körper bäumte sich auf und die Lust durchfuhr meine Nervenbahnen. Es war das beste Portobin, das ich jemals versucht hatte, es ging mir direkt durch und durch, ganze Feuerwerke fackelten in mir ab, so schön und unfassbar intensiv, ich flog durch die Explosionen, hoch über der Stadt, gleichzeitig fühlte ich mich wie vor brennenden Kathedralen und der Wahnsinn stieg in mir auf. Ich stöhnte, bäumte mich auf, meine Augen verdrehten sich, der Körper schlug auf der Matratze hin und her. Ich masturbierte, dachte an Maude, an Hedy, an andere Frauen. Es hätte ewig so weitergehen können, das Portobin hörte nicht auf, in mir zu strahlen. Aber mein Körper versagte und auch der Geist wurde schwach, nach ein paar Minuten schlief ich ein. Ich war zu fertig, mehr aus diesem Versuch herauszuholen als das Sperma, das ich auf meinem Bettlaken verteilte.

Auch wenn mir im Erwachen nur ein paar diffuse Bilder nachhingen, musste ich wild geträumt haben, denn die Laken waren zerwühlt und verschwitzt. Ich wusste, dass das Portobin in meinem Traum weiter gewütet hatte, aber ich konnte mich an nichts Genaues erinnern. Nur Paul Tremmos aufplatzender Kopf tauchte immer wieder auf, untermalt von dem Klirren der zerspringenden Fensterscheibe und im Gegenschnitt mit dem in Schleifen abstürzenden Polizisten Keiser, dann das platschende Geräusch seines aufschlagenden Körpers. Es sollte sicher nicht das letzte Mal sein, dass sie mir so begegneten, sie würden sich noch lange in mir aufhalten. In einen anderen Schlaf würden sie mir folgen, schon bald, wenn ich zur Ruhe käme. Seit

Hedy weg war, wünschte ich mir oft, nicht mehr träumen zu müssen, auch wenn dies die einzigen Gelegenheiten waren, ihr noch zu begegnen. Heute Nacht war sie nicht aufgetaucht. Mit den Toten der letzten Stunden hatte sie mich allein gelassen.

Tremmos Portobin hallte noch deutlich in mir nach, als ich mich von der Matratze erhob. Mein Körper schmerzte. Sich mit den Drogen eines Toten zu berauschen, fühlte sich niederträchtig an. Doch was hätte es geändert, wenn ich das Portobin nicht eingesteckt hätte? Wenn ich es mir nicht bei der ersten sich bietenden Gelegenheit in den Oberschenkel geschossen hätte? Ich schüttelte mich, schüttelte die Nacht ab. Ich sollte mir das Porto wenigstens aufsparen für Momente, in denen ich es genießen könnte.

Nachdem ich also aufgestanden war, ging ich wieder duschen. Ich stellte das Wasser viel zu heiß ein und ließ es so lange auf meinen Körper prasseln, bis die Schultern und der Nacken ganz rot waren. Als ich aus der dampfenden, kleinen Nasszelle stieg, fühlte ich mich ein wenig besser. Ich nahm ein Röhrchen Schmerztabletten. Meine Rippen hatte ich mir geprellt und im Spiegel zählte ich nun die Blessuren. Dunkle Flecken links und rechts am Brustkorb, Abschürfungen, ein hässlicher Kratzer über den Rücken. *Die Haut ist Leinwand eines Lebens.* Meine zeigte ein Schlachtfeld. Ich hatte auf der Flucht und im Treppenhaus viel mitgenommen, so rieb ich die gröbsten Beschädigungen mit einer Salbe ein, auch den Verband am Arm erneuerte ich vorsichtig, desinfizierte zum wiederholten Male die Wunde, die sich unter einer Kruste verschlossen hatte und gut zu verheilen schien.

Eine Stunde später schon saß ich in meinem Rosebud in einer schmalen Straße gegenüber dem Hotel Paradiso, von dem aus ich die Front des Hauses gut im Blick hatte. Es war ein grauer, nasser Morgen, kalt und ungemütlich, und so dunkel, dass man meinte, es wäre noch Nacht. Für zwei Stunden saß ich einfach nur da und dachte nach, doch keiner meiner Gedanken festigte sich. Die Erschöpfung der vergangenen Tage hatte mich noch immer fest im Griff, die Nacht in meinem Bett hatte sich bereits aufgebraucht, hatte gerade gereicht, um mit dem Wagen zum Hotel zu fahren.

Ich hatte mir auf dem Weg kalten Reis gekauft, in ein Noriblatt eingewickelt, dazu einen vietnamesischen Kaffee, vertilgte dieses kleine Frühstück, während ich das Hotel beobachtete. Ich würde nicht ewig hier im Wagen bleiben können. Wenn ich einen groben Überblick hätte, wer dort drüben ein und ausging, würde ich versuchen, unbemerkt in das Gebäude zu gelangen, um mich dort genauer umzusehen. Ich ließ das Haus also nicht aus den Augen. Es schien, wie vermutet, einigen Prostituierten als Arbeitsplatz zu dienen, aber welches Hotel in der Stadt tat das nicht? Vielleicht könnte ich über eines der Mädchen mehr über Tremmo und den Mann in Schwarz in Erfahrung bringen.

Ich beobachtete jede Bewegung mit meinem Fernglas und fertigte eine Zeichnung des Gebäudes an. Fast alle der Zimmer wurden von den Frauen, Strichern und ihren Freiern genutzt. Immer, wenn einer der Männer mit einer Frau das Gebäude betrat, ging kurze Zeit später in einem der Räume das Licht an. Die Stricherjungs arbeiteten in einer anderen Ecke des Viertels, von ihnen sah ich nur wenige. Der Ablauf war immer ähnlich. Nach etwa 20 Minuten gingen die Lichter in den Zimmern wieder aus und die Männer hasteten heraus, die Frauen folgten einige Augenblicke später, meistens rauchten sie, sogen heftig, fast wütend an ihren Zigaretten. Wenn ich zu Prostituierten ging, blieb ich länger. Aber auf mich wartete daheim auch niemand mehr. Das Hotel war wie eine Fabrik, wie am Fließband ging es dort zu, in einem immer wiederkehrenden Muster. Nach etwa zwei Stunden konnte ich den Frauen ihre Zimmer zuordnen, die drei Jungen, die ich zählte, schienen sich einen Raum zu teilen.

Ich stieg aus dem Wagen und ging auf der anderen Straßenseite an dem Gebäude vorbei. Im Hausflur des Hotels stand eine Wache, ein brutal wirkender Kerl, groß, muskulös, mit Glatze, ein wandelndes Klischee. Ich würde also nicht einfach so in das Haus hineinkommen. Vom Auto aus hatte ich ihn nicht sehen können, doch ich war schon davon ausgegangen, dass das Bordell bewacht würde. Die meisten Hurenhäuser in der Stadt wurden von Banden geführt, professionell strukturiert. Diese Menschen galt es zu meiden, geriet man in Konflikt mit ihnen, konnte dieser nur von ihrer Seite beendet werden, mit dem Tod des Gegners. Dennoch blieb mir nichts Anderes übrig, das Hotel war meine einzige Spur. Wollte ich Maude finden, musste ich mich darauf einlassen, Kräfte gegen mich aufzubringen, denen ich kaum gewachsen war.

Ich lief ein Stück weiter die Straße herunter, auf der die Frauen sich anboten, bis ich ein drahtiges, junges Mädchen entdeckte. Ihr blondes Haar war kurz geschnitten, die Haut von einer merkwürdig blassen Farbe und ihre Kleidung sah billig aus, wirkte wie eine plumpe Arbeitskluft, passte nicht zu ihr. Ich schaute sie an, ging auf sie zu, und sah die Traurigkeit in ihren Augen. Obwohl ihr Gesicht sehr jung wirkte, musste sie durch Einiges hindurchgegangen sein, sie trug Spuren davon. Ich blieb vor ihr stehen. Wir wechselten ein paar Sätze, auch ihre traurige, dunkle Stimme erzählte von ihrem Leben. Ich gab mich als interessierter Freier aus, sie antwortete, unverfänglich, schlug aber vor, dass wir ob des schlechten Wetters doch in das nahegelegene Hotel gehen sollten, um uns im Trockenen weiter zu unterhalten. Das sei eine gute Idee, antwortete ich, und wir gingen Richtung Hotel.

Im Eingang des Paradisos baute sich der Wächter vor mir auf. Er grinste mich an und kam mir immer näher, reckte seinen Kopf über meine Schulter, so dass ich seinen Schweiß riechen konnte und er sicher auch meinen.

»Wenn sie schreit, mache ich dich tot«, raunte er mir ins Ohr.

Ich sei nur hier, um mich zu amüsieren, versicherte ich ihm in kaltem Flüsterton, dabei käme es zu keinem Geschrei.

Ich ging mit dem Mädchen die Treppe hoch in ein Zimmer im zweiten Stock, hinten rechts, am Ende des Korridors. Zielstrebig steuerte sie auf einen kleinen Schrank zu, der in der Ecke des kargen Zimmers stand, neben einem Bett und einem Stuhl der einzige Einrichtungsgegenstand. Außerdem waren da noch zwei Stehlampen und an der Wand neben einer Heizung ein Waschbecken mit Handtüchern. Sie nahm ein Päckchen Zigaretten aus dem Schrank und zündete sich eine an. Ich setzte mich auf das Bett, sie kniete sich vor mich. Ich wollte keine Zeit verlieren, es machte ja doch keinen Sinn, und so fragte ich wie beiläufig, ob Paul Tremmo manchmal noch hier auftauchte. Ihre Hände an meinem Hosenbund stockten in der Bewegung. Sie blickte mich an, wie eingefroren. Für einen Augenblick war der Rauch der Zigarette im Aschenbecher das einzige, was sich in diesem Raum bewegte. Dann sprang sie auf und machte einen Satz zur Tür. Ich stieß mich mit den Händen vom Bett ab und rutschte ihr hinterher zwischen die Füße, brachte sie zu Fall, war noch im selben Moment über ihr, packte sie an den Haaren und drückte die Hand auf ihren Mund, bevor sie anfangen konnte zu schreien. Sie war wie betäubt.

»Kein Wort, hast du verstanden?«

Ihre Augen waren glasig. Ich atmete schwer, es war schrecklich. Warum mussten immer ausgerechnet die Leute zwischen die Fronten geraten, die ohnehin schon am Ende waren?

»Ich ziehe jetzt meine Hand weg, und du bist still. Ich werde dir nichts tun, solange du ruhig bist, verstanden? Das verspreche ich dir, und daran werde ich mich auch halten. Ich werde dich nicht verletzen.«

Sie nickte.

»Wie heißt du?«

»Sue.«

»Warum hast du Panik bekommen, als ich nach Tremmo gefragt habe?«

Sie schwieg und guckte mich noch immer wie betäubt an, dann liefen ihr die Tränen über das Gesicht. Sie schloss die Augen.

»Was kannst du mir über Tremmo sagen? Ist er ein Zuhälter?«

Sie nickte.

»Ist er dein Zuhälter?«

Sie schüttelte den Kopf. Dann sagte sie leise:

»*Tremmo ist tot.*«

Die dunkle Färbung ihrer Stimme hatte sich im Flüstern verloren, sie klang nun verängstigt und dünn.

Ich fragte, seit wann Paul Tremmo tot sei, sie schüttelte den Kopf.

»Ich weiß es nicht. Wir sollen hier weiterarbeiten. Alle sind aufgeregt. Sie suchen jemanden. Tremmo wurde erschossen.«

»Paul Tremmo ist mir egal, aber da ist eine Frau. Maude. Maude Anandin.«

Sie schüttelte den Kopf.

»Ich hole dich hier raus und du sagst mir, was du weißt.«

Sie fing leise an zu schluchzen, ihre Stimme war gebrochen und sie schüttelte den Kopf.

»Ich kann nicht mehr.«

Ich entschied ohne viele Gedanken. Was machte ich hier nur?

»Wenn du um Hilfe schreist, was passiert dann?«

»Du machst mich kalt.«

»Nein, das mache ich nicht. Ich meine, ob der Mann von Draußen dann kommt.«

Sie nickte.

»Kommt er allein?«

Sie nickte.

»Sind hier noch andere?«

Kopfschütteln. Gut.

Ich wies Sue an, in die hinterste Ecke des kleinen Raumes zu gehen und sich auf den Boden zu legen. Sie folgte meinem Befehl und ließ mich dabei nicht aus den Augen. Ich wollte ihr keine Angst einjagen. Neben der Tür hing ein Feuerlöscher an der Wand. Die rote, schwere Flasche war staubbedeckt, ich entfernte sie aus der Halterung. Dann öffnete ich die Tür vorsichtig einen Spalt breit und stellte mich dahinter an die Wand.

Ich raunte ihr leise zu, sie solle schreien.

»Was?«

»Du sollst schreien, so laut du kannst.«

»*Was*?«

»Schrei!«

Es war, als bräche ein Staudamm in ihr. Markerschütternd schoss es aus ihr los, schneidend, wie eine Sirene, als habe der Schrei ein Leben lang gewartet, zur Welt zu kommen. Schon hörte ich es im Flur poltern. Es dauerte nur einige Augenblicke. Der Glatzkopf trat die angelehnte Tür ganz auf und machte einen Satz ins Zimmer, in seiner Hand hielt er eine Pistole, ich war hinter seinem Rücken, den Feuerlöscher über meinem Kopf. Auch er schrie. Da trat ich nach vorne und schlug ihm die Flasche auf den Schädel, Blut spritzte in einem hellen, dünnen Faden aus der Stelle, an der ich ihn getroffen hatte. Er fiel langsam vornüber. Sue schrie noch immer. Sie schrie auch noch, als der Körper auf dem Boden aufschlug, als er schon dalag.

Ich sagte ihr, sie solle aufhören, doch sie bemerkte gar nicht, dass ich zu ihr sprach. Ihr Schreien störte mich nicht, es passte zu der Situation. Ich war wie im Rausch. Der bullige Kerl sah nicht gut aus, ich hatte ihn voll erwischt. Der Portobinspiegel meines Blutes führte ein eigenes Leben, potenzierte in solchen Situationen die Gewalt. Es ging weiter. Ich drehte den schweren Körper des Mannes um und schlug auf sein Gesicht ein, gab ihm ein paar heftige Hiebe.

Sue schrie nicht mehr, schaute mich dafür entgeistert und mit großen Augen an, ihr Kopf bewegte sich hin und her. Sie realisierte, was geschehen war, langsam schien sich der erste Schock zu setzen. Sie fragte mich, warum ich das getan habe und ob ich wisse, was der Mann auf dem Boden, den sie Harri nannte, mit ihr machen würde. Wenn er wieder aufwachte. Ich ließ von Harris leblosem Körper ab und ging auf sie zu, sagte ihr, dass sie nicht hierhin gehöre, dass ich sie wegbringen würde, dass dieser Ort die Hölle und es damit nun vorbei sei. Sie schüttelte noch immer den Kopf.

Ich hielt sie an den Armen, vorsichtig, sie sackte in sich zusammen und schaute in die Ecke des kargen Zimmers. Was mit Paul Tremmo geschehen sei, fragte ich sie, und was sie über Maude Anandin wisse. Sue sprach nun, flüsternd, Tremmo sei in der Nacht zuvor von einem Fremden erschossen worden, Maude Anandin habe sie am Morgen zuvor das letzte Mal gesehen, zusammen mit Tremmo und einem Mann, den sie Strohm nannte. Sie hatte Angst vor mir, aber ihre Angst vor den Männern, über die sie nun sprach, war größer. Ich spürte es. Wie sie Tremmos Namen sagte. Als wolle sie ihn nicht wecken.

Ich fragte Sue, ob auch Maude im Paradiso gearbeitet habe, sie verneinte und berichtete in knappen Worten, dass sie die junge Frau hier zum ersten Mal erst vor kurzer Zeit gesehen habe, und dass Maude mit den anderen Mädchen nie gesprochen habe, immer nur mit Tremmo und Strohm zusammen gewesen sei. So eine schöne Frau, flüsterte sie, blickte weiter in die Leere der Zimmerecke.

»Strohm. Ein großer, bleicher Kerl, schwarze Kleidung, hager, mit kahlgeschorenem Kopf?«

Sie nickte, fragte mich, woher ich ihn kannte, dann, was ich denken würde, was ich hier täte, lauter, fragte mich, ob mir bewusst wäre, wer für das alles würde büßen müssen.

Wieder sagte ich ihr, dass ich sie mitnehmen würde und fragte, ob sie mir sagen könne, wo Strohm zu finden sei. Sie schüttelte den Kopf.

»Bitte, denk nach.«

»*Ich weiß es nicht!*«

Etwas tauchte vor ihren Augen auf, ein Ort, der sie ängstigte.

»Da ist ein alter Wohnwagen bei den Pestfeldern. Dort sind sie. Oft. Tremmo. Und Strohm.«

»Warst du dort auch schon einmal?«

Sue nickte, schloss die Augen. Sie schluckte, ihr Kopf senkte sich. Sie war dort gewesen. Natürlich wollte sie nicht daran denken.

Der Kerl zu meinen Füßen fing an zu stöhnen. Kurz fürchtete ich, ihn umgebracht zu haben, doch er erwachte und griff nach seinem Kopf, ich trat ihm in die Nieren und kniete mich auf seinen Rücken, er hustete und versuchte sich aufzurichten. Ich verdrehte ihm die Arme auf dem Rücken und zog sie hoch, stellte meinen Fuß so auf seinen Kopf, dass er nichts mehr sehen konnte. Ich wies Sue mit einem Nicken an, aus dem Raum zu verschwinden, sie folgte der Anweisung.

»Ich nehme das Mädchen mit«, raunte ich ihm ins Ohr, versuchte, meine Stimme tiefer und gefährlicher klingen zu lassen, als sie es war. Dann riss ich mit einer Hand ein Kabel von der Stehlampe ab, die neben uns umgekippt auf dem Boden lag, fesselte seine Hände auf dem Rücken zusammen und verband sie mit den Füßen, so dass er sich nicht mehr bewegen konnte. Der Mann war noch immer benommen und gurgelte unverständliche Laute, es klang hässlich. Ich nahm ein Handtuch von der Heizung und drehte es ein, um es ihm als Knebel um den Kopf zu wickeln. Er hatte mich ja ohnehin schon gesehen, daher brauchte ich eigentlich auch keine Anstalten zu machen, mich vor ihm zu verbergen. Trotzdem riss ich eine Gardine vom Fenster und verband ihm damit die Augen.

Unsanft riss ich den Schlüsselbund von seinem Gürtel ab und steckte mir die Pistole in den Hosenbund, die neben ihm auf dem Boden lag. Bevor ich das Zimmer verließ, packte ich alles, was ich in Sues Schrank finden konnte, in eine Reisetasche, die unter dem Bett hervorguckte, während das strampelnde Bündel auf dem Boden weiter verzweifelt versuchte, sich zu befreien. Ich gab ihm einen letzten, heftigen Tritt in die Seite und verschloss das Zimmer hinter mir.

Sue saß im Flur auf dem Boden, ihr Kopf in den Händen, sie weinte.

»Komm jetzt«, sagte ich zu ihr. »Wir müssen hier weg. Ich bringe dich an einen sicheren Ort.«

Sie folgte mir. Die anderen Prostituierten waren entweder auf der Straße, mit ihren Freiern beschäftigt oder hielten sich aus Angst vor dem Geschrei und dem Gepolter versteckt in ihren Zimmern, so, dass wir nach unten gelangten, ohne aufgehalten zu werden.

Im Treppenhaus kam uns ein Mädchen mit einem Mann entgegen, das uns wütend anschaute.

»Ich bringe dich zu einer Freundin von mir, die ein Haus hat für Mädchen wie dich, dort werden wir weitersehen.«

Ihre Stimme bebte.

»*Mädchen wie ich.* Du stellst dir das sehr einfach vor. Und dann? Was soll ich dann machen?«

Das wusste ich auch nicht, aber überall wäre es besser für sie als hier. Und ich wollte sie schnell loswerden. Ich musste zu den Pestfeldern.

Ich dachte daran, sie zu Schwester Telldrok zu bringen. Ihr Haus war eine Anlaufstelle für Prosituierte, die Ärger hatten und schnell von der Straße mussten. Doch längerfristig würde sie auch dort nicht bleiben können.

Sues Schminke war verschmiert. Als wir auf der Straße waren, gab ich ihr ein Taschentuch.

Sue ließ den Kopf hängen und trottete neben mir her. Sie war total fertig. Ich schloss den Wagen auf und sie kauerte sich auf dem Beifahrersitz zusammen. Ich hatte schon mehr als genug Ärger und jetzt war da auch noch dieses Mädchen. Ich hätte sie einfach dalassen sollen, sie hätte ihrem Zuhälter irgendwas erzählen können. Wahrscheinlich hätte sie trotzdem für mich büßen müssen. Es war alles aus dem Ruder gelaufen. Ich verfluchte mich.

Ich zog die Pistole aus meinem Hosenbund, die ich Harri abgenommen hatte, gab sie ihr. Sie schüttelte den Kopf. Ich aber drückte ihr die Waffe in die Hand, Sue nahm sie schließlich widerwillig. Ich schaute dabei zu, wie mir alles entglitt. Was war hier los? Ich hatte einem Mädchen eine Pistole gegeben, weil ich dachte, dass sie die brauchen könnte. Was war los mit dieser Welt? Sie drehte sich noch immer um die Sonne. Wir fuhren los.

Ein Motorrad, eine dunkle Crossmaschine, schoss über die neblige Landstraße, die eine graue, dünne Linie durch die kargen und brachliegenden Felder pflügte. Der Fahrer war ganz in schwarzes Leder gehüllt, der Helm, das Visier, alles schwarz. Er fuhr schnell und rastlos, schneller, als es der Motor vertrug. Sein Körper war nach vorne geneigt, die Muskeln angespannt. Er schnitt die Kurven und es schien, als würde er immer schneller. Der Motorradfahrer überholte Auto um Auto, in Etappen suchte er sich ein neues Ziel und setzte diesem hinterher wie ein Jäger seiner Beute. Jedes Mal war der Ablauf derselbe. Das Motorrad fuhr mit dem Wagen gleichauf, hielt sich einige Augenblicke neben ihm auf der Gegenspur, der Fahrer blickte nach rechts in die Kabine, erhöhte das Tempo und ließ das Auto im Nebel hinter sich. So fräste er sich durch die Landschaft, passierte unermüdlich die wenigen Wagen, die an diesem Tag auf der Straße unterwegs waren.

Dann, nach einer halben Stunde, tauchte ein alter, rostiger Rosebud auf, seine Scheinwerfer schnitten durch den Nebel. Wie schon bei den Fahrzeugen zuvor fuhr das Motorrad mit dem Wagen gleichauf, der Kopf des Fahrers, eine schwarze Kugel, drehte sich nach rechts und schaute in das Innere des Autos. Diesmal blieb der Jäger länger auf der Höhe des Wagens, zog dann mit einer Hand die Jacke seines schwarzen, engen Einteilers auf und griff hinein. Der schwarze Handschuh förderte eine Pistole zu Tage, der Mann richtete sie auf die Fahrertür des Wagens und schoss noch im selben Moment. Der Rosebud bremste kurz ab, geriet ins Schlingern und fing sich wieder, das Motorrad hielt sich auf der gleichen Höhe, vergrößerte aber den Abstand nach links.

Wieder feuerte der Motorradfahrer auf das Fenster der Fahrertür. Diesmal traf die Kugel das Glas, die Splitter verstreuten sich weit auf der grauen Landstraße und wirbelten bis an den Rand der Gegenspur. Der Rosebud schlingerte, diesmal heftiger, fing sich und erhöhte dann das Tempo. Das Motorrad setzte ihm nach. Als es erneut auf Höhe des Autos war und der Fahrer wieder zum Schuss ansetzte, machte der graublaue Rosebud einen Ruck nach links und kam näher an das Motorrad heran, das sichtlich Mühe hatte, zu parieren. Mit einem Stoß öffnete sich die Fahrertür und knallte gegen das Bein des Motorradfahrers. Die Crossmaschine rutschte weg und geriet mit dem Hinterrad für einen Augenblick unter das schwere Auto, das aufbockte und einen Satz machte, wieder ins Schlingern geriet. Der Motorradfahrer stürzte auf den Asphalt und überschlug sich, der schwarze Körper wurde durch die Luft gewirbelt, prallte mehrere Male auf dem Asphalt auf und rutschte an den Straßenrand, wo er schließlich liegenblieb. Das Motorrad schlitterte unter Funken noch weit über die Straße.

Das Auto aber war außer Kontrolle, es geriet auf den Seitenstreifen, driftete weiter nach rechts ab und schoss eine Böschung hinunter auf ein Feld, die Reifen verloren ihre Haftung auf dem Untergrund, es rutschte, drehte sich um die eigene Achse, kippte in geschwungener Bewegung langsam aufs Dach und blieb schließlich auf dem Rücken liegen.

Ich hielt es nicht mehr aus. Ich musste mir auf einer Raststätte einen Schuss Portobin setzen. Nachdem wir gut zwanzig Minuten gefahren waren und die Stadt hinter uns gelassen hatten, fuhr ich rechts ab zu einem alten Rasthof und hielt hinter dem Verkaufshaus. Unter dem Vorwand, auf die Toilette zu müssen, ließ ich Sue zurück und schärfte ihr ein, im Auto zu bleiben.

In der verdreckten Kabine verlor ich keine Zeit, mir eine kleine Ladung aufzukochen. Ich drückte das Gift in meinen Oberschenkel. Es ging wieder direkt los. Ich wusch mir das Gesicht und hechtete zurück zum Auto, die Prozedur hatte kaum mehr als fünf Minuten gedauert und das Portobin trieb mich an, ich agierte viel zügiger und hatte das Gefühl, meine Geschwindigkeit verdoppele sich. Doch auch wenn ich mich nun viel kräftiger und agiler fühlte, sicherer wurde, wusste ich doch, dass sie nach uns suchen würden und unser Vorsprung nur begrenzt war. Als ich zurück zum Wagen kam, war Sue noch da, sie hockte zusammengekauert auf dem Beifahrersitz, die Beine eng zum Körper angezogen. Sie sah jetzt noch viel mehr aus wie ein junges Mädchen.

Dunkle Wolken zogen auf. Ich gab zu viel Gas, die Hinterreifen meines Wagens schleuderten den Kies hoch und wir fuhren wieder auf die Straße. Wir hatten kaum geredet. Sues Kopf lehnte an der Scheibe und ich wusste nicht, ob sie die Augen geöffnet oder geschlossen hatte. Immer wieder ging ein Schütteln durch ihren Körper. Ich kannte diesen Menschen keine Stunde und schon hatte ich dafür gesorgt, dass nichts mehr so war wie vorher. Vielleicht wäre das irgendwann einmal gut, jetzt gerade jedoch war es einfach nur unerträglich.

Die Leute, denen ich Sue entrissen hatte, waren keine der üblichen Zuhälter von der Straße. Ich fürchtete ihre Rache, und Sue musste sie nun ebenso fürchten. Was machte ich auch? Sie würde Schutz brauchen. Ich wollte etwas Gutes tun, ohne einschätzen zu können, ob damit ihre Situation nicht noch verschlimmert wurde.

Ich dachte an Schwester Telldrok, eine ältere Dame, die weiß Gott keine Nonne war, von allen aber Schwester genannt wurde. Sie stammte aus dem Milieu, hatte jahrelang angeschafft und schließlich in einem Freier einen Mäzen gefunden, der ihr den Ausstieg ermöglichte und ihr nun seit mehr als 20 Jahren ein Haus zur Verfügung stellte. Das zumindest erzählte man sich. Ob es stimmte, interessierte mich nicht. Ich wollte es glauben. Es gab Betten und Essen, und Männer mit Kanonen, die ihrem Anstand hinterhertrauerten. Mit ihrer Güte hielt Schwester Telldrok die Mädchen von der Straße fern, half ihnen – bis sie schließlich auf eigenen Beinen stehen konnten. Manche schafften es auch nicht. Ich hatte das Haus bei einem alten Fall kennen gelernt, sie wusste wer ich war. Schwester Telldrok sprach nicht viel, doch in diesem Fall würde ich mit ihr reden müssen.

Meine Hände griffen immer fester um das Lenkrad und der Kopf senkte sich, das Portobin war in vollem Gange, brachte mein Blut langsam zum Kochen. Ich versuchte, klare Gedanken zu fassen, es mahlte in meinem Mund, die Zähne schoben übereinander, wie eine Sichel auf dem Wetzstein. Im Rückspiegel tauchte ein schwarzes Motorrad auf, eine drahtige Crossmaschine. Auch der Fahrer war ganz in Schwarz gekleidet und kam näher, bis er schließlich zum Überholen ansetzte und dann auf unserer Höhe verweilte.

Jetzt also. Handlungen haben Konsequenzen. Es war so weit. Er griff in seine Jacke und holte einen langen Colt raus, schoss beinahe noch im selben Augenblick auf uns, indem er den Hahn zog. Die Kugel ging durch die Tür und drückte sich lieblos ins Armaturenbrett. Ich bremste ab, gab Gas, brachte den schlingernden Wagen wieder unter Kontrolle. Sie hatten uns aufgespürt. Das ging schnell. Sue schrie, sie erkannte den Motorradfahrer, brüllte, das sei der Chinese, schrie dann immer wieder apathisch dieselben Worte in einer Sprache, die ich nicht zuordnen konnte, eine Sprache, die ich noch nie gehört hatte. Sie klang wie ein Insekt, es knarzte aus ihrem Mund. Wieder feuerte der Motorradfahrer und diesmal traf er das Fenster neben mir, es zersprang mit einem dumpfen Knall. Es pfiff, und dass Innere meines linken Ohres fühlte sich ganz taub an. Der kalte Wind zog mir ins Gesicht. Ich war so konzentriert, dass ich eine Fliege aus der Luft hätte greifen können, in mir waltete das Portobin. Der Rosebud schlug nun stärker aus als zuvor, ich hatte das Gefühl, das Lenkrad jeden Augenblick zu zerdrücken. Sue schrie neben mir wie am Spieß. Das Motorrad kam uns wieder näher, nun, ohne eine Scheibe zwischen uns, drang das laute Knattern der Maschine unvermittelt in mein Ohr. Die Welt vor meinen Augen zuckte und waberte. Ich meinte, den Schützen etwas murmeln zu hören, aber das konnte ja gar nicht sein. Als er weniger als einen halben Meter neben mir war und gerade wieder zum Schuss ansetzte, zog ich den Türgriff, riss im selben Augenblick das linke Bein hoch und trat die Tür gegen den Druck des Fahrtwindes auf. Augenblicklich verschwand das Motorrad samt Fahrer aus meinem Sichtfeld, als sei es in ein Loch gestürzt, dann sah ich den schwarzen Lederkörper aus dem linken Augenwinkel herumwirbeln und meinte auch den Aufschlag des Helms auf dem Asphalt hören zu können. Der Wagen machte einen Satz und schoss nach rechts, brach aus, ich hielt das Lenkrad so fest wie ich nur konnte, versuchte, nicht die Kontrolle zu verlieren. Es krachte und wackelte, der schwere Wagen war zu einem unkontrollierten Geschoss geworden, Sue neben mir schrie noch immer, hörte gar nicht mehr auf zu schreien, wir rutschten über das giftige Gras. Ich konnte nichts mehr sehen, so zitterte es, der Rosebud drehte sich, drehte sich aufs Dach, rutschte weiter, schließlich kamen wir rumpelnd zum Stehen.

8

他们肯定来过这儿。也肯定是这条街。那也许是一辆灰色的Rosebud。混蛋，这辆破摩托就不能开快一些吗？Veliz刚看见他们驶出高速公路，他们肯定还在那儿。我也没有见到一辆灰色的Rosebud从对面开过去，但我肯定，他们就在这里附近。Sue，这个小婊子。我根本没想到她居然有这么大的勇气。在前面吗？并不是他们。混蛋，能不能再快一点。不不，不是他们。看我干嘛！继续开吧，前面还有更多的人。他们的破车肯定在前面，但肯定不会太远。他们刚去了高速公路上的服务区歇脚，应该跑不了多远。妈的，我真没兴趣再追他们了。但是Harri被这个家伙打得伤势不轻，我从来没想过，他也有被打成猪头的这一天。

完了，如果我找不到他们的话可就他妈的麻烦了，所以我们得继续找他们。时间拖得越长，Harri和Strohm会把他们打得更残，最后还有谁能来为他们擦屁股呢？妈的，还不就是我么！再往前看，那也不是灰色的Rosebud，但我必须再看一眼，或许他们把车给换了。不是，那也不是Sue，但是身材还不赖。噢！她在招客吗？我靠，这个破摩托已经快开不动了。如果再这样继续开下去的话，我想引擎都快要着火了。先不管这么多了。。。

啊，这也不是他们。看什么看，傻逼，欠揍吗！你应该庆幸我想抓的不是你吧！

等等，前面那是一辆Rosebud。是的是的！干，是他们！终于他妈的找到他们了。来来来，快一点，就是他们。就是这个混蛋，嗨Sue！啊！你这个家伙，我真想一枪崩了你。

Ahhh!

我抓到他了吗？还没有，我靠。这个狗娘养的居然没反应。
再来一次。
好！就是他妈的现在。我要杀了你，你这个混蛋！
再一次，那么的，近，别吵。老子就要今天崩了你，你这个混蛋。我真想马上就杀了你！然后再给Sue一个教训。。。妈的。
不不不，什么。。。
... hhh ... hhh ... hhh ... hhh ... hhh ... hh ... hhhhhhhhh ... hhh ...
怎么了。为什么我感觉这么冷。我的摩托在哪？我感觉好冷。
怎么。。。。

Wang Yu*

* Sie müssen hier lang gekommen sein. Das muss die Straße sein. Ein graues Auto, ein Rosebud oder so. Verdammt, fährt diese dreckige Karre nicht schneller? Veliz hat gesehen, dass sie auf die Ausfahrtsstraße sind, also müssen sie noch hier sein. Mir ist kein grauer Rosebud entgegengekommen, also müssen sie hier irgendwo sein. Sue, das kleine Miststück. Hätte nicht gedacht, dass sie so viel Mut hat. Da vorne, das sind sie nicht. Scheiße, schneller. Nein, das sind sie nicht. GUCK NICHT SO! Weiter. Da sind ja noch mehr. Eine von den Karren muss es ja sein, so weit können die ja noch gar nicht sein. An dem Rastplatz waren sie ja gerade erst, weit können die echt nicht sein. Scheiße, ich hab keine Lust, irgendwelchen entlaufenen Hühnern hinterher zu jagen. Aber der Typ hat Harri echt übel zugerichtet, das hätte ich nicht gedacht, die Glatze hatte echt eine fiese Beule.

Verdammt, und wenn ich sie nicht kriege, gibt es Stress, und wir müssen weiter suchen, und je länger es dauert, desto fieser werden Harri und Strohm die beiden zurichten, und wer darf die Scheiße wieder wegmachen? Ich! Verdammte Scheiße! Das ist auch kein grauer Rosebud, aber ich muss mal sehen, vielleicht haben sie ja auch das Auto getauscht. Nein, das ist nicht Sue, obwohl die auch nicht schlecht ist. Na, Arbeit? Verdammt. Die Drecksmaschine pfeift aus dem letzten Loch. Wenn das noch lange so weiter geht, brennt mir der Motor weg. Komm schon ...

Das sind sie auch nicht. Guck nicht so, du Pisser, sei froh dass ich nicht dich suche!

Warte, da vorne, das ist doch ein Rosebud. Ja, verdammt, das sind sie. So, jetzt wird gefickt. Jetzt mach ich sie platt. So, komm schon, schneller. Das sind sie. Das ist die Sau. Hallo Sue! Das ist der Pisser also. Warte. Ich blas dir das Gesicht weg.

Ahhh!

Hab ich ihn? Nein, verdammt. Der Wichser hat Nerven. Noch mal.

Ja! Jetzt. VERDAMMT. STIRB DU WICHSER!

Nochmal, so, näher. Jetzt, Ruhe. Gleich hast du kein Gesicht mehr, du Bastard. Gleich mache ich dich kalt! Und dann nehme ich mir die Reste vor, die von Sue über SCHEISSE. NEIN. Was

... hhh ... hhh ... hhh ... hhh ... hhh ... hh ... hhhhhhhhh ... hhh ...

Was ist passiert. Mir ist kalt. Mein Motorrad. Wo ist das Motorrad? Mir ist kalt. Was ist

Wang Yu

9

»Ein schlimmer Unfall ist passiert
Das Fahrzeug hat sich überschlagen
Sirenen machen Hunde wach
Und Kerzen stehen am Straßengraben«
Weynberg

Meine Zähne sind in den letzten Jahren scharfkantiger geworden. Das ist gar nicht metaphorisch gesprochen, es ist wirklich so, dass die hinteren Backenzähne viel scharfkantiger geworden sind, so, dass ich mir manchmal, wenn ich zu aufgeregt spreche oder zu hungrig esse, die Zunge verletze. Es ist eine Veränderung, an der sich das Altern des Körpers beobachten lässt, seine Veränderung überhaupt spürbar wird. Es geschieht beiläufiger als bei den ersten sprießenden Barthaaren in meiner Jugend. Es ist weniger auffällig, besonders nach außen hin sieht man es ja gar nicht, ich spüre es nur in meinem Mund. Ich habe gezählt, mein Gebiss besitzt 32 Zähne, mit der Zeit sind vier weitere hinzugekommen. Das war auch etwas, das ganz beiläufig geschehen ist, so mit den Jahren, vier ganz unterschiedlich geformte, eigenartige Gebilde sind aufgetaucht. Und die sind nun nach ihrem langjährigen, langsamen Wachstum, zunächst ganz unbemerkt, schärfer geworden. Vielleicht wollen sie meine Zunge bremsen, wie scharfe Hunde, die gegen ihre Herren aufbegehren, ihm mit wildem Blick sagen, dass er sich vorsehen soll. Dass sie mitbekommen, was er manchmal sagt, Dinge, die scharfen Hunden und wilden Zähnen nicht gefallen.

Ich habe auch von Leuten gehört, die sich die Zähne ganz hinten von einem Arzt entfernen lassen mussten, weil sie zu stark nach vorne drangen, die Struktur des Gebisses, das über Jahre gewachsen war, veränderten, alte Zähne von ihren Plätzen zu schieben versuchten. Das wird bei mir wohl nicht notwendig werden, vermutlich müssen sie nicht entfernt werden. Das Merkwürdige daran aber ist, dass ich gar nicht weiß, aus welchem Grund sich die Zähne ihren Weg nach oben erkämpft haben, da sie keinen offensichtlichen Nutzen haben.

Ich wünsche das niemandem, nicht meinen größten Feinden, auch wenn ich diese noch nicht kenne. Es muss furchtbar sein, wenn so etwas tief Verwurzeltes wie ein Zahn entfernt wird, wenn man ihn danach sehen kann, ihn in der Hand wiegen kann, er nicht mehr zum Körper gehört und es im Mund dabei nach Eisen schmeckt. Einmal habe ich mir im Rausch in einer schnellen Bewegung ein Stück meines vorderen Schneidezahns abgebrochen, ein wirklich kleines Stück, man sah es kaum. Danach musste ich immer wieder mit der Zunge darüberfahren, manchmal bis sie ganz rau war. Irgendwann hatte ich mich dann daran gewöhnt und ich kann mich heute gar nicht mehr erinnern, wie es einmal war, als der Zahn noch keine Absplitterung erlitten hatte. Da ist er mir ja nie aufgefallen, weil er sich nicht von den anderen unterschied. Die meisten Dinge fallen einem eben erst auf, wenn sie sich verändern. Man berührt eine Narbe anders als die ebene Haut.

Wie ich so mit der Zunge über meine Zähne gehe, bemerke ich, dass mein Kopf fürchterlich weh tut. Ich höre außerdem ein unerträgliches Pfeifen, das sich nicht abstellen lässt. Ich schaffe es nicht, die Tür des qualmenden Wagens zu öffnen, sie ist verzogen. Ich löse den Sicherheitsgurt und lande unsanft an der Decke des Autos. Ich krieche durch das Fenster, das kein Glas mehr trägt, weil ein Zuhälter darauf geschossen hat. Ein paar Meter von dem Wagen entfernt steht Sue, ihr kurzes Haar ist ganz zerzaust. Sie spricht in einer fremden Sprache mit sich selbst. Ich kann sie nicht verstehen, wieder klingt sie wie ein

Insekt. Als ich mich wankend aufrichte und mit dem Handrücken das Blut von meiner Nase wische, wendet sie sich mir zu und fängt an zu schreien, beleidigt mich, mit Schaum vor dem Mund nennt sie mich einen Hundesohn und was ich eigentlich denke, wer ich bin. Fragt sie mich.

Ihre Stimme fegt mit Gewalt über mich. Sie hebt ihren Arm, in der Hand die Pistole, die ich ihr vorhin gegeben habe. Sie schreit und schießt auf das Auto, trifft den Motorblock, es gibt noch einen Knall, weniger laut als der Schuss, und dann zischt Wasserdampf irgendwo raus. Sie schreit weiter und ich schäme mich, will ihr Recht geben, aber meine Stimme versagt und ich muss mich übergeben. Ein Stück Scheiße nennt sie mich, und dann verdammt sie mich, und sie hat ja Recht.

Ich falle in das giftige Gras. Sue dreht sich um und geht mit der Pistole in der Hand über das Feld, schlägt sich durch die Büsche und verschwindet im Wald. Ich höre noch ein paar wütende Schreie, die sich im Wind verlieren. Ich schaue auf die rote Farbe der Wiese und meine, mit einem Mal Millionen Grillen um mich herum zu haben. Dann stolpere ich zum Rosebud, packe alles, das mir gehört, in die Tasche, ziehe mir die Henkel über die Schultern, wie man es mit einem Rucksack tut. Dann reiße ich ein Stück vom Bezug des Beifahrersitzes ab, der seit ewigen Zeiten aufgeschlitzt ist und nun nach unten hängt, öffne den Tankdeckel und stopfe den Lappen hinein. Ich zünde den Stoff an und drehe dem Wagen den Rücken zu, gehe wieder zurück Richtung Straße. Hinter mir lodern die Flammen auf, ich spüre es, dann gibt es eine Explosion, die Druckwelle erreicht mich noch so eben und ich schließe kurz die Augen. Ich spüre richtige Wärme, nur für einen Augenblick, das erste Mal seit langer Zeit.

Auf der Straße gehe ich am Motorradfahrer vorbei, ziehe den ledernen Körper in den Graben. Dabei habe ich die Augen geschlossen. Das ist meine Arbeit. Das ist ihr Preis. So geht's bei Detektiven. Dann richte ich die Maschine auf. Der Lack ist am Tank abgeschliffen und der Lenker scheint ein wenig verbogen, sonst geht es noch. Ich sitze auf, ziehe meine schwarzen Lederhandschuhe fest und drehe den Zündschlüssel, die Maschine hustet mehrmals, springt schließlich an, ich lasse sie aufheulen. Ich fahre zurück in die Richtung, aus der ich gekommen bin, nicht zu Schwester Telldrok, sondern zu den Pestfeldern. Ich werde Maude Anandin befreien.

Die Pestfelder sind nicht nur der Rand der Stadt, sie sind auch der Rand des Lebens, eigentlich sind sie der ausgefranste, angekokelte und schmutzverkrustete Rand von allem. Ihre Fläche ist einer verbotenen Zone gleich, in die sich kaum einer freiwillig vorwagt. Die Menschen, die in diesen Feldern leben, sind hierhin geflüchtet. Der Boden ist noch verseuchter als in der Stadt, es riecht immer faulig, Schwefel hängt in der Luft. Zwischen den Hütten stehen kleine, improvisierte Tempel. Sie sind verwahrlost, heruntergekommen. Niemand in den Feldern hat die Energie, sie zu pflegen. In den Pestfeldern verlieren die Menschen ihren Glauben. Die Bäume in der Kolonie bilden einen Garten aus verkohlten und deformierten Skeletten. Es leben Tiere dort, vergiftete Tiere, leidende Tiere, deren Leben von Geburt an nur Schmerz ist und die sich diesem ergeben, kennen sie es doch nicht anders. Diese Tiere laufen immer gebückt, mit dem Kopf nah an der Erde. Hyänen gibt es dort, warum weiß niemand, riesige Ratten und Tiere, für die es keine Namen gibt. Auch die Menschen dort sind vergiftet. Ihr Leiden aber sieht kaum jemand, da sie in ihrem Elend bleiben und selten ein Besucher die Felder betritt. Noch seltener verlässt ein Besucher diesen Ort.

Die Pestfelder sind der Aussätzigen Heimat. Den unartigen Kindern der Stadt wird gedroht, dass sie in die Felder gebracht werden, wenn sie sich nicht benehmen. Die Kinder unterhalten sich, und in ihren Erzählungen wächst sich der Ort zur Hölle aus. Plötzlich gibt es dort Ungeheuer, Monster und Geister, die einen in ihre Löcher holen und foltern. Wenn ein Kind verschwindet, raunen sich die Jungen und Mädchen zu, der Tod habe es in die Pestfelder geholt. Manchmal ist es auch so. Die Pestfelder sind die Albträume der Kinder und die Ängste der Unartigen.

Die Menschen leben in alten Wohnwagen oder in Hütten, die sie aus dem Schrott und Müll bauen, den sie in den Feldern finden. In der Kolonie hausen die Menschen, die in der Stadt nicht überleben können, Menschen, die sich verstecken müssen, vor der Polizei oder vor dem Verbrechen, meistens aber vor beidem. Fast sind sie sicher in den Feldern, denn allein schon das Leben dort ist eine Strafe, so dass man sie nur noch sucht, wenn sie sofort für etwas sterben *müssen.* In den Pestfeldern geschehen Dinge, die selbst in der Stadt nicht möglich wären, und in den Hütten und Wagen gehen die Leben nur zu Ende, niemand wird hier geboren. Es gibt dort auch Ruinen, alte, eingefallene Fabriken. In die Keller dieser Gebäude darf man nicht gehen, denn dort lauert die Mordlust, Menschen tun dort anderen Menschen Dinge an, wie sie nur Menschen anderen Menschen antun können. Kein Tier macht so etwas. Dort muss ich einen Wohnwagen finden. Ich muss Maude Anandin finden.

Ich war schon einmal hier, betrete diesen Ort aber wie zum ersten Mal. Langsam fahre ich mit der Maschine über die lehmigen Wege. In den Pfützen wird das Licht reflektiert, es glänzt das Benzin. Auf den Märkten hier findet sich das meiste an Leben, doch danach suche ich nicht. Ich suche nach Strohm, der aussieht wie ein Toter, und will ihm eine Lebendige entreißen. Ich muss mich in die Winkel begeben, ins Verborgene gehen. Dort werde ich sie finden.

Vor den Hütten und Wagen hocken Menschen auf behelfsmäßig gebauten Möbeln, angelockt von der Sonne, die doch nur ab und an in einzelnen, dünnen Strahlen durch die Rauchschwaden dringt, die ausgestoßen von den selbstgebauten Öfen den Feldern ein dunkelgraues, fast schwarzes Zelt aufziehen. Die Menschen sind in Decken gehüllt, um der Kälte zu trotzen. Sie sitzen einfach nur da, als warteten sie auf etwas. Sie sprechen nicht. Ihre Blicke verfolgen mich, ohne dass ihre Köpfe sich bewegen, manche starren auch woanders hin, ins Leere, in die Erinnerung oder in einen Traum. Sie schießen das schlechteste Portobin, das es gibt. Sie verrecken daran, elendig siechen sie dahin. Langsam fahre ich an ihnen vorbei.

Nach einer Weile halte ich mit dem Motorrad vor einer größeren Baracke, aus der Geräusche erschallen. Die Bewohner der Pestfelder haben sich hier eine Kaschemme gebaut, an der sie den selbstgebrannten Schnaps herunterkippen, bis sie nichts mehr sehen können und das Elend nicht mehr spüren. Ich stelle die Maschine ab und gehe durch die Tür, die von einem behelfsmäßig befestigten Vorhang verdeckt wird. Unmittelbar brennen mir die Augen. Das Licht ist trüb und alles ist voller Zigarettenqualm.

Die Menschen sind in Bewegung, irgendwo ist ein Gerangel, aber die aufkommenden Kämpfe fegen durch die zerschossene Menge in einer Willkür, wie die der kreisenden Schwärme der Vögel, früher, als sie ihre Tänze noch über den Feldern tanzten. Ein paar der Menschen haben Raben auf ihren Schultern sitzen, zerzauste Gefieder, die in die verfilzten Haare der Köpfe überzugehen scheinen.

Ich gehe zu einer Art Tresen, ein Mann mit einer Augenklappe steht dort, unterhält sich, die Hände auf die grobe Theke gestützt. Seine Arme sind von Bildern gezeichnet, dünne, unscharfe Linien. Ich weiß, was passiert, wenn ich hier Druck ausübe. Ich werde unter einer Schicht Menschen verschwinden und niemals aus diesem Loch zurückkommen. Ich würde zwischen ihren Häusern versinken wie im Treibsand. Also versuche ich es auf eine andere Art, ein alter Trick, der sich schon oft bewährt hat. Der Augenklappenmann schaut mich skeptisch an.

»Ich suche Paul Tremmo. Er ist mit einer Frau hier, ich muss die beiden finden. Ich habe eine wichtige Nachricht für ihn.«

»Hier gibt es keinen Tremmo.«

»Es ist wichtig.«

»Ob du taub bist«, sagt der Mann hinter der Theke, und seine Stimme zischt wie ein vorbeirauschender Zug.

Ich stoße mich von der Theke ab und mache kehrt, wühle mich unter die vielen Menschen.

Lange werde ich nicht warten müssen. Dieser Trick funktioniert immer, dabei ist er so einfach. Ich gehe langsam in den hinteren Bereich der großen Hütte und bin sicher, dass mich die Blicke des Mannes verfolgen. Ich bewege mich langsam in einem großen Kreis einmal durch die Baracke, schiebe mich an den Menschen vorbei, die dicht gedrängt zusammenstehen. Manche bewegen sich zu der Musik, die nur aus einem Geräusch besteht, ein kantiges Brummen, ein heulender Ton darüber. Ich beobachte den Mann an der Bar, er sucht mich, hat mich aber aus den Augen verloren. Er spricht mit einem kahlköpfigen Jungen in weißer, schmutziger Kleidung, eindringlich, schlägt ihm mit der flachen Hand auf den Hinterkopf und lässt dabei weiter seine Blicke kreisen. Der Junge kommt hinter der Theke hervor und drängelt sich zielstrebig zur Rückwand der Hütte. Schnell folge ich ihm, geduckt, so dass mich der Mann mit den Tätowierungen nicht wieder in den Blick bekommt.

Der Junge zwängt sich durch ein Loch, das von einem Vorhang verborgen ist. Nach einem Augenblick folge ich ihm, muss mich trotz meines geringen Gewichts hindurchdrücken. Der Mann hinter der Theke weiß, dass Tremmo tot ist. Nun hat er den Jungen zu Strohm geschickt, um ihn zu warnen. So geht's bei Detektiven. Ich laufe um den großen Schuppen herum und schwinge mich auf das Motorrad, lasse es an und versuche dabei, den Motor leise zu halten. Ich setze an der Hütte vorbei und halte großen Abstand zu dem Jungen, der durch den Wald rennt, als ginge es um sein Leben. Er läuft in das Dickicht hinein, scheint einer Route zu folgen, einem Weg, der nicht markiert ist. Im Licht der Pestfelder sieht er aus wie ein Geist, in seiner hellen Kleidung und mit dem kahlen, weißen Schädel. Ich fahre gedrosselt, stehe, um bei dem geringen Tempo nicht das Gleichgewicht zu verlieren, bleibe dabei in den Ecken und Winkeln verborgen, mache mich unsichtbar. Es dämmert schon. Auch wenn es heute kaum hell geworden ist, bemerke ich, wie sich das Licht verändert. Die tiefen Schatten geben mir Raum. Der Junge ist flink, er läuft über einige Anhöhen und schlägt sich durch verdörrte, schwarze Äste und Sträucher.

Nach ein paar hundert Metern endet der Wald und der Junge läuft auf das freie Feld dahinter. Ich sehe den Wohnwagenanhänger, er steht ganz allein auf einem weiten Gelände, weitab von den anderen Behausungen. Er ist dreckig, an einigen Stellen scheint er behelfsmäßig geflickt worden zu sein, Rost da, wo Metall ist. Ich springe von der Maschine und schiebe sie in einen Graben. Der Hänger ist gut 20 Meter entfernt. Eine Gasflasche steht am Heck, ein roter Schlauch geht durch ein Loch ins Innere. Der Junge läuft zur Tür und klopft an, sie öffnet sich noch im selben Moment und er schlüpft hinein. Ich halte mich im Graben am Rande des toten Waldes verborgen. Jetzt gleich geht es los, ich spüre, wie mich das Adrenalin in Wallung bringt. Ich denke an Tremmos Portobin in meiner Jackentasche, aber es ist keine Zeit dafür, auch, wenn es mich sicher schneller machen würde. Ich hole die Pistole hervor und überprüfe das Magazin, nehme meine schwarze Strumpfmaske aus der Reisetasche und ziehe sie über den Kopf. Auf den Knien visiere ich die Propangasflasche an, zähle im Kopf bis fünf. Ich darf Strohm keine Zeit geben, sich vorzubereiten. Ich schieße, es gibt einen dumpfen Knall und das Gas entweicht mit Hochdruck am Eintrittsloch meiner Kugel, die Flasche kippt um und wird durch den Druck des ausströmenden Gases gegen den Wohnwagen gedrückt. Ich schieße nochmal und das austretende Gas entzündet sich, versengt das tote Gras. Der Wohnwagen fängt Feuer. Die Tür springt auf und der Junge rennt heraus, er schreit, rennt auf den Wald zu. Als Strohm in der Tür auftaucht, schieße ich ihm in die Schulter, er greift sich überrascht an die Brust und fällt vornüber aus der Tür, sein langer Körper landet auf dem Boden. Wie ein Priester sieht er aus, in einem schwarzen Gewand. Da taucht hinter ihm Maude auf. Ich habe das Gefühl, ihre Erscheinung in Zeitlupe zu erleben. Sie hat noch immer dasselbe Kleid an, aber es ist von Blut befleckt, Tremmos Blut, *hoffentlich nicht ihr Blut.* Das Kleid sieht aus wie das Kettenhemd einer verletzten Ritterin. Sie schreit, ihre Augen sind weit aufgerissen. Strohm windet sich am Boden und hält sich die Schulter. Ich renne auf die beiden zu und richte die Waffe dabei auf ihn. »Komm, komm mit«, schreie ich Maude zu. Sie schaut mich an, unsere Blicke treffen sich, kurz habe ich das Gefühl, alles halte alles an, als herrsche Stille für einen Augenblick. Dann rennt sie auf mich zu, rennt an mir vorbei, ich drehe mich um und laufe los. »Zum Motorrad«, rufe ich, bin eher dort, richte es auf. Sie bleibt stehen. »Ich hole dich hier raus«, brülle ich, vom Wohnwagen ertönt Geschrei und aus dem Augenwinkel sehe ich, wie sich der schwarze, dünne Umriss Strohms erhebt. Wir haben keine Zeit. Der Junge wird Alarm schlagen.

»*Komm!*«

Maude erwacht aus der Starre. Sie steigt zu mir aufs Motorrad.

Ich gebe Gas, das Hinterrad der Maschine rutscht auf dem Boden weg, aber ich stütze uns mit dem Fuß ab, kriege die Maschine stabilisiert und wir preschen nach vorne.

Ich rase am Waldrand entlang, halte auf die Straße zu, die irgendwo parallel liegen muss.

Trotz allem spüre ich etwas. Nicht nur, dass ich sie gefunden habe. Auch, dass sie aufgestiegen ist, dass sie sich an mir festhält. Die Sonne ist fast untergegangen und wir erreichen die Straße. Mein Herz schlägt wie verrückt.

10

Verdammte Scheiße, was denkt sich dieser Idiot, ich raste aus, dieser Pisser hat doch kein Stück nachgedacht, sorgt dafür, dass alles eskaliert, macht mir Versprechungen und dann haut der sich zu und der blöde Chinese mit seinem verfickten Motorrad packt uns direkt nach ein paar Minuten, verfickte Scheiße, diese verdammten Portos taugen nichts, ich drehe durch, ich kann nicht mehr, ich habe keinen Bock mehr auf diesen verfickten Wald, es stinkt, ich mach alle kalt, die beschissenen Bäume, verdammt, wo soll ich denn jetzt hin, was soll ich denn jetzt überhaupt machen, die kriegen mich doch eh, die holen mich, ich kann doch nicht nach Hause, ich muss raus aus der Stadt, der hat fast den Glatzkopf gekillt, die denken doch, ich hätte was damit zu tun, die denken eh, ich wäre geflohen, verdammt, ich hätte auch allen Grund gehabt, diese Schweine, ich hasse die, den fetten Glatzkopf und Tremmo habe ich auch gehasst, gut, dass der tot ist, aber was mache ich jetzt, wo soll ich denn nur hin, ich kann nicht zurück, ich will nicht zurück, ich will nicht mehr, mir reicht es, und das Auto, verdammter Mist, ich hätte sterben können, meine Schulter tut weh, und mein Nacken, dieser Idiot, was sollte das, warum hat der das gemacht, was will der von Strohm und was hatte der mit Tremmo zu tun, ich begreife das alles nicht, ich krieg's nicht, ich pack das nicht, es reicht jetzt, diese ganze Scheiße ist zu viel für mich, mir reicht es, ich laufe einfach weiter, bis ich irgendwo ankomme, ich brauche die ganzen Schweine nicht, und ich geh nie wieder anschaffen, diese Typen sind so eklig, ich pisse auf ihre Gräber, alle, ich hasse sie alle, wer gibt denen das Recht, so etwas mit mir zu machen, der blöde

Chinese und Tremmo, die haben es doch verdient, die haben es alle verdient und die anderen Votzen im Hotel auch, ich zünde den Laden an, und wenn ich diesen beschissenen Weynberg wiedersehe, mach ich ihn auch kalt, mit der Knarre, dieser Idiot, gibt mir eine Knarre, hier, so, hörst du mich, Weynberg, die nächste Kugel ist für dich, hast du verstanden, ich mache dich kalt und ich zünde die ganze Scheiße an, ich fackle den Wald ab, Weynberg, was ist das überhaupt für ein verfickter Name, wie er das sagte, ich heiße Weynberg, es reicht, mir reicht es, ich will doch nur nach Hause, warum kann ich da nicht hin, ich kann nicht mehr, ich will, dass das alles aufhört, ich geh nie wieder in das Hotel und wenn, dann brenne ich den Laden ab, ihr werdet schon sehen, ich mache euch kaputt, ihr blöden Pisser, es reicht, was soll das alles?

Moment. Was ist das? Was ist das für ein Geräusch? Ist das ein Tier? Moment. Wo kommt die Farbe her? Was ist das für eine Farbe? Das riecht aber gut. Das ist ganz süß. Wer spricht da? Nein. Moment. Was ist hier los? Mein Kopf tut weh, aber das riecht so gut. Ich habe Hunger. Ich will schlafen. Ich will

Susanna »Sue« Milfjord

II

»Wir suchen eine neue Sprache
Die uns erzählt und uns entspricht
Gesichter ziehen im Wahn vorüber
Ich schaue hin, du bist es nicht«
Weynberg

Als ich aufwache, noch benommen, wie immer, wenn ich aufwache, muss ich schmunzeln – nur ganz kurz, weil mir die Region oberhalb meines Schwanzes wehtut, ein leichter Druck, und wenn ich mich berühre, zuckt es einmal kurz durch meinen Körper. Dann komme ich mir unsinnig vor und die Mundwinkel markieren wieder die zwei Enden einer recht geraden Linie. Aber etwas Warmes ist da, auch wenn mir alles weh tut. Ich habe mich sehr amüsiert heute Nacht und ich fühle mich total dünn, fast so, als würde ich verschwinden, und auf eine gute Art ausgelaugt, lebendig und gleichzeitig benommen. So, als ob meine Zähne hohl wären von innen. Ich drehe mich zur Seite, sogar die Sonne scheint, Lichtstrahlen geben dem Staub eine Bühne, lassen ihn durch das Zimmer tanzen. Es ist so warm hier und ich möchte in diesem Moment bleiben, ihn ausdehnen, nie wieder verlassen. Neben mir schläft ein Mensch, und bei seiner Betrachtung fühlt sich alles wieder ganz anders an. Da liegt ein Körper, den ich kenne und doch wieder nicht.

Und dort liegen Mullbinden auf dem Boden, mit denen ich meine Wunden behelfsmäßig verbunden habe, nass von der Dusche und von Pflastern verklebt. Sie sehen aus wie die abgelegte Haut einer Schlange. Einer mumifizierten Schlange. Verdammt, ich bin ein paar

Stunden mit jemandem zusammen und in meinem Schädel befindet sich nur noch nasser Mörtel. Neben mir befindet sich eine Frau, sie riecht wie Hedy. Sie sieht auch aus wie Hedy, ja, sie schmeckt auch wie Hedy – ich habe sie einige Male probiert in dieser Nacht. Aber es ist nicht Hedy, kann nicht Hedy sein. Ich bin so benommen, dass es mir kurz egal ist, dass es nicht Hedy ist, sie ist eine Illusion von Hedy und ich fühle mich gut, wenn ich mit ihr schlafe.

Meine Hand gleitet über ihren Rücken und Hintern, ich greife fest in ihre Pobacke und schiebe mich an sie heran, lege meinen Arm um sie und beiße ihr in die Schulter, atme tief ein. Sie riecht verschwitzt und das gefällt mir. Es erregt mich. Ich denke gar nicht an das Portobin, ich denke nur kurz, dass ich nicht daran denke. Sie hat sich umgedreht. Meine Hand greift ihre Brust, fährt über ihren Bauch und ich schiebe sie mit sanftem Druck über ihren Schritt, ihre Schamhaare kratzen ein bisschen meinen Handballen. Ich kann ihr Gesicht nicht sehen, aber ich weiß, dass sie lächelt. Ich will wieder mit ihr schlafen. Sie öffnet ein wenig die Beine und zwischen ihren Oberschenkeln ist es ganz warm. Ich merke, dass sie feucht ist, drücke mich fester an sie. Sie seufzt und atmet laut aus, gleichzeitig. Mir ist warm, ich habe keinen Hunger, nur Durst, aber ich will nichts, ich will nur sie.

Vielleicht habe ich mich seit Monaten nicht mehr so gut gefühlt, ich weiß es nicht, es ist unwirklich und wie ein Traum, doch es ist da und total unmittelbar vor mir, über und unter mir, überall, ich bin mittendrin, in mir strömen Dinge, die ich vergessen hatte, die Wehre sind offen. Unsere Körper reiben sich jetzt rhythmisch aneinander, ihre Hand rutscht hinter mich und drückt mich am Rücken zu sich, immer fester presst sie mich an sich. Ich rutsche ein wenig weiter runter, um sie herum.

»Noch nicht«, sagt Maude und sie hat Recht. Wir müssen diese Zeit auskosten und erst langsam übergehen lassen in eine Verschmelzung, in Schweiß und Wärme, in Atem und Bewegung. Wir müssen fast durchdrehen vorher, darum geht es, nur dann ist es richtig gut. Sex heißt, die Ungeduld genießen.

Mir ist klar, dass dies wahrscheinlich die einzige Pause ist, mit der wir in den nächsten Tagen rechnen können, dass ich mich ab dem Moment, an dem wir die alte, große Matratze verlassen, auf der ich so oft mit Hedy gelegen habe, wieder dem Umstand stellen muss, dass ich Maude hier verstecke, dass ich mich bei Lang nicht gemeldet habe, dass mich ein paar Zuhälter tot sehen wollen. Und die Polizei? Ich hoffe, sie kommen nicht auf mich. Es ist ohnehin alles schon mehr als zu viel. Ich denke daran, dass in den letzten 48 Stunden drei Menschen gestorben sind.

Wenn es doch nur Hedy wäre, die da vor mir liegt, dann würde ich gleich aufstehen, einen Kaffee machen und mich wieder unter die warme Decke legen. Zurück. Ich merke, dass ich nicht mehr bei der Sache bin, komme aus dem Rhythmus, in dem wir uns bewegen, verkrampfe. Maude dreht sich um und öffnet ihren Mund, unsere Zähne stoßen aufeinander und wir verschlingen uns wie Krokodile. *Da bin ich wieder.* Ich küsse Hedy, aber es ist Maude, und etwas Vertrautes trifft auf etwas Wahnsinniges, es ist ganz merkwürdig und mit nichts zu vergleichen, was ich bisher erlebt habe. Ich bin glücklich, doch auch traurig, ich fühle mich wie belohnt und bestraft.

Maude greift meinen Schwanz und massiert ihn, nicht gerade vorsichtig, fast forsch, ich stöhne und sie auch, wir geben ächzende Klänge von uns. Die tierischen Laute werden Musik, es ist eine neue Sprache, eine eindeutige Sprache, ohne Missverständnisse und dumme Füllwörter. Ich weiß, dass da draußen Leute sind, die mich töten wollen, dass sie wahrscheinlich auch Maude töten wollen, ich weiß auch, dass ich Gustav Lang kontaktieren muss, dass ich ihm sagen muss, dass ich Maude gefunden habe, dass ich sie gerettet habe. Aber plötzlich ist mir das alles gleichgültig, irgendwo da draußen lege ich es ab, vor den Toren der Stadt, in einer Salzwüste, im giftigen

Dschungel, im toten Wald, jenseits des Schaums. Dort bin ich jetzt nicht, ich bin hier, und alles andere scheint so egal für diesen Moment. Maude packt mich und zieht mich immer wieder mit aller Kraft an sich, ganz fest, wir fressen uns fast auf, Tiere, zwischendurch schnappe ich nach Luft, ich habe das Gefühl, als würde ich ohne Halt durch die Schwerelosigkeit treiben, dass jede Berührung mich in eine andere Richtung stößt und rotieren lässt.

Als ich mit Maude zurück auf der Straße war, fuhren wir noch ein ganzes Stück, bis ich in einen kleinen Waldweg einbog. Sie stieg ab und bewegte sich einen Schritt zurück, angespannt, als überlegte sie, in den Wald zu rennen. Irgendetwas verriet mir allerdings, dass sie stehenbleiben würde, dass sie mir vertraute, ohne mein Gesicht gesehen zu haben, das noch immer unter der schwarzen Strumpfmaske verborgen lag. Es war als bewegte sich ihr Körper, ohne dass sie die Beine benutzte. Ja, sie schien zu schweben, wie ein Gespenst.

Was sagt man zu einem Menschen, der einen noch nie gesehen, den man aber ohne Unterlass betrachtet hat, den man studiert und dem man aus dem Dunkeln das Leben gerettet hat? Wie begegnet man einem Menschen, dessen Körper man einst liebte und dessen Wesen einem verborgen blieb?

Ich zog mir die Maske vom Kopf, wischte mit dem Ärmel den Schweiß aus dem Gesicht. Sie starrte mich an. Lächelte sie? Ich fing an zu sprechen, nervös, wie ich es gar nicht von mir kannte. Ich sprach undeutlich.

»Du musst keine Angst haben, ja? Ich will dir helfen. Lang schickt mich, aber das ist alles egal. Du kannst mit zu mir, wir verstecken uns, und dann überlegst du, was du machen willst. Er weiß nicht, dass ich dich gefunden habe. Bitte, glaub mir.«

Ich stotterte. So kannte ich mich nicht. Maude schien noch unter

Schock, aber wie sie sich an mir festgehalten hatte, auf dem Motorrad, als wir die Straße erreichten, da spürte ich schon, dass da etwas zwischen uns vorging. Mir kam sie dabei so vertraut vor, wegen Hedy, und weil ich sie so lange beobachtet hatte. Es hatte etwas Unwirkliches. Ich meinte, jemanden anzuschauen, den ich schon unendlich oft gesehen hatte, den ich kannte. Aber das stimmte nicht. Die Stimme ist Teil des Körpers, auch wenn sie immateriell ist, und die ihre hatte ich noch nie gehört.

»Wer bist du?«

Und es traf mich wie tausend Stockhiebe. Nur drei Worte aus ihrem Mund und ich wusste, dass eine Fremde vor mir stand. Menschen sind nicht wie sie aussehen, Menschen sind genau *die* Worte in unseren Köpfen, die sie sprechen. Menschen sind, wie sie die Dinge sagen.

»Ich heiße Joseph Weynberg, ich bin Detektiv. Ich bringe dich in Sicherheit.«

Wie ein kleiner Junge. Doch ich hatte sie gefunden. Sie aus dieser Sache herausgeholt. Und in die nächste gestürzt. Zurück.

Maude war erschöpft, konnte kaum reden. »*Danke*«, sagte sie. Viel mehr nicht. Wie sich die Dinge doch verändern. Heute war ein guter Tag, plötzlich.

»Danke«, mehrere Male.

Ich gab ihr meine Jacke.

»Wir müssen runter von der Straße und untertauchen, weg von den Feldern. Geht es dir gut?«

Es schien mir absurd, Maude nach ihrem Wohlergehen zu fragen. Doch sie sagte »Ja«. Dann bedankte sie sich wieder.

Ich hatte zwei Menschen getötet, wegen ihr, und der Polizist war gestorben. Hatte ich auch ihn getötet? *Ohne mich wäre er noch am Leben.* »Wir fahren weiter«, sagte ich zu ihr, als ich aus diesem Moment erwachte, »wir verstecken uns in meiner Wohnung.«

Ich würde sie nicht zu meinem Büro bringen, dort würde uns Lang als erstes suchen, wenn ich mich nicht bald meldete. Vielleicht wartete er schon dort oder einer seiner Schränke. Und dann wäre ich geliefert, wegen des toten Polizisten, wegen allem, was passiert war. Ich hatte ja getötet. Ich war zu gefährlich, ein Zeuge und Täter zugleich, Lang durfte damit nichts zu tun haben. Wäre alles nach Plan verlaufen, hätte ich die Geschichte mit einer Stange Geld hinter mich gebracht. Jetzt hatte ich drei Menschen auf dem Gewissen, ich hatte ein Päckchen Portobin und Maude Anandin. Lang würde mich opfern, er würde sich meiner entledigen. Und was wäre dann mit Maude? Ich wollte nicht, dass er sie fand. Ich wusste weniger denn je, ob mein Handeln richtig war, wusste gar nichts, aber ich dachte nicht wirklich nach, agierte fast mechanisch. Und ein böser Geist flüsterte mir zu, dass ich mir einen Schuss Portobin setzen sollte. Ich brauchte Ruhe.

Ich würde sie in Hedys alte Wohnung bringen. Niemand wusste davon, dort würde uns niemand suchen. Hedy und ich hatten dort gelebt. Die Wohnung hatte ihr gehört, aber ich war immer mit ihr dort gewesen, war nur auf den Raum hinter meinem Büro ausgewichen, wenn ich mitten in einer Ermittlung steckte – oder, wenn wir einen schlimmen Streit hatten, was fast nie vorkam. Oder wenn wir unsere Ruhe brauchten – wenn Hedy mal ihre Ruhe vor mir brauchte. Die zwei Räume hatten meine beiden Leben markiert. In dem einen war ich Detektiv, in dem anderen ein Mensch.

Nach Hedys Tod hatte ich erst nicht in ihre Wohnung gehen können, hatte nichts gekonnt, außer mich zu besaufen, die ganze Zeit. Später fing ich dann mit dem Portobin an. Das hatte mir wieder Eintritt zu ihren Räumen verschafft, wenn ich es nicht mehr ausgehalten hatte, wenn ich sie mir zurückträumen musste, nur für ein paar Stunden. Ich hatte dann immer gleich einen Versuch nach dem anderen gewagt und in der schlimmsten Zeit hatte mich das Portobin ein paar

Mal fast getötet. Fast hätte ich mich damit getötet, muss es heißen. Ich sah mich in Gedanken auf dem Boden der Wohnung liegen. Im letzten Monat war ich nicht dort gewesen.

»Ja«, sagte Maude, »Verstecken ist gut.«

Ich war mit Maude über ein paar Waldwege gefahren, bis wir schließlich auf einer Straße gelandet waren, die wieder in die Stadt führte. Wir fuhren schnell und immer, wenn ein Auto vor uns auftauchte, hatte ich das Licht ausgeschaltet und wir waren mit gedrosseltem Motor ein Stück von der Straße runtergefahren. Es war so finster hier, die Dunkelheit verschluckte uns beinahe.

Als wir schließlich an dem grauen Hochhaus ankamen, in dem ich mit Hedy so glückliche Zeiten verbracht hatte, schob ich das Motorrad auf ein brachliegendes Gelände, das inmitten einer Häuserschlucht zwischen zwei Gebäuden einige hundert Meter weiter im Boden klaffte. Das im Schatten der Häuser liegende Feld war voller Trümmer und ich begrub die Maschine unter ein paar Paletten. Ich fror, Maude trug ja noch immer meine ramponierte Jacke, ich nur das Hemd. Ich würde mir noch den Tod holen. Der Tod begehrte mich in diesen Tagen ständig.

Wir gingen über die Treppe hoch.

»Warum nehmen wir nicht den Aufzug?«

Sie war erschöpft, die tiefe Stimme nun leicht und brüchig.

»*Keine Aufzüge.*«

Durch das Treppenhaus schraubten wir uns langsam empor, bis wir in den Flur gelangten, in dem Hedys Wohnung lag. Ich gab den Code ein und die Tür sprang auf. Etwas von Hedy aber, ihr Geruch, kam mir entgegen, sie war noch immer an diesem Ort. Sie hatte sich noch nicht verflüchtigt. Maude ließ sich auf einen Sessel fallen und ich nahm ihr gegenüber Platz. Dann erklärte ich ihr in ein paar Sätzen, wie mich Lang beauftragt hatte, sie zu finden, machte ihr klar, dass ich ihr bis morgen Zeit geben würde. Sie konnte nicht wissen, was alles in den letzten zwei Tagen passiert war. Von Paul Tremmos Tod wusste sie, doch ahnte sie, dass der Schütze von der anderen Straßenseite hier vor ihr saß? *Vielleicht vertraut sie mir auch einfach,* dachte ich noch.

Maude wollte duschen und danach war mir auch. Wir würden am nächsten Tag weiterreden, ich konnte nicht mehr, und Maude auch nicht, sie begann nur ein paar Sätze, beendete sie aber nicht. Sie verließ den Raum und ging in das Badezimmer. Ich zog mich in der Wohnung aus und warf meine Kleider über den Sessel, in dem ich in meinem alten, früheren Leben so oft gesessen hatte. Bücher hatte ich hier gelesen, Platten gehört. Jetzt lagen da nur meine von Blut und Dreck verkrusteten Sachen. Ich riss die Mullbinden und Pflaster ab und warf sie auf den Boden, schälte mich aus meiner Mumienhaut. Den Verband an meinem Arm ließ ich noch dran.

Es hatte begonnen zu regnen. Harter Regen, er prasselte gegen das weite Fenster und ließ die Lichter der Stadt verschwimmen. Für einen Moment gefiel mir die Stadt. Ich entkam der Betonwüste ja nicht, war in ihr gefangen, immer damit beschäftigt, die Oasen in disem Ort aufzuspüren. Die Hand an das kühle Fenster gedrückt und mit dem Gesicht ganz nah am Glas, vernebelte mein Atem die Scheibe. Ich drückte mich vom Fenster weg und zog mit zwei Fingern eine Linie durch den beschlagenen Fleck, irgendein Laut kam aus mir heraus.

Ich weiß nicht mehr, was mich dann dazu bewegte, aber ich ging zum Bad, wie in Trance. Etwas zog mich an, wie eine Sirene, wie die Stimmen in dem Haus, die auch den Polizisten Keiser in die Tiefe gerissen hatten. Die Tür stand offen und das Licht strahlte in den Flur der sonst dunklen Wohnung. Ich betrat den kleinen Raum. Maude stand unter der Dusche und blickte mich an. Sie lächelte, schob den offenen Vorhang weiter zur Seite, als ich den ersten Schritt in das

Kachelbad setzte, so dass das heiße Wasser auf die Fliesen vor der Duschwanne spritzte.

Ich sah sie im Dunst des heißen Wassers, sah sie dastehen, unwirklich und schön. »Komm«, sagte sie, und streckte einen Arm nach mir aus. Sie war noch viel schöner als durch den Sucher meiner Kamera und durch das Fernglas. Dann stand ich auch schon unter dem heißen Wasser, hielt sie fest und wir waren uns ganz nah. Sie schloss ihre Augen und küsste mich. Ich schloss die Augen und stürzte in einen vom Licht durchfluteten Abgrund, die Geschwindigkeit raubte mir den Atem, auch wenn ich mich nicht bewegte. Nein, es war kein Abgrund, das Licht schoss an uns vorbei, wir aber waren ganz still. Unsere Lippen pressten sich aufeinander, dann trennten sie sich wieder voneinander, nach langer Zeit, mit sanftem Ruck. Ich öffnete die Augen wie aus einem Traum, in ihnen aber brannte das Wasser wie die Wirklichkeit. Maude schaute an mir herab. Die Haut ist Leinwand eines Lebens.

Unter der Dusche schliefen wir noch nicht miteinander, aber wir berührten uns. Meine Hände strichen über ihren Körper. Maude wickelte den Verband an meinem Arm ab, der sich schon mit Wasser vollsog, seifte mich ein, war behutsam mit den Stellen, an denen ich mich verletzt hatte. Der prasselnde, tosende Strahl der Dusche tat gut, ebenso ihre sanften Berührungen, auch wenn mir doch eigentlich alles brannte und wehtat.

Nach einer Weile, der Raum voll von Wasserdampf und die Wände waren nicht mehr zu sehen, verließen wir die Dusche, trockneten uns nachlässig ab und Maude zog mich hinter sich her, nahm mich an der Hand mit zu der Matratze auf dem Boden, ganz langsam. Obwohl wir unendlich erschöpft waren, küssten wir uns weiter und berührten einander, die Lust begann die malträtierten Körper mit Energie zu versorgen. In uns waltete die Lust und wir schliefen miteinander, ohne zu reden.

Vielleicht waren meine Augen zugefallen oder ich hatte einen Wachtraum, denn ich sah Hedy, wie sie durch die Wohnung schritt. In einem Zeitraffer raste die Berührung unser zweier Leben an mir vorbei. Wie wir alles eingerichtet hatten hier, wie ich ihr dabei geholfen hatte, so wie ganz normale Leute das tun. Wie wir uns angeguckt hatten, ohne ein Wort zu sagen, immer wieder. Wie sie mir von ihrer Arbeit im Ministerium erzählt und ich ihr zugehört hatte, eine Stunde, zwei Stunden. Wie wir uns geliebt hatten. Was hier alles passiert war. Wie sie mich hier aufgemuntert hatte, wenn ich wieder Dreck erlebt hatte, irgendeinen Dreck hatte mitansehen müssen. Damals hatte ich immer davon geträumt, ein alter Mann zu sein, der das alles schon hinter sich hat, also wirklich alles, und dass Hedy und ich dann nicht mehr rausgehen müssten. Ich wäre so gerne ein alter Mann mit ihr geworden. Ich wusste, dass das niemand würde ersetzen können und dass mir auch nichts anderes in meinem Leben dieses Gefühl zurückbringen könnte.

Aber da lag Maude neben mir.

Was sie nun machen wolle, fragte ich sie irgendwann, und ich wusste nicht, vielleicht waren da ein paar Stunden vergangen, oder auch nur Minuten. Sie wusste nicht, was sie tun sollte. Ich riet ihr, hier in der Wohnung zu bleiben und vorerst nicht zu Lang zurückzugehen. Kurz lachte sie auf. Sie würde niemals zu Lang zurückgehen. Nun klang ihre Stimme wieder tief und fest.

Ich musste ihr sagen, dass ich Tremmo erschossen hatte, früher oder später würde sie ohnehin darauf kommen. Es war nur naheliegend. Ich hatte sie gefunden, bei Strohm, hatte sie befreit, und so wusste sie auch, dass ich sie beschattet hatte. Vielleicht wusste sie bereits, dass ich der Schütze war – vielleicht wollte sie, dass ich es ihr selbst sagte. Auch, dass ich mich nicht bei Gustav Lang meldete, sie nicht direkt zu ihm brachte, musste sie doch stutzig machen. Warum sollte ich ihr Schutz gewähren, ihr Zeit zum Nachdenken geben? Sie kannte Gustav Lang und wusste sicher auch, dass er mir viel Geld für sie geboten hatte.

Sie griff nach der Schachtel Ozom, die auf dem Boden lag, zündete sich eine Zigarette an und blickte nach einem tiefen Zug zu mir herüber.

»*Ich werde ganz verschwinden.*«

Sie blies den Rauch aus und fuhr mit der Hand hindurch, wie ich es mit meinem Hauch auf der Scheibe getan hatte.

Wir konnten nicht in der Stadt bleiben. Tremmos Tod hatte die Bande um ihn und Strohm aufgebracht. Sie würden nicht ruhen, ehe sie uns erwischt hätten. In dieser Stadt geschah nichts, ohne dass einem die Rechnung serviert wurde. Ein Detektiv muss sich in den Gassen, in denen er sich aufhält, frei bewegen können. Mit der Angst im Nacken ist ihm die Arbeit unmöglich.

Gustav Lang würde es ebenso wenig hinnehmen, dass ich Maude gefunden und ihm doch nicht ausgeliefert hatte. Ich hätte von all dem die Finger lassen sollen. Doch da war Maude, die so aussah wie Hedy. Es war zu spät. Ich steckte mittendrin. Ich brauchte einen Plan.

Ich dachte an Neu-Qingdao. Ich kannte niemanden dort und die Reise war gefährlich. Die Züge fuhren nicht dorthin. Wenn wir nach Neu-Qingdao wollten, mussten wir durch die verlassenen Gebiete im Osten. Meine Hände begannen zu schwitzen bei dem bloßen Gedanken daran.

»Wir müssen hier weg. Tremmos Leute werden alles umdrehen. Strohm wird nicht ruhen, ehe sie uns haben.«

Maude starrte mich an.

»Tremmo. Paul Tremmo. Das warst du.«

Sie sah Bilder vor sich, von Tremmo. Seinem zerplatzenden Kopf. Von der Tapete. Seinem fallenden Körper. Dem Blut. Den Splittern. Dem Loch.

Sie wusste es.

»Er hätte dich erwürgt.«

Meine Stimme, ein Flüstern. Sie schlug sich mit der flachen Hand auf den Kopf, als wollte sie den Schuss imitieren, mit dem ich Tremmo getötet hatte.

»Warum warst du mit denen in diesem Zimmer?«

»Tremmo. Das warst du. Weynberg, du bist ein Mörder.«

Vielleicht wollte ich auch gar nicht wissen, warum sie mit Tremmo und Strohm in dieses Zimmer gegangen war. Sie durfte auch nicht alles wissen. Was, wenn sie von dem Polizisten erfuhr? Es schnürte mir die Kehle zu. Maude blickte mich an, ihre Augen leuchteten auf, durchdrangen mich. Etwas tauchte vor ihr auf, ich konnte es sehen.

»Das heißt also, du hast mir das Leben gerettet.«

Sie drehte ihren Kopf zur Seite und fing an zu lachen, dann biss sie mir in den Oberarm. Ihre Zigarette fiel auf den Holzboden und wir rauften wie Tiere, irgendwann war ich über ihr und drückte sie auf die Matratze, sie lachte noch immer, ich atmete schwer. Mein Körper war am Ende. Ich ließ mich wieder neben Maude auf die Matratze fallen und blickte ihr in die Augen. Dann fielen wir in einen unruhigen Schlaf. Ich träumte in Bildern ohne Zusammenhang, sie waren verzerrt und die Körper verloren darin immer wieder die Form. Immer wieder hörte ich meine Stimme in flehendem Ton Hedys Namen sagen. Es klang wie in einer Kammer, und da waren auch Wände, Kacheln, sie fuhren auf mich zu von allen Seiten.

Die Luft blieb mir weg und ich erwachte, verschluckte mich, riss die Augen auf und krümmte mich auf der Matratze zusammen. Mit einem lauten Geräusch sog ich alle Luft ein, als kehrte ich von einem Tauchgang zurück. Kurz lag ich noch da. Dann weckte ich Maude, die noch immer so aussah wie Hedy.

Wir mussten nicht lange reden. Maude wusste ebenso wie ich, dass Gustav Lang nicht ruhen würde, ehe er uns aufgespürt hätte. Strohm, die Polizei. Viel verbrannte Erde dafür, dass es hier so häufig regnete. Wir mussten fliehen.

Die Stadt hatte ich nicht oft verlassen. Es war auch nicht einfach, von hier zu verschwinden. Da waren Züge, mit denen man für viel Geld in die umliegenden Städte fahren konnte. Geld, das ich nicht besaß. Die meisten Menschen blieben dort, wo sie geboren wurden, es empfahl sich nicht, die Stadt zu verlassen. Das Umland war verseucht und unsicher, die Züge wurden immer wieder überfallen. Die Menschen auf dem Land kämpften um das nackte Überleben, verrohten in den unwirtlichen Gefilden. Sie litten an Krankheiten, an Hunger. Die Menschen dort starben jung, weil ihnen nichts anderes übrigblieb, als das giftige Wasser zu trinken, das der Regen ihnen brachte. Ihr Hass richtete sich auf die Städter, und wenn es ihnen gelang, einen Zug anzuhalten, töteten sie die Männer und verschleppten die Frauen und Kinder. Zudem war der Radius der Züge begrenzt, und die Orte, an die sie uns hätten bringen können, waren nicht weit genug von der Stadt entfernt. Das Verbrechen hatte sein Netz ausgebreitet, die Banden der umliegenden Städte standen in engem Kontakt zu den hiesigen Klans. Wir mussten also weit fort, in den Osten, dort, wo niemand hinging.

Von den Menschen, die ich kannte und die aus der Stadt geflohen waren, hatte ich nur selten wieder gehört. Und wenn ich etwas von ihnen hörte, hieß es immer, dass es in den anderen Städten genauso sei wie hier. Genauso trostlos, genauso heiß, genauso kaputt und gefährlich. In den meisten Fällen jedoch erreichte mich nur noch die Nachricht von ihrem Ableben.

Wir mussten nach Neu-Qingdao. Eine Stadt, groß genug, um zu verschwinden, um sich unsichtbar zu machen. Eine Stadt, von der wir so wenig wussten, dass wir uns in ihr neu erfinden könnten. Der Weg war kompliziert und voller Gefahren. Die Strecke führte über die alten, verfallenen Autobahnen durch den Osten, unwegsames

Gelände. Der Großteil dieses Gebietes war aufgegeben, verlassen, der Boden zu verseucht und die Stürme und Niederschläge so erbarmungslos, dass Menschen ihnen nicht mehr trotzen konnten. Vor Neu-Qingdao, diesem gigantischen Ort, hieß es, wurde es ruhiger, dort lag eine Oase in einer sonst unwirtlichen Umgebung. Davor lag die Hölle. Es war schlimmer als in den Pestfeldern. Tote Wüsten. Aber selbst in diesem Meer der Trostlosigkeit erschien es mir sicherer als in der Stadt. Tremmos Leute wussten, an welchen Bäumen sie hier schütteln mussten, damit wir früher oder später aus den Ästen fielen.

Das Hochhaus, in dem Hedy einst gelebt hatte, war von den Plünderungen weitestgehend verschont geblieben. Die Polizei war in diesem Stadtteil präsent, das Verriegelungssystem funktionierte elektronisch, Kameras vermittelten das Gefühl von Überwachung und Kontrolle. Auch hier geschahen schreckliche Dinge, im Dunkeln oder hinter geschlossenen Jalousien, jedoch längst nicht so häufig wie in der restlichen Stadt. So war Hedys geräumiges Apartment eine Festung, in die wir uns oft zurückgezogen hatten, tagelang, die später zu meiner Trauerstätte wurde und nun zum Versteck. Wir würden ein Auto brauchen und deshalb müsste ich Koschka anrufen. Und dann war da noch die Tasche, ohne die ich die Stadt nicht verlassen konnte. Sie lag in einem Schließfach am Nordbahnhof. Ich erschauderte bei dem Gedanken an die Tasche. Das war das Wichtigste, ein Auto und die Tasche, danach würden wir uns um ein paar Vorräte kümmern und losfahren, in den Osten. Es gab keinen direkten Weg nach Neu-Qingdao, die Gebiete, die wir auf dem Weg dorthin würden durchqueren müssen, veränderten sich stetig. Wir müssten uns durchschlagen. Es musste schnell geschehen, und heimlich, eine stille Flucht.

Ich erzählte Maude von meinem Plan, während wir ein paar Konservendosen öffneten, die in der Küche lagerten. Maude war still. Unterwegs könnten wir weiterreden, hier wurde die Luft langsam zu dünn zum Atmen, wie sollte man da sprechen.

Das Essen tat gut, als mein Hunger jedoch gestillt war, machte sich ein anderes Verlangen bemerkbar. Es fing ganz leise an, doch binnen einiger Augenblicke wurde die Gier ohrenbetäubend. Mein Körper schrie nach einer Dosis Portobin. Ich widersetzte mich nicht, ging ins Bad, setzte mir einen Schuss in den Oberschenkel, nur ein kleiner Versuch. Mit jedem Schuss war die Wirkung eine andere, und dieses Mal ließ sie mich den Badezimmerspiegel zerschlagen, so dass mein Gesicht in Scherben zu Boden ging. Hedy öffnete die Badezimmertür, nein – Maude kam zur Tür herein, genau in dem Moment, in dem ich umfiel. *Mir ist schlecht geworden, ganz plötzlich. Ich glaube dir nicht. Wer bist du? Ich verbinde deine Hand. Du blutest. Das ist dein Blut. Du weinst ja. Das sind deine Tränen.* Sie führte mich zurück ins Zimmer. Dann legten wir uns noch einmal auf die Matratze. Ich würde diese Wohnung vielleicht nie wiedersehen. Meine Hand schmerzte.

Wir rauchten noch eine Ozom und mit dem letzten blauen Rauch, den unsere Münder ausstießen, wusste ich, dass die Ruhe vorbei war. Ich wartete, bis der Dunst in der abgestandenen Luft des Zimmers aufgegangen war, bis das Portobin weniger heftig wirkte, stand auf. Ich musste Koschka anrufen und ihn um ein Auto bitten.

In der Wohnung gab es ein Telefon, doch die Leitung war seit ein paar Jahren tot, daher musste ich runter zu einer Zelle unweit des Gebäudes. Ich bat Maude, in der Wohnung zu bleiben und überprüfte meine FN.

»Hast du ihn damit erschossen?«

»Ja.«

Es hatte wieder leicht angefangen, zu regnen, doch der Alarm blieb aus, also ging ich davon aus, dass es nicht so schlimm sein konnte. Ich öffnete die Tür, nachdem ich auf dem kleinen Bildschirm neben dem

Türsummer und der Gegensprechanlage den Gang überprüft hatte. Zu sehen war niemand, nur ein paar Gespenster, mit denen ich den Korridor seit geraumer Zeit teilte, wenn ich hier war, ich fürchtete sie nicht. Ich schob mir die Pistole hinten in den Hosenbund, nahm die Jacke, griff mir den verstärkten Schirm aus meiner Reisetasche und ging hastig zur Treppe. *Keine Fahrstühle.* Als ich schließlich das Erdgeschoss erreichte, brannten mir die Oberschenkel und auch die Knie schmerzten. Draußen regnete es schon heftiger, aber der Säureindikator in der Eingangshalle zeigte ein unbedenkliches Tief an. Ich spannte den Schirm auf, ging die Straße runter und klemmte mich in die übel riechende Zelle, wählte Koschkas Nummer. In mir Wehmut, sie drückte von hinten gegen die Augäpfel. Ich wollte hier nicht weg. Die Erinnerungen an Hedy waren an diesen Ort geknüpft. Ich hatte das Gefühl, dass meine Flucht gleichzeitig bedeutete, sie zu verraten.

Am anderen Ende der Leitung läutete es ewig, bis schließlich eine kratzige Stimme ertönte.

»Was?«

»Koschka?«

»Wer ist da?«

»Ich bin es, Joseph.«

Ein Moment Schweigen.

»Weynberg, was willst du?«

»Ich brauche ein Auto.«

»Ich hab kein Auto für dich, Weynberg.«

Ich erläuterte ihm, dass ich wirklich ein Auto benötigte und erinnerte ihn daran, was ich für ihn einmal getan hatte.

Wieder Schweigen.

»Koschka?«

»Was für einen Wagen brauchst du?«

»Zwei Personen, ich muss in den Osten. Was Robustes.«

»Dann sehe ich das Auto nie wieder. Warum willst du in den Osten?«

Ich sagte ihm, dass ich das nicht erzählen könnte, ohne ihn in Gefahr zu bringen, und dass wir das Gespräch ohnehin beenden sollten.

Murmeln. Aber er verstand. Manchmal war es gut, nicht alles zu wissen. Das wusste Koschka.

»Aus der Stadt raus musst du. In den Osten. Ich will gar nicht wissen, was du getan hast.«

»Koschka, bitte.«

»Wo bist du?«

»Du weißt wo.«

Er verfluchte mich und versprach, in einer Stunde da zu sein.

Ich trat aus der Telefonzelle und ging zurück, der Regen hatte wieder aufgehört. Als ich die Treppen hochgestiegen war und schließlich gänzlich verschwitzt die Wohnung betrat, lag Maude noch auf der Matratze, bedeckt nur von einem dünnen Bettlaken. Die Luft hatte sich durch den Ventilator ein wenig abgekühlt. Wie sie so dalag. Es war, als würde ich durch die Wohnungstür in die Vergangenheit treten. Ich wollte mich ausziehen und leise neben Hedy legen. Wollte mich einfach an sie schmiegen, ihre Wärme spüren und schlafen, stundenlang. Aber da lag Maude. Ich ging ins Bad. Zog mich aus, duschte wieder. Dann machte ich mir eine winzige Menge Portobin fertig, nur um auf Touren zu kommen. Obwohl das Blut am Verband, der da im Waschbecken lag, noch kaum getrocknet war. Tremmos Zeug. Verdammt. Es ging mir völlig ab. Ich zählte die blauen Flecken, Prellungen, Blutergüsse und Kratzer auf meiner Haut, trug an den wunden Stellen Salbe auf, setze ein paar Pflaster, verband mir den Arm und die Rippen neu, umwickelte schließlich auch die Hand mit einem dünnen Verband. Die alltäglichen Rituale eines Preisboxers. So geht's bei Detektiven. Das Portobin beruhigte mich dieses Mal. Es verfügte, so schien mir, über einen eigenen Willen.

Ich ziehe mich an und setze mich neben Hedy auf die Matratze, streiche ihr durch das volle Haar. Als sie erwacht, mich ansieht, zerknirscht meinen Namen sagt, ist es Maude.

»In einer halben Stunde steht ein Wagen unten. Geh ins Bad und zieh dich an.«

»Ich habe nichts anzuziehen. Meine Sachen sind bei einem Freund.«

»Da können wir nicht hin.«

»Ich habe nichts anzuziehen, Weynberg.«

Ich erzählte ihr, die Wohnung gehöre einer alten Freundin, etwa in ihrer Statur, und dass sie sich sicher etwas von ihren Kleidern würde nehmen können, da sei ich ganz sicher. Dabei ein Kloß im Hals, an dem ich zu ersticken drohte.

»Ich war noch nie außerhalb der Stadt.«

»Wir müssen, Maude.«

»Wo hast du mich da nur reingezogen?«

»Ich? Verdammt, Maude, du wärst jetzt tot!«

»Tot. Was soll das sein?«

Sie blickte ins Leere.

»Was hast du da nur mit denen gemacht?«

Ich zitterte.

Maude richtete sich auf, das Bettlaken rutschte herunter und gab ihren wunderschönen Körper frei. Sie kniete sich neben mich, küsste mir die Stirn und verschwand im Bad. Mit unsicheren Schritten ging ich zu Hedys Schrank und suchte ein paar Hosen raus, den alten, kurzen Ledermantel, einen Rollkragenpullover, ein Oberteil und Unterwäsche. Die Kleider legte ich ihr dann vor die Badezimmertür, die diesmal geschlossen war.

Ich kippte meinen Körper wieder auf die Matratze, drehte mich auf den Rücken und blickte an die Decke.

Osten.

Neu-Qingdao.

Maude.

Eine andere Zeit ist angebrochen, neue Farben werden auftauchen, gefährliche Farben und brennende Gerüche. Das Portobin kommt zurück, drückt mich tief in eine andere Sphäre. Ich schließe die Augen und schlafe ein. In einem kleinen Ruderboot fahre ich mit Hedy über einen Fluss im Dschungel. Horden von Affen stehen links und rechts am Ufer. Sie geben keinen Laut von sich, starren uns nur an. Weißer Rauch steigt aus meinen Augen.

12

»Wisch weißer Kreide Striche fort
Im Laub ruht tief seit vielen Jahren
Das Gift der Väter bis zum Schluss
Am Ende holen es die Raben«
Weynberg

Koschka brachte ein gutes Auto. Ein alter, schon rostiger Wagen zwar, ein schwarzer Kenyon, doch mit den ersten Metern bereits sollte ich feststellen, welche Kräfte in ihm schlummerten. Das Fahrzeug war mit einem Stufenheck versehen und an den Rädern leicht hochgebockt, so, dass wir in dem unwegsamen Gelände zurechtkommen sollten. Auch das Profil der Reifen war grob genug, dem aufgebrochenen Asphalt der Oststraßen zu begegnen. Ich verstand von solchen Dingen nicht wirklich etwas, aber Koschka dafür umso mehr, und er hatte mein Anliegen ernstgenommen. Der alte Mann schaute mich mit seinem kleinen Auge musternd an und ich konnte sehen, was er dachte. Er hatte Recht damit. Das letzte Mal, als wir uns begegnet waren, hatte ich wesentlich *intakter* ausgesehen. Wir standen vor dem Haus neben dem schwarzen Fahrzeug. Mit skeptischem Blick gab er mir die Schlüssel.

»Was ist mit dem Rosebud?«

Ich schüttelte zaghaft den Kopf.

»Ach, Joseph.«

Ich lachte und musste an die Explosion denken, stellte mir das ausgebrannte Autowrack vor. Ob Strohm und seine Leute es wohl gefunden hatten? Und den Motorradfahrer? Ich wusste, dass sie unseren Verfolger suchen würden und dass es wahrscheinlich war, dass sie ihn vor der Polizei finden würden, die sich in das Gebiet, in dem es zu dem Unfall gekommen war, kaum vorwagte.

Ich versprach, auf das Auto acht zu geben, verstand nicht, was Koschka daraufhin murmelte, vermutete einen Fluch. Ich versuchte, ihn für mich zu gewinnen und erzählte ihm von dem Motorrad, bat ihn, es verschwinden zu lassen. Dann verabschiedeten wir uns. Dass ich mich nicht schlachten lassen solle, sagte er noch und knuffte mich gegen die Schulter. Vielleicht irrte ich auch, doch es sah so aus, als sei sein Auge feucht. Er schaute auf den Boden. Koschkas Hülle war rau, so kannte ich ihn. Innen aber sah es anders aus. Er war ein grimmiger Engel. Er hustete, nickte und ging humpelnd in Richtung Häuserschlucht, dorthin wo ich das Motorrad versteckt hatte. Ich mochte ihn wirklich. Ohne sich umzudrehen, winkte er mir zum Abschied. Ich hörte noch, wie er irgendetwas vom Osten murmelte, mit gesenktem Haupt, seiner bevorzugten Körperhaltung. Ich machte kehrt und ging wieder zurück zum Haus.

Maude kam, jetzt, wo Koschka weg war, mit meiner Tasche auf die Straße getreten, sie hatte in der Eingangshalle gewartet. Rauchte. Und sie trug Hedys Kleider. Sah aus wie sie. Mir wurden die Knie weich. Ich setzte meine Sonnenbrille auf, denn schon tränten meine Augen.

Maudes tiefe Stimme.

»Wer war der alte Mann?«

»Ein Freund.«

»Die Sachen passen. Von wem sind sie?«

»Kennst du nicht.«

Zu viele Fragen.

»Verstehe. Musst ja auch nicht immer reden. Ist das das Auto?«

Sie musterte den Kenyon skeptisch.

»Ja.«

Ich wollte alleine sein.

Maude half mir, unsere wenigen Sachen hinten im Kofferraum zu verstauen. In diesem Moment war ich wütend auf sie. Vielleicht weil sie Hedys Kleider trug. Es würde sich ändern, wenn wir nicht mehr hier wären.

Wenn wir meine Tasche vom Bahnhof geholt und das Spesenkonto geräumt hätten, an einem der Automaten dort, würden wir, schon Richtung Osten, in den Vororten noch das Nötigste kaufen. Dafür brauchten wir das Geld. Und in Neu-Qingdao würden wir es brauchen. Wenn wir doch nur schon dort wären. Eine Flucht ist teuer. Es war nur noch das Spesenkonto da, und das würde ich abräumen. Spätestens das leere Konto würde Lang verraten, dass er nichts mehr von mir zu erwarten hätte. Früher oder später hätte sich das ohnehin ergeben. Spätestens jetzt hatten wir zwei Verfolger. Nein. Drei.

Am Bahnhof herrschte reger Betrieb. Ich parkte hinter dem alten, mächtigen Gebäude und gab dem Parkplatzwächter ein paar Scheine. Hier brauchte man Ellenbogen, das war besser als erwartet. Sollte jemand nach uns Ausschau halten, würden sie uns nur mit viel Glück zwischen den Menschenmassen entdecken können.

Maude hatte sich ein dünnes Tuch von Hedy über den Kopf geworfen und trug ihre dunkle, große Sonnenbrille. Scheinbar hatte sie die Schubladen durchsucht. *Wenn uns jemand von früher hier trifft, meint er, einer Toten gegenüberzustehen.* Maude sah in Hedys Kleidern, mit dem Tuch und der Sonnenbrille, aus wie ein Filmstar aus der Zeit des Kinos, der *inkognito* bleiben wollte, doch eigentlich auf sich aufmerksam machte in diesem Kostüm. Nur, dass sie *wirklich* weniger auffällig wirkte. Sie konnte sich trotz all der Reize, die sie permanent auszuströmen schien, fast unsichtbar machen. Gut so, dachte ich, und tat es ihr gleich.

Wir verließen den Wagen und gingen zügig in das große Gebäude, schoben uns bis zu der Halle mit den Schließfächern durch. Ich öffnete die Stahlklappe mit der Nummer 2404. Da lag die Tasche, schmal, aus altem, schwarzen Leder, ein Relikt der Vergangenheit. In dem Moment, als ich sie berührte, meinte ich, nur noch unter Anstrengung Luft bekommen zu können, es fing wieder an. Mir wurde etwas schwindelig und ich wollte nur noch einen Schuss Portobin, um mich zu beruhigen, gleich hier wollte ich einen Schuss. Wie lange hatte ich die Tasche nicht mehr geöffnet? Behutsam hob ich sie aus dem engen Fach, nahm außerdem die Jacke heraus, die ich dort aufbewahrte. Mit zusammengebissenen Zähnen zog ich den alten, völlig lädierten Fetzen aus, nachdem ich Tremmos Porto herausgenommen hatte, stopfte ihn in das leere Fach und hängte mir die Tasche um die Schulter, zog dann die beige, abgegriffene Armeejacke mit den vielen Taschen über, zog den Reißverschluss hoch, knöpfte sie zu. Ich ließ das Schließfach wie eine geöffnete Zeitkapsel zurück – ich brauchte es nicht länger. Wer weiß, ob ich überhaupt wieder in die Stadt zurückkommen würde.

»Was ist in der Tasche?«

Nichts.

Wir gingen zu einem der schwer bewachten Geldautomaten, stellten uns in die Schlange. Als wir nach ein paar Minuten nervösen Umherblickens endlich an der Reihe waren, hob ich die 2000 ab, die noch auf dem Konto waren, schob das Bündel Geldscheine in die Innentasche meiner Jacke. Dann, im Umdrehen, packte mich Maude plötzlich am Arm und hielt mich zurück. Sie machte einen Schritt zur Seite und da verstand ich. Sie zog meinen Kopf zu sich heran und wir küssten uns, lange, ein intensiver Kuss. Sie hielt meinen Kopf. Das war sehr schön in diesem Moment. Aus der Richtung des Automaten hörte ich das verständnislose Brummen des Mannes, der hinter uns in der Schlange gestanden hatte. Unsere Münder lösten sich voneinander, aber ich blieb vor Maude stehen, so dass ihr Kopf hinter meinem verborgen war. Ich hielt sie an den Schultern und blickte ihr tief in die Augen.

»Sie sind hier«, raunte mir Maude ins Ohr. War es ein Fehler, die Tasche geholt zu haben? Ich wusste es nicht, wusste nur, dass es sich gut anfühlte, sie bei mir zu haben, dass ich bereit war für alles, solange ich sie nur bei mir trug. Das letzte an Materialität aus meinem alten Leben, das zu verblassen begann. Ich trug es bei mir, würde es weitertragen. Mit der rechten Hand strich ich über die Tasche unter meiner Jacke. Ganz eigenartig fühlte sich das an, als würde ich einen Teil von mir berühren, der tot war, der aber zu meinem Körper gehörte. Wie ein eingeschlafener Arm.

»Jetzt«, zischte Maude, und wir strebten gemächlichen Schrittes zum hinteren Ausgang der opulenten Bahnhofshalle, bestimmt, aber ohne zu rennen.

»Wie viele?«

»Ich habe einen von Strohms Leuten erkannt, ich weiß nicht, ob auch noch andere da waren. Er hat sich umgeguckt. Weynberg, die suchen nach uns.«

»Natürlich suchen die nach uns«, entgegnete ich ihr – kleinlaut.

»Was ist denn in dieser Tasche, dass wir riskieren müssen, geschnappt zu werden?«

»Wir werden sie noch brauchen, vertrau mir«, versuchte ich mich zu rechtfertigen.

Es war kein gutes Zeichen, dass sie schon hier waren, ich hätte es wissen können. Wenn man die vergangenen drei Tage Revue passieren ließ, lag es deutlich auf der Hand, dass wir fliehen würden, auch für Strohms Leute. Der Bahnhof war der letzte Ort, an den wir hätten gehen sollen. Wenn ich die Tasche doch woanders versteckt hätte. Doch noch hatten sie uns nicht entdeckt, Maude hatte schnell reagiert.

Und Maude war, genau wie ich, kaum zu erkennen. Sie sah ja jetzt aus wie Hedy. Ich war gepflegt. Wir waren ein Paar.

»Stehenbleiben.«

Eine zischende Stimme, wie der Laut einer Schlange. Ein Mann stand vor uns, auf Höhe der Hüfte in der Hand eine Pistole. Er zeigte sie nur uns, blickte mich finster an. Dann ging alles sehr schnell. Als er einen Schritt auf mich zu machte, trat ihm Maude mit voller Wucht in den Schritt, er riss die Augen auf und jaulte. Ich rammte mein Knie in den Magen des sich krümmenden Riesen, holte aus und schlug ihm mit voller Wucht auf den Kopf. Er landete auf den ausgetretenen Steinfliesen der Bahnhofshalle und Maude traktierte seine Seite. Sie spuckte auf den am Boden liegenden Körper, schimpfte in einer Sprache, die ich nicht verstand. Um uns herum hatte sich blitzartig ein Kreis gebildet. Es gab einen Tumult, das half uns. Der Mann kam wieder hoch, er schob Maude zur Seite, hielt noch immer die Pistole umklammert. Ich machte einen Schritt auf ihn zu, in dem Moment, in dem er mit der Waffe nach Maude schlug und sie mit dem Lauf an der Schläfe traf. Sie schrie auf und taumelte zurück.

Da gab es einen lauten Knall aus der anderen Ecke des Bahnhofs und eine Feuersäule stieg auf, schwarzer Qualm verteilte sich unter der Decke der hohen Halle. Die Menschen begannen zu schreien. Auch unser Angreifer war für einen Augenblick abgelenkt. Ich trieb ihm wieder das Knie in den Magen. Ein bisschen Porto wirkte noch. Er stand gebückt. Ein Anfänger. Maude lief wütend auf ihn zu. Sie hatte sich wieder gefangen, blutete aber am Kopf. In den Händen hielt sie einen großen, zylinderförmigen Gegenstand – einen Regenschirmhalter oder einen Feuerlöscher, ich konnte es im Tumult nicht erkennen –, schwang ihn durch die Luft und ließ ihn auf den Kopf des sich gerade aufrichtenden Mannes krachen. Der brach nun vollends zusammen und blieb vor unseren Füßen liegen. Ich nahm ihm die Waffe aus der Hand, kein Widerstand, verbarg sie im Ärmel meiner Jacke.

»Weg hier«, schrie ich, während um uns wegen der Explosion Panik von den Menschen Besitz ergriff. Wir nutzten das Chaos und verschwanden durch die Flügeltür, durch die wir gekommen waren. Die Waffe warf ich, nachdem ich das Magazin eingesteckt hatte, in einen kleinen Mülleimer am Ausgang. Unser Aufenthalt im Bahnhof hatte keine Viertelstunde gedauert. Wir rannten zum Auto, überall um uns herum entsetzte Menschen.

Als wir beim Kenyon ankamen, hörten wir schon die Sirenen. Ich war froh, dass sie nicht uns galten. Ich schloss die Fahrertür auf und schlüpfte hinters Lenkrad, entriegelte die Beifahrertür. Maude sprang in den Wagen und ich gab Vollgas, preschte an dem verzweifelt umherrennenden Parkplatzwächter vorbei.

»Den habe ich voll erwischt«, brüllte Maude, tupfte sich mit Hedys Tuch das Blut von der Schläfe. Ich schlug auf das Lenkrad ein. Es war nicht zum Aushalten. Unsere Flucht fühlte sich genauso an: Flucht. Wegrennen. Angst. Verfolgung. Puls.

»Alles in Ordnung?«

»Alles in Ordnung«, brüllte sie.

Ich schrie sie an.

»Verdammt, das ist kein Spiel. Der hätte uns auch erwischen können.«

»Hat er aber nicht.«

»Ich hätte wissen müssen, dass sie uns am Bahnhof suchen würden. Wir müssen unbedingt aus der Stadt raus. Wenn sie schon jemanden zum Bahnhof schicken, werden sie keine Ruhe geben. Hast du den anderen gesehen?«

»Nein. Aber wie dieses Schwein dagelegen hat.«

Sie klang begeistert, blühte regelrecht auf. Das machte mich rasend, meine Nerven lagen brach.

»Maude, das hier ist verdammt ernst!«

»Weißt du, ich müsste ja nicht mit dir gehen«, fauchte sie mich an. In uns pulste das Adrenalin, mein Blut kochte und auch in Maude warf es Blasen.

»Musst du auch nicht, du musst gar nichts.«

»Ich kenne überall Leute, ich könnte irgendwohin. Ich brauche dich gar nicht.«

»Dann geh doch zu deinen Leuten.«

»Oh, wie könnte ich dich verlassen, mein Retter?«, ihre Stimme bebte, und verdammt, ich war so dünnhäutig wie nur was.

Maude schwieg und blickte aus dem Fenster. Sie wusste wahrscheinlich auch nicht, wo wir in der Stadt hätten Zuflucht finden können. Ich ahnte, dass Maude Anandin alle Brücken hinter sich abzureißen pflegte, wenn sie einen Ort oder einen Menschen verließ, dass sich ihr eine Rückkehr für gewöhnlich verwehrte.

»Wer war der Kerl?«

»Ich weiß es nicht, den kannte ich nicht. Aber ich habe den anderen ein paar Mal mit Tremmo und Strohm gesehen.«

Mit welchen Haien hatte sich Maude umgeben? Was suchte sie bei diesen Menschen? Ich schaute sie aus den Augenwinkeln an. Wie sie in Wallung geraten war, als sie den Kerl im Bahnhof niedergeschlagen hatte. Es war, als folgte sie einem Todestrieb. Als begleitete sie der Tod. Hatte sie nicht gelacht, als sie erfuhr, dass ich Tremmos Mörder war?

»Was hast du mit Tremmo und Strohm gemacht, warum warst du mit denen in dieser Wohnung?«

Ich schlug wieder mit der Faust auf das Lenkrad. Sie antwortete mir nicht.

»Wir haben in ein Wespennest gestochen.«

»Du hast in ein Wespennest gestochen, Weynberg.«

»Du gerade aber auch.«

Ich versuchte, mich zur Ruhe zu zwingen. Hier im Stadtgebiet durften wir nicht auffallen. Wir würden die alte, breite Schnellstraße nehmen, die in der Stadt noch viel genutzt wurde, von dort kam man über einen Zubringer schließlich auf die Reste der Autobahn, die in Richtung Osten führte. Der Verkehr war noch recht dicht und ich versuchte, nicht zu rasant zu überholen, um keine unnötige Aufmerksamkeit zu erregen. Nach einer Explosion war die Nervosität der Behörden immer besonders groß, die Blicke scharf.

Maude drehte das Radio an.

»... Zwischenfall gekommen. Am Nordbahnhof hat es ein Bombenattentat gegeben. Die Zahl der Verletzten ist noch nicht bekannt, laut Augenzeugen soll es mehrere Tote geben. Die Zahl der Terroranschläge in öffentlichen Räumen hat sich damit in diesem Mona ... Krrrchhh« – ich drehte am Empfangsregler, aber außer den Nachrichten hörten wir nur Rauschen und fiepende Geräusche. Schließlich schaltete ich das Radio wieder aus.

Maude und ich waren still, während sich der Kenyon an den Autokolonnen vorbei schob. Die Ereignisse der letzten Tage steckten uns tief in den Knochen und in den weichen Sitzen des Fahrzeugs merkten wir, wie sehr unsere Körper sich nach Ruhe sehnten. Ich hätte ewig so fahren können, einer Spur folgend, um mich herum Menschen, die in anderen Räumen saßen, sodass ich sie sehen, aber nicht hören konnte, ganz mit dem Steuern des Kenyon beschäftigt.

Eingepfercht in der sich in den Osten der Stadt schiebenden Blechlawine dachte ich auch über Maude nach, die in ihrem Hedy-Kostüm neben mir saß. Ich merkte, wie ich mich zu ihr hingezogen fühlte, wie sie mich gleichzeitig aufbrachte und in Unruhe versetzte. Ich begann, nervös mit dem Knie zu wippen. Jetzt, wo ich ein wenig zur Ruhe kam, übernahm mein Körper wieder die Kontrolle und verlangte nach einer Ladung Portobin. Ich fühlte nach dem Tütchen und dem Besteck in meiner Jackentasche. Als ob Maude in der Lage wäre, meine Gedanken zu lesen, fragte sie mich:

»Du bist ein richtiger Porto, was?«

»Was?«

»Du brauchst das Portobin. Du bist ein Junkie. Du machst es nicht nur mal so.«

»Woher willst du das denn wissen? Ich komme klar!«

»Ich hab die Einstiche gesehen. Hast du was?«

»Ja. Ich habe Tremmos Zeug.«

»Du hast einem Toten seine Drogen abgenommen?«

»Ich habe zufällig ein bisschen was gefunden. Und es macht mich weniger kaputt, als mein eigenes Zeug.«

Ich erkannte die Stimme gar nicht, die da aus mir sprach. Maude schwieg eine Weile und schaute aus dem Fenster.

»Ja, es ist der Wahnsinn. Wie viel?«

Sie flüsterte.

»Genug. Aber ich will nicht zu viel davon versuchen. Wenn es richtig dosiert ist, macht es einen stark. Wir können das brauchen, es wird hart bis Neu-Qingdao.

Eigentlich wusste ich gar nichts über Maude Anandin. Die Vertrautheit, die ich in manchen Momenten verspürte, war nichts als eine Illusion. Erinnerungen an Hedy, die ich auf sie projizierte. Was war ihre Geschichte? Dass sie Versuche mit Portobin unternahm, das hatte ich während der Ermittlung bereits herausgefunden. Es war auch naheliegend in Anbetracht des Milieus, in dem sie sich bewegte. Aber wie sie dort gelandet war, wo sie herkam, davon wusste ich nichts. Ich bin heute nicht sicher, das sagen zu können, ich wollte auch nicht alles über sie wissen, wollte sie mir so als Leinwand erhalten, auf der ich die Silhouette Hedys wieder scharfzeichnen konnte. Ich fragte sie nach dem Porto, so wie sie mich gefragt hatte. Schuss und Gegenschuss.

»Ich mache es, wenn es sich ergibt. Ich brauche es nicht. Wenn wir raus sind aus der Stadt, werde ich fahren. Ich fahre gut. Dann kannst du einen Versuch machen.«

Ich zögerte nicht lange, auf diesen Vorschlag einzugehen. Die Kolonne wurde immer durchlässiger, je näher wir dem Stadtrand kamen. Nur noch vereinzelt standen die Häuser hier, jenseits des Zentrums, sie waren deutlich verfallen. Als wir länger keinen Fahrzeugen begegnet waren, hielten wir an. Die große Schnellstraße lag verlassen, hier und da wies sie Risse auf, ein wilder Wuchs drang aus den Spalten hervor, auch der Fahrbahnrand war bewuchert von degenerierten Pflanzen, die nicht gut aussahen. Wir tauschten die Plätze und konnten dabei gar nicht schnell genug wieder in den Wagen kommen. Die Luft war kühl hier draußen.

Während Maude fuhr und den Wagen selbstsicher durch den wachsenden Verfall führte, kochte ich mir eine kleine Menge auf, wirklich nicht viel, nur ein bisschen, um die Nerven zu beruhigen und die Unruhe in den Griff zu bekommen. Es funktionierte, ich schien im richtigen Modus, das Portobin übernahm die Kontrolle und entspannte mich. Ich schlief ein. Portobin beschert einem häufig schlimme Albträume, aber es kommt immer darauf an, wie man sich fühlt in dem Moment des Versuchs, ob man gerade Ruhe hat. Und natürlich auf die Qualität des Stoffes. Der Schuss eröffnete einen schmalen Grat, schoss unaufhaltsam, zog seines Weges wie die Laufbahn einer Patrone, die nicht von ihrem Kurs abgebracht werden sollte. Eine komplexe Verknüpfung von Bedingungen, die einem den Himmel auf die Erde holte oder einen aber ganz in die Hölle zu stoßen vermochte. Es machte die Träume intensiver, ähnlich den luziden Träumen waren die Erlebnisse, wenn sich der Versuch klar gestaltete.

Es zog mich ins Wasser, ich träumte von einer Art Freibad. Eine heiße Quelle tat sich auf, in grauen Stein gehauen, Wasser spie aus Kaskaden von Statuen, sprudelte aus den Mündern verzerrter, tierischer Fratzen, die ich nicht zu benennen vermochte. Das Wasser war schwarz und ich schien darüber zu schweben, zumindest war ich nicht *in* der schwarzen Flüssigkeit. Mein Blick schweifte über die glatte Oberfläche und ich schien mit ihm mitzugehen. Da war ein Mensch. Eine Frau schwamm durch die schwarze Flüssigkeit. Ich hatte einen Verdacht, doch im Traum konnte ich nicht wissen, ob es Hedy oder Maude war, die hier ihre Bahn zog. Die Schwimmende trug keine Kleider und ihr Körper war nur schemenhaft durch das schwarze Wasser zu erkennen, ein heller, verschwommener Fleck im dunklen Nass. Nur ihr Kopf hob sich ab, ich konnte flüchtig ihr Gesicht über der Wasseroberfläche sehen. Nur einen Augenblick. Sie lächelte mich an, als ich an ihr vorüberglitt, lächelte irgendwohin, vielleicht auch nur zufällig in meine Richtung, schwamm weiter, schwebte in gemäßigten Zügen durch das Wasser.

Das große Becken war einem Labyrinth ähnlich angelegt, große und kleine Kanäle zogen sich einem nicht nachvollziehbaren Plan nach durch eine wirre Architektur. Die Kanäle waren gesäumt von wilden, knochigen Bäumen, deren Äste und Lianen dicht über dem Wasser hingen, es manchmal berührten, ins Schwarze übergingen. Ich versuchte immer wieder, darin einzutauchen, wollte mich mit der Gestalt unterhalten, wollte rufen, wollte fragen, wer dort schwamm. Doch ich konnte meinen Mund nicht öffnen. Immer wieder näherte ich mich der nackten Gestalt im dunklen Wasser, und immer wieder drückte die glatte Oberfläche mich von sich weg. Ich musste mich anstrengen, nicht ganz von ihr abzutreiben. Mein Körper schien sich der Schwerkraft zu entziehen, vielmehr: irgendetwas *zog* mich nach oben! Doch ich ließ mich von meinem Verlangen nicht abbringen. Mit aller Kraft steuerte ich auf die Wasseroberfläche zu, immer wieder.

Aus dem Augenwinkel sah ich ein kleines Ruderboot, in dem ein ebenfalls nacktes, helles Wesen saß. Das Wesen rief, rief nach mir, ich erkannte meinen Namen, konnte aber den Kopf nicht drehen. Es lag schon nicht mehr in meinem Sichtfeld. Schließlich verschwand es wieder ganz aus meiner Wahrnehmung. Aber etwas löste sich nun, mein Kopf befreite sich, ich konnte meinen Blick selbst steuern. Hastig suchte ich die Oberfläche ab, bis ich den schwimmenden Körper wiederfand. Ich musste unbedingt ins Wasser, und schließlich fand ich einen guten Winkel. Mit gemäßigtem Schwung, in gleitendem Flug, steuerte ich auf die Frau zu, tauchte kurz vor ihr in das schwarze Wasser ein. Es war ganz warm.

Ich befand mich nun direkt vor dem Gesicht, aber noch immer konnte ich weder Hedy noch Maude darin erkennen. Die Frau war stumm, ich konnte ihr Wesen nicht erfassen, wusste nicht, wer dort vor mir im Wasser schwamm. Als ich den Mund zu öffnen versuchte, wie in Zeitlupe und noch im Moment des langsamen Eintauchens, zog mich plötzlich etwas mit einem Ruck in das Wasser hinab, so wie ich zuvor von der Oberfläche nach oben weggerissen worden war, Luftblasen stiegen auf, sie kamen aus meinem Mund, meiner Nase, meinen Augen und Ohren, und da konnte ich ganz klar den nackten Körper vor mir sehen.

Ich erschrak. Von oben hatte ich ja nur schemenhaft erkennen können, dass die schwimmende Frau keine Kleider trug, nun, unter der Oberfläche und mit einer unerwartet klaren Sicht, sah ich ihren großen, runden Bauch. Die Frau im Wasser trug ein Kind in sich. Ich hielt inne. Aus der Richtung des Bauches kam mir eine Hand entgegen, sie trug einen schwarzen Ring. Es war Hedys Ring, ich hatte ihn ihr geschenkt, vor Jahren. Mit beiden Händen versuchte ich nach ihr zu greifen, aber es gelang nicht, meine Hände gingen durch sie hindurch. Die Luft ging mir aus und ich wurde panisch, meinen Körper zog es immer tiefer, von unten heraufblickend sah ich jetzt die schwangere Hedy über mir, wie sie in langsamen Zügen die Beine bewegte. Ihr Bauch wurde von den Luftblasen umspielt, die meinem schreienden Kopf entflohen.

Etwas klatschte in mein Gesicht.

»Weynberg!«

Maudes Hand. Ich wachte auf, schlagartig, kalter Schweiß stand mir auf der Stirn.

»Was hast du geträumt?«

»Ich weiß es nicht.«

Draußen war es mittlerweile dunkel und ich sah kaum noch Häuser am Wegesrand. Ich konnte auch keine Autos sehen.

Ich atmete schwer, meinte, noch immer im Schlaf zu sein. Alles war wie in Watte. Wir fuhren noch eine ganze Weile weiter, ohne ein Wort zu sprechen. Ich hing dem Traum nach, wollte wieder in das warme, schwarze Wasser, wollte Hedy noch einmal sehen. Aber ich musste klarwerden, musste mich konzentrieren. So verschwand der Traum aus meinem Bewusstsein und ich begann, die schwimmende, schwangere Hedy zu vergessen, die mir da eben noch begegnet war.

Wir waren bereits raus aus der Stadt, hatten die Vororte weitestgehend verlassen. Ich wurde unruhig. Der Weg bis Neu-Qingdao sollte noch lang sein und ich wusste nicht, ob wir ihm würden folgen können. Vor und hinter uns waren keine Lichter zu sehen, gut.

Doch es gab viel konkretere Schwierigkeiten. Durch unsere überhastete Flucht hatten wir es nicht mehr geschafft, Benzin zu besorgen, Schlafsäcke, Wasser. Ich wusste auch, dass ich meinen Körper nicht ewig mit dem Portobin überlisten könnte. Irgendwann mussten wir etwas essen, das war unausweichlich. Ich schloss die Augen und versuchte nachzudenken, aber die Worte und Bilder kreisten nur in meinem Kopf, verbanden sich nicht.

Als wir gut eine Stunde schweigend so weitergefahren waren, nahm ich links hinter einer Erhöhung einen fahlen Lichtschein wahr. In dieser Gegend bedeutete Licht Leben. Auch Maude hatte den Lichtschein entdeckt und steuerte von der Fahrbahn herunter darauf zu. Um klarer zu werden, kurbelte ich das Fenster hinunter und erschrak. Es roch nach Schwefel, nur ganz leicht, und die Luft, die von außen hereinströmte, war eiskalt. Ich hatte schon häufig davon gehört, dass das Klima in den unbewohnten Zonen keinerlei Regelmäßigkeit mehr folgte, doch die plötzliche Kälte überraschte mich. Maude hielt das Lenkrad fest umschlossen, ihre Knöchel traten weiß hervor. Sie war angespannt. Müde.

»Wir werden wärmere Jacken brauchen und Schlafsäcke«, wiederholte ich mantrisch die Liste in meinem Kopf. »Wasser und Benzin und etwas zu essen.«

Kurz vor dem Gipfel des niedrigen Hügels, hinter dem das fahle Licht hervorschien, schaltete Maude die Scheinwerfer aus und wurde langsamer. Sie schien erfahren darin, sich anzuschleichen. Der Wagen hielt.

»Warte hier«, raunte ich Maude zu, und trabte langsam die letzten Meter bis zum Kamm des Hügels hinauf. Ungefähr 200 Meter von uns entfernt lag ein ganzes Stück tiefer eine Tankstelle inmitten eingefallener Häuser, die zum Großteil Ruinen waren. Sie trugen nur Grundmauern, keine Dächer mehr. Um die Tankstelle standen in einem angedeuteten Halbkreis ausgebrannte und ausgeschlachtete Autowracks.

»Ich laufe das Stück herunter und du fährst langsam hinter mir her. Leuchte mich mit den Scheinwerfern an, aber erst, wenn ich ungefähr zehn Meter vor der Tankstelle bin.«

Der Befehlston stand mir nicht, aber wir mussten schnell handeln. Maude startete den Wagen und ich lief langsam den Hügel hinab. Es war kalt und ich fror, ein eisiger Wind zog durch die Jacke. Maude schien ein gutes Auge für Entfernungen zu haben, als ich mich in etwa zehn Meter vor der Tankstelle wähnte, blendete sie die Lichter des Kenyon auf. Ich ging einen Schritt langsamer. Das gelbe Schild der Tankstelle leuchtete, als habe es den Niedergang nie gegeben.

Als ich zwei weitere Schritte gemacht hatte, flammte ein heller Scheinwerfer auf, der sich auf das Auto richtete und dann zu mir herüberwanderte.

»Stehenbleiben!«, ertönte eine schroffe Stimme durch einen übersteuerten Lautsprecher.

»Wir brauchen nur Benzin. Wir haben Geld!«, brüllte ich.

Ein Schuss knallte durch die Nacht, am Geräusch konnte ich erkennen, dass er in die Luft abgegeben worden war.

»Das Auto soll stehenbleiben.«

Ich drehte mich zu Maude und gab ihr mit der Hand ein Zeichen anzuhalten.

»Gut, jetzt komm her!«

Ich ging ein paar Schritte weiter. Das Licht blendete mich, ich konnte nichts erkennen.

»Wir wollen nur Benzin kaufen und vielleicht ein paar Konserven, und wir brauchen dringend wärmere Jacken und Schlafsäcke.«

Aus dem gleißenden Scheinwerferlicht trat eine Frau hervor, im Anschlag ein Gewehr.

»Konserven haben wir nicht, tanken geht.«

Sie lächelte mich an. Sie ging gebeugt, sie musste sehr alt sein. Vielleicht 80 Jahre? Ich wusste nicht, dass man östlich der Stadt überhaupt so alt werden konnte.

»Und wer ist da noch in dem Auto?«

»Eine ... meine Frau.«

»Sie soll auch kommen, mit dem Wagen. Aber langsam.«

Maude fuhr los, zaghaft. Sie war echt gut in so etwas, dachte ich. Als sie neben mir stehenblieb, hob die alte Frau die Hand und das Licht des Scheinwerfers hinter ihr ging aus. In der plötzlichen Dunkelheit sah ich lila Flecken, meine Augen waren geblendet. Doch langsam konnte ich die Frau mit dem Gewehr genauer erkennen. Sie war sehr klein, trug ein blaues Gewand, schwerer Stoff, und einen geöffneten, gefütterten Parka darüber. Um ihre grauen, langen Locken war ein Tuch gewickelt, wie ein Turban. Sie sah freundlich aus, auch wenn ihre Mine noch immer kalt und skeptisch wirkte.

»Wie heißen Sie?«

»Das wollt ihr besser gar nicht wissen. Eure Namen?«

»Caspar. Und das ist Sophia.«

»Ich gebe euch vier Kanister für 500.«

Es machte keinen Sinn zu diskutieren, sie wusste, dass wir das Benzin brauchten und dass sie in einem weiten Radius die einzige Quelle war. Ich gab ihr die Scheine. Sie zählte nicht nach, hielt das Geld aber fest umschlossen in der Hand. Dann wies sie Maude an, rückwärts an einen Container zu fahren, der ein Stück hinter den Autowracks verborgen lag. Sie öffnete die schwere Eisentür. Dort standen vier große Kanister und die zierliche Chinesin wuchtete sie in den Kofferraum, als würde ihr das gar nichts ausmachen. Ich ging zu ihr, um zu helfen, aber sie wies mich zurück. Ich ging dann trotzdem noch zu den Kanistern, als sie alle verstaut waren, schraubte die massiven Deckel auf und roch daran. Vielleicht war das Benzin gestreckt, mit Sicherheit war es das, aber es roch trotzdem sehr intensiv. Die Alte blickte mich an und ihr Blick wurde mit einem Mal eiskalt.

»Und jetzt macht, dass ihr fortkommt«, fuhr sie mich tonlos an.

Maude stieg zur Fahrertür ein und ich setzte mich neben sie. Nach kurzer Zeit waren wir wieder auf der Straße, vielmehr auf dem, was hier noch davon übrig war, und im Auto roch es nach Benzin. Das fing richtig gut an. Wir hatten nichts zu essen, kein Wasser, keine warme Kleidung, genug Benzin zwar, Benzin, das reichte, uns noch weiter von dort wegzubringen, wo man eigentlich überleben konnte. Ich schloss die Augen und versuchte, das schwarze Wasser in meinem Geist wiederzufinden.

13

»Staub setzt sich auf allem ab
Irgendwann auf jedem
Alles was sich nicht bewegt
Verschwindet aus dem Leben
Bleibt doch ewig«
Weynberg

Mein Schlaf blieb traumlos, also ohne weitere Ereignisse, und als ich erwachte, fühlte ich mich etwas erholter. Wohl aber war mir nicht. Der Mund war mir ausgetrocknet und der Geist schrie nach Porto, schrie nach Nahrung. Immer wieder fielen mir die Augen zu und ich schreckte in den Momenten hoch, in denen ich fast eingeschlafen war.

Nach einer Weile, der Morgen kündigte sich an, wurden wir langsamer. Wortlos zeigte Maude nach links. In einiger Entfernung, etwas tiefer gelegen, in einem Tal, konnten wir eine ganze Zahl Hochhäuser ausmachen, ihre Spitzen zumindest. Ich wusste nicht, welchen Ort wir da sahen. Wir waren schon unendlich weit von meiner Heimatstadt entfernt und ich kannte auch niemanden, der je so weit in den Osten gegangen war. Die Gebiete hier waren nach den Veränderungen nicht mehr kartographiert worden, einige Landstriche waren noch immer ein Mysterium, und so standen wir vor diesem Ort wie vor einem Gespenst. Es gab unzählige solcher Städte im Osten, auf dem langen Weg nach Neu-Qingdao, in denen sich höchstens noch ein paar Menschen aufhielten, wenn überhaupt. Und Tiere, aber, *welche Tiere,* wusste niemand ganz genau. Dort, wo noch Menschen leben konnten, taten sie es für gewöhnlich auch, und die Auswahl war nicht groß. Die Gebiete dazwischen waren verkommen, verloren, verlassen, trostlose Einöden. Der Regen und seine Folgen hatten die Oberfläche verändert, so dass sich heute die wenigen großen Städte abhoben von einer Fläche des Verderbens, von ihr umgeben waren, getrennt, eingeschlossen. Von diesen verlassenen Gebieten drang wenig bis in die Stadt. Was sollte man auch von Ruinen berichten? Dass einmal Leben in ihnen gewesen war?

Ich öffnete die Autotür, eine lähmende Kälte kam mir entgegen. Das willkürlich wechselnde Klima, das mit der Verseuchung einherging, sorgte nicht dafür, dass diese Orte zugänglicher wurden, im Gegenteil, die Menschen waren den permanenten Irritationen nicht gewachsen. Sie suchten Struktur, fanden dort zusammen, wo die Jahreszeiten einen Rhythmus vorgaben, dem sie sich unterwerfen konnten. Auch ich war wohl von einer solchen Beständigkeit abhängig. Schnell zog ich die Jacke zu und stieg aus dem Wagen, ging zum Kofferraum, holte mein Fernglas aus der Tasche und lehnte mich auf das Autodach. Die Wolkenkratzer zeichneten sich als dunkle Balken vor dem langsam stärker werdenden Schein der aufgehenden Sonne ab. Ich erahnte Vögel, die um die großen Türme flogen, konnte sie aber nur als ferne Punkte ausmachen, die sich umkreisten. Mein Blick blieb an ihren Bewegungen haften. Vögel gab es nicht mehr viele, doch scheinbar trotzten diese hier dem giftigen Atem der leeren Städte, profitierten vielleicht gar davon, ohne die Menschen sein zu können.

Die Stadt sah verlassen aus, kein Licht konnte ich in den Fenstern der Hochhäuser erkennen, die sich da monolithisch nebeneinander aufreihten. Sie waren tot, und die Vögel umgarnten sie wie verwesende Kadaver. Nach den Explosionen hatte es jenen Gebieten am stärksten zugesetzt, in denen die Niederschläge schon immer heftig gewesen waren. Die Fassaden standen im Dunkeln. Ich hoffte, dass wir die Stadt überhaupt betreten konnten. Wenigstens ein paar Stunden wollte ich es dort aushalten, vielleicht fanden wir in den Sachen, die die Menschen dort zurückgelassen hatten, sauberes Wasser oder etwas zu essen. Wir würden ja noch länger unterwegs sein bis Neu-Qingdao. Ich stieg zurück ins Auto.

»Die Stadt sieht unbewohnt aus. Vielleicht finden wir dort Proviant und Wasser. Und wir brauchen wärmere Jacken.«

Maude schwieg.

»Bist du noch wach?

Maude war müde, das merkte ich, und die Stadt, die wir da sahen, war noch ein ganzes Stück entfernt. Die Strecke dorthin, fernab der alten Autobahn, würde unwegsam sein.

»Ich fahre.«

Maude lächelte mich an und stieg aus, ich kletterte auf den Fahrersitz und startete den Motor, als sie sich auf der anderen Seite neben mich auf den zerschlissenen Kunststoff hatte fallen lassen. Sie erzählte mir von einer Abfahrt, die sie auf dem Weg ein Stück zuvor gesehen hatte, als ich noch im Wagen geschlafen hatte. Ich drehte also den Kenyon und fuhr in die entgegengesetzte Richtung. Mir gefiel das knirschende Geräusch, das die groben Reifen auf dem von Geröll gespickten, porösen Asphalt erzeugten.

Nach ein paar Minuten kamen wir dann wirklich zu einer Ausfahrt und fuhren von der Autobahn herunter. Das Schild, das wir passierten, gab keinen Hinweis darauf, wo wir uns befanden, es war von einer grünen Schicht überzogen, wie es sich mit den meisten Schildern verhält. Ein Moos oder eine Flechte, wie die Patina auf alten Bildern, die sagt: es hat mich schon lange niemand mehr angeschaut.

Wir kreuzten Bahngleise, die in einen Wald führten. Sie wiesen in Richtung der Stadt, und so lenkte ich den Wagen darauf zu. Ich fuhr sehr langsam und nach gut zwanzig Minuten konnten wir die Hochhäuser deutlicher erkennen, die meisten waren verfallen, einige Fenster waren zerborsten, auch wenn die Fassaden auf den ersten Blick intakt wirkten. Ich hielt erneut, stieg aus dem Auto und kletterte auf das Dach, blieb trotz der Kälte eine ganze Weile dort und ließ den Blick mit dem Fernglas immer wieder langsam über die Häuser streifen, die in meinem Blickfeld lagen. Kein Leben war dort. Vielleicht war es auch besser so. Wenn sich Menschen überhaupt an solchen Orten aufhielten, tat man gut daran, sie zu meiden. Die wenigen Lebewesen außerhalb der noch lebendigen Städte gehorchten anderen Gesetzen. Der Hunger und die Verzweiflung trieb sie weit.

Ich kletterte wieder in den Wagen. Es war so kalt draußen, dass ich noch immer zitterte. Maude rutschte ein Stück zu mir herüber, schlang ihre Arme um mich und versuchte, mich aufzuwärmen. Sie küsste mich am Hals. Im ersten Moment erschrak ich und zuckte zusammen, ich hatte mit ihrer Berührung nicht gerechnet. Doch trotz der Irritation tat es mir gut. Maude war für mich ungreifbar. Sie stand entfernt, wie in einem Nebel oder in einem Traum. Ich wollte sie anfassen und griff nur hindurch.

Auch wenn ich ihre Nähe suchte, so lauerte doch schon zu diesem Zeitpunkt eine Form der Gewissheit, dass ich keine wirkliche Beziehung zu ihr würde aufbauen können, wegen mir nicht, wegen ihr nicht. Langsam hatte ich mich ihr genähert, war ihr gefolgt, hatte sie beschattet. Unser Aufeinandertreffen war dann einer gefährlichen Explosion gleichgekommen. Die Druckwelle hatte uns umgeworfen, uns fehlte jegliche Orientierung. Zu Maude konnte man sich nicht einfach irgendwie verhalten, *auf eine bestimmte Art.* Manchmal war da so viel Energie, eine ansteckende Kraft – und ganz plötzlich, mit nur einem Schlag der Augenlider, veränderte sich ihr Wesen und es kam eine Todessehnsucht in ihr auf, eine Abwendung vom Leben, die längst vollzogen war, ein Abstoßen, das sie selbst ausgelöst hatte, irgendwann, in der Vergangenheit, und dem sie nun ausgeliefert war.

Ich wollte sie verstehen. Wieder fragte ich nach Tremmo und

Strohm. Sie schwieg eine Weile. Vielleicht gab es da wirklich nichts zu verstehen. Als sie zu erzählen begann, war es, als verstünde sie selbst nicht die Parameter, denen sie folgte. Sie war wie die Kugel in einem dieser Spielautomaten, die ich aus den Filmen kannte. Es passierte immer etwas in ihrem Leben, doch selten hatte sie es in der Hand. Maude trieb sich umher, rannte in irgendwelche Menschen, folgte Impulsen. Sie hatte Tremmo und Strohm nie nahegestanden, hatte nur geahnt, was sie taten, welche Ungeheuer sie waren. Maude war ihnen begegnet und das Böse, das sie ausstrahlten, hatte sie angezogen. Sie erzählte mir von den Treffen, ihre Stimme klang monoton und kalt, wie bei einem Bericht, den sie möglichst nüchtern erstellte. Ich griff fester um das Lenkrad. Einige Male schon war sie mit ihnen mitgegangen, sie hatten sich zugezogen, getrunken, Pulver genommen und Porto gespritzt oder geraucht, hatten Dinge getan, von denen Maude jetzt nicht mehr sprach, die aber in ihrer Stimme mitklangen und von denen ich wusste, die ich beobachtet hatte. Deren Anfang ich beobachtet hatte. Deren Ende ich herbeigeführt hatte. Wieder sah ich Tremmos offenen Kopf vor mir, die Tapete mit den Blutspritzern. Mit den kleinen Knochensplittern. Der Stich in meiner Seite, er war schon mein steter Begleiter.

Maudes Stimme klang schwach, doch sie erzählte mir vom weiteren Verlauf der Nacht. Strohm hatte sie in seinen Wagen gezwungen, er hatte sie mit einer Pistole bedroht. Seine Verwirrung über das Geschehene zwang ihn zu handeln und ließ ihn zu dem einzig wahren Schluss kommen: *Tremmo war gestorben, weil Maude mit ihnen im Zimmer gewesen war.* Weil jemand sie hatte retten wollen. Sie hätten sie erwürgt. Aus Lust, im Rausch oder was weiß ich. Das machte mich krank. Doch Strohm und Maude hatten mich nicht gesehen, waren durch eine Treppe im Hinterhaus geflüchtet. Strohm hatte Maude in die Pestfelder verschleppt, sich mit ihr in dem Wohnwagen verschanzt, sie verhört. Maude erwähnte keine Einzelheiten. Das musste sie auch nicht.

Ich konnte es mir vorstellen. Bald hatte er von ihr abgelassen, hatte bemerkt, dass sie nichts wusste.

Als ich sie im Wohnwagen aufgespürt hatte, kochte Strohm gerade eine Ladung Portobin auf. Wahrscheinlich hatte ich Schlimmeres verhindert, Strohm schien das Portobin in einen Wahn zu steigern, der seinen Mitmenschen nicht guttat. Wie Porto es immer machte. Vielleicht hätte er dort am Boden der Pestfelder vollendet, was er und Tremmo im 14. Stock begonnen hatten. Vielleicht hatte ich Maude zwei Mal vor dem Tod bewahrt. Vielleicht aber hätte sie sich auch selbst befreien können. Wer wusste das schon.

Ich beschloss, nicht mehr zu fragen, bremste meine Irritation aus, versuchte, mich auf die Gegenwart zu konzentrieren. Langsam gesellte sich dabei das Verlangen nach einem Schuss Portobin zu meinem Hunger. Wenn wir in der Stadt wären, würde ich mir eine kleine Menge aufkochen, ganz in Ruhe.

Maude zündete sich eine Zigarette an und ich öffnete das Fenster einen Spalt breit. Von draußen strömte ein Hauch warmer Luft herein. Ich kurbelte das Fenster ganz herunter. Ja, warme Luft, die immer wärmer wurde. Auch die Bäume um uns herum schienen nun grüner, auch wenn ihre Farbe nicht natürlich wirkte. Ich bat Maude, das Lenkrad zu halten, damit ich meine Jacke ausziehen konnte, doch es war zu umständlich. Ich hielt an und stieg aus. Das Klima hatte sich komplett verändert, binnen weniger Minuten, oder: innerhalb weniger Meter. Die Luft war ganz feucht und drückend. So stellte ich mir ein tropisches Klima vor. Nasse Hitze. Es war sinnlos, sich zu fragen, wie es zu solchen Veränderungen kommen konnte, machte aber immer wahrscheinlicher, dass die Stadt, der wir uns näherten, viel Strahlung abbekommen hatte. Lange dürften wir hier nicht bleiben.

Auch Maude war ausgestiegen und legte einige Schichten ihres Hedy-Kostüms ab. Schon stand uns der Schweiß auf der Stirn. Wir brauchten unbedingt Wasser. Und etwas zu essen.

Mein Blick folgte den Schienen. Einige Meter vor uns kreuzte erneut eine Straße die Gleise. Wir stiegen wieder in den Wagen. Es war ganz still, wir waren von der plötzlichen Hitze wie gelähmt. Als wir die Straße kreuzten, wollt ich gerade rechts abbiegen, als ich bemerkte, dass der Asphalt in dieser Richtung nach einigen Metern einfach aufhörte. Die Fahrbahn war aufgebrochen, bäumte sich ein Stück in den Himmel auf, dahinter lag der giftige Wald. Es gab keine Möglichkeit, an diesem Hindernis vorbeizukommen. Daher mussten wir weiter dem Feldweg neben den Gleisen folgen, was in der glühenden Hitze immer problematischer wurde. Ja, ich merkte, wie es mir zunehmend schwerer fiel, mich zu konzentrieren. Die Hitze war drückend, aber es war keine trockene, sengende Hitze, wie ich sie aus den überraschend auftretenden, heißen Tagen in der Stadt kannte, wenn etwa die Sandstürme durch die Häuserschluchten fuhren. Es dörrte einen nicht aus. Vielmehr machte dieses Klima benommen. Langsam folgten wir weiter den Gleisen, und schließlich hörte der Wald auf einer Anhöhe auf.

Wir blickten nun in ein weites Tal, und vor unseren Augen tat sich das Panorama der ganzen Stadt auf. Grau war sie, grau und verlassen. Doch bei genauerem Hinsehen entdeckten wir, dass Pflanzen und Gräser dem Asphalt und Beton Farbe gaben, dass sie gar nicht so grau war, wie es zunächst wirkte. Man brauchte nur Geduld, dann entdeckt man Leben an den verlassensten Orten. Ich wusste nicht, welche Stadt wir da vor uns hatten, doch einst schien sie ein Knotenpunkt gewesen zu sein, Bahntrassen, Autobahnen und schwarze Kanäle gingen auf sie zu und von ihr ab, passierten in den Gebieten vor diesem mächtigen Ort brachliegende Industrieanlagen, Fördertürme, Kraftwerke, eingefallene Fabriken. Die Gleise schienen von überall zu kommen und sich in der Stadt zu begegnen. Ich vermutete, dass sie schließlich bis zu einem Bahnhof führen würden, und so folgten wir ihnen weiter. Und wirklich, nach etwa zwei Kilometern, die wir zwischen den einstigen Arbeitsplätzen der geflohenen Städter hindurchfuhren – wie Mahnmale standen sie da –, häuften sich immer mehr ausrangierte Züge auf den Gleisen um uns herum, ausgebrannte Kesselwagen und ausgeschlachtete Waggons. Vor uns erschien schließlich eine riesige, dunkle Halle, zu der all die Gleise hineinführten. Das war der Bahnhof, hier waren einmal viele Menschen angekommen und abgereist, hatten sich getroffen und verabschiedet. Nun lag das mächtige Gebäude verlassen da. Ich steuerte den Wagen in die Halle, es gab eine Art Auffahrt, bis zu einem der Bahnsteige, fuhr ganz dicht heran, so dass Maude auf meiner Seite aussteigen musste, als wir schließlich anhielten. Ich ging zum Kofferraum und räumte die Reisetasche leer, ließ nur ein Brecheisen darin, das ich im Wagen gefunden hatte, außerdem den Belastungszähler. Ich packte noch die zwei Schirme dazu, schulterte die Tasche. Wir kletterten auf das Dach des Wagens und schon waren wir auf dem Bahnsteig.

Um auf das Oberdeck zu kommen, von dem die Ausgänge in die Stadt zu führen schienen, stiegen wir eine Rolltreppe hoch, die sich schon seit Jahren nicht mehr bewegt zu haben schien. Der Bahnhof erinnerte noch an die Zeit, als diese Stadt bewohnt gewesen war, auch wenn die Werbeanzeigen verblassten und die Schaufenster der kleinen Bahnhofsläden leer waren. In einem Kasten vor einem Zeitschriftengeschäft, schon auf dem Oberdeck, lagen noch ein paar Zeitungen. Ihre Seiten waren ausgeblichen und ich konnte nicht erkennen, von wann sie waren. Es musste eine Ewigkeit vergangen sein. Wir gingen durch die verlassene Bahnhofshalle. Auf der Anzeigetafel angeschlagen sahen wir die einstigen Ziele der Züge, diese existierten nur noch zu einem kleinen Teil. Die Halle war verdreckt, die Scheiben der Geschäfte eingeschlagen, das Glas lag in groben Scherben auf dem Boden und knirschte unter unseren Schuhsohlen, Zeitungsständer waren umgekippt, farblose Magazine und Postkarten lagen wie Laub auf dem Boden verteilt. Ohne Buchstaben, ohne Schrift. Die Wände zierten

Graffitis, Bilder, Schmierereien, Namen, Hilferufe. Wir verließen die Halle und ich kramte den Strahlungsmesser hervor. Wir würden nicht lange hier bleiben können, der Regen hatte diesem Ort übel zugesetzt.

Vor uns tat sich nun die Stadt auf, Autos mit verschmierten Fensterscheiben, auch neue Modelle, die Reifen platt. An den Stellen, die nicht von Beton versiegelt waren, wucherten wilde Pflanzen. Ihre Äste waren knochige Finger und die Blätter trugen ein merkwürdiges Grün, wirkten scharfkantig. Lianen hingen von Straßenlaternen. Überall riesige Pfützen zwischen den sonst ebenen Flächen, ihr Wasser braun und brakig und an den Rändern von silbrigem Film überzogen. Die Häuser, Straßen und Brücken, die ich in der näheren Umgebung ausmachen konnte, waren von Efeu umrankt, ein aggressiver Wuchs. Die aufgepeitschte, rachsüchtige Natur schien sich hier zurückholen zu wollen, was ihr gehörte, schien zu schreien: *Ihr habt mich krankgemacht, doch ihr habt nicht aufgepasst. Ihr seid an eurem eigenen Virus verreckt, ihr habt von eurem Gift getrunken, und nun seid ihr ihm erlegen und ich hole zurück, was mir gehört. Denn ich bin nicht fragil, ich krieche nicht am Boden, ich überdauere eure Seuchen und werde auch euch überdauern. Der Beton, die Elektrizität, das Feuer – das alles ist nichts, war nichts, wird nichts sein, wird vergessen sein. Ich bin stark und ihr seid schwach.*

»Es ist wunderschön hier. Ich weiß nicht, wann ich das letzte Mal eine solche Stille erlebt habe«, sagte Maude. Sie war stehengeblieben und ließ den Blick streifen.

»Wir können nicht mehr als zwei Stunden hierbleiben. Vielleicht gibt es ein Einkaufszentrum, dort besteht die größte Chance, noch etwas zu finden.«

Maude nahm mich an der Hand. Ich zuckte kurz zusammen. Ihre weiche Haut fühlte sich schön an, sie ließ ihren Daumen über meinen Handrücken fahren und drückte meine Finger in ihre. Wir marschierten los, die Taschen geschultert, den Blick aufmerksam nach vorne gerichtet. Die verlassenen Städte bargen Gefahren, Bodenplatten, die einbrachen, Gullideckel, die in der Kanalisation verschwanden, Straßen, die in unterirdische Kanäle absackten. Wir gingen langsam und sehr aufmerksam, und erst in dieser Ruhe empfand ich die wahre Schönheit dieser verlassenen Welt. Der Spaziergang beruhigte mich, ich dachte schon kaum noch an das Portobin.

Doch ich kam auch nicht umhin, an die Menschenmassen zu denken, die hier gelebt hatten, und daran, was mit ihnen geschehen sein mochte. Ihr Verschwinden hatte etwas verändert. Die Erde und das Wasser waren mit Sicherheit verseucht, Putz bröckelte, es klafften Löcher, ja, Abgründe wie Wunden, niemand konnte mehr hier leben – und trotzdem war dieser Ort sicherer als die Stadt, aus der wir kamen. Wir mussten uns nur vorsehen, keinen falschen Schritt zu tun. Es war sicherer als in der Zivilisation, weil es hier keine Menschen mehr gab. Darüber hatte ich nie nachgedacht, doch jetzt spürte ich es. Ich mochte Menschen, ich wollte mich unterhalten, wollte Nähe, suchte sie, brauchte sie, fand sie und gab sie. Zumindest war das einmal so gewesen, vor Hedys Tod. Jetzt konnte ich es sehen. Dort wo die Menschen waren, musste man auch immer aufmerksam bleiben, durfte nicht unbedacht jemandem den Rücken zudrehen. Menschen lauerten allerdings hier nicht, wir waren die einzigen Friedhofsgänger. Und so liefen wir fast unbeschwert durch das traurige Szenario, das einst so viel Leben bedeutet hatte.

Nach gut zwanzig Minuten wurde die Vegetation dichter, Pflanzen, die im giftigen Regen gewachsen waren, hüllten Straßenschilder, Ampeln, Fahrzeuge und Gebäude ein, so dass man diese nur noch schemenhaft erkennen konnte. Der Boden war feucht, der Asphalt aufgebrochen. Riesige Pilze, Schlingpflanzen und Sträucher mit schwarzen Beeren taten sich auf. So etwas hatte ich noch nicht gesehen. Wir liefen durch einen Dschungel, der sich auf das graue Skelett der Stadt gelegt hatte, ein weicher, grüner Mantel auf einem toten Körper, seine

Decke aus Moos. Das wilde Gras machte die tote Stadt wieder zu einem Ort. Doch wir durften hier nicht bleiben, der Ort war voller Gift. Hier war es vielleicht nie so schön gewesen wie jetzt, nun konnte keiner diese Schönheit sehen. Nur Maude und ich. Nur für ein paar Augenblicke.

Wir hatten uns so tief in das urbane Dickicht begeben, sodass wir uns ducken mussten, unseren Weg nun kreuz und quer durch Büsche schlugen, keiner Straße mehr folgten. Und ein Summen hatte begonnen. Es schwoll an, je tiefer wir in das Grün vordrangen. Insekten schwirrten umher, manche größer als eine Faust. Doch sie griffen nicht an, blieben in der Luft über uns. Da blieb Maude stehen, hob die Hand ein Stück, machte keine Bewegung mehr und gab mir ein Zeichen, anzuhalten. Sie duckte sich und ich tat es ihr gleich. Sie zeigte nach vorne. Ich hatte noch nie einen Wolf gesehen. Das Rudel, das dort ein ganzes Stück entfernt von unserer Position umherstreifte, sah majestätisch aus, jedes der Tiere für sich. Ihr graues, silbriges Fell glänzte in der Sonne. Fünf waren es, sie wandelten langsam durch das Grün. Ihre Schritte wirkten so graziös, anmutig, fast wie im Tanz bewegten sie sich. Die Tiere würdigten uns keines Blickes, vielleicht hatten sie uns noch nicht bemerkt. Hatten sie uns denn nicht gewittert? Ich wurde stutzig. Wenn es hier Tiere gab, die augenscheinlich gesund waren, dann konnte es keine Strahlung mehr geben. Zumindest keine tödliche. Die Insekten lebten ohnehin unbeeindruckt vom Regen und der Strahlung, das bedeutete nichts. Aber die Lebewesen, die eine Haut besaßen, keinen Chitinpanzer, sie waren ein Zeichen. Wenn in dem Dschungel Wölfe waren, dann mussten auch Tiere an diesem Ort leben, die von den Wölfen gefressen wurden, und wieder andere, die von diesen gefressen wurden, und solche, die die Pflanzen fressen konnten und also nicht daran starben. Hier war eine Oase entstanden, die nur ohne Menschen möglich war. Hinter einem verseuchten Gürtel war etwas gewachsen, in dem wieder das Leben entstehen konnte.

Wir sollten aus dem Paradies verschwinden, würden wir ihm doch nur den Tod bringen. Wie es immer geschah, wenn ein Mensch auftauchte.

Als die Wölfe aus unserem Sichtfeld verschwunden waren, zog ich erneut den Strahlungsmesser hervor, studierte diesmal die Anzeige. Tatsächlich zeigte das Pendel mir einen Wert, der noch den in Umgebung meines Büros unterschritt. Und da fiel mir auf, dass auch die Pflanzen ihre Farbe geändert hatten, dass ihre Formen nun nicht mehr an scharfe Klingen erinnerten, nein, rund waren die Blätter hier. Ungläubig schauten Maude und ich uns an. Sie lächelte, ihre Augen waren ganz glasig. Da vernahm ich ein neues Geräusch, eines, das ich kannte und das mir Panik bereitete. Regentropfen fielen auf das Blätterdach über unseren Köpfen. Ich riss die Tasche auf, warf Maude ihren Schirm zu, doch sie machte keine Anstalten, ihn aufzufangen, er landete neben ihr im Gras. Auch ich ließ meinen Schirm zu, legte ihn zur Seite, ließ die Tasche neben mir auf die Wiese fallen, die den Asphalt längst abgelöst hatte. Der Regen fiel nun immer stärker, er prasselte auf uns herab, und es stieg ein Duft aus dem Boden, den ich nicht kannte, aber der mich augenblicklich mit Leben erfüllte. Das Wasser auf der Haut tat gut, ich hatte seit vor dem Aufbruch aus Hedys Wohnung nicht mehr geduscht, meine Kleider klebten vom Schweiß an mir. Ich zog mein Hemd aus, dann das Unterhemd, warf die Hose fort. Auch Maude trennte sich von ihrer Kleidung, *von Hedys Kleidung*. Schon waren wir nackt und der Regen schien all die Anstrengung, die Strapazen, den Schmerz der letzten Tage von der Haut zu waschen. Ich ließ mich auf den Boden fallen, Maude kam zu mir herüber, legte sich neben mich, und wir fassten uns an den Händen. Den Himmel zu sehen, den Regen zu spüren, das alles war so unglaublich intensiv. In diesem Moment dachte ich nicht mehr an Hedy, ich dachte auch nicht an Maude, auch nicht an mich. Ich dachte an nichts, in mir war Stille. Nur der Regen prasselte. Wir lagen noch eine ganze Zeit so da, erst nebeneinander, dann aufeinander, Maude schlief mit mir im Regen. Der Regen spülte uns sauber, wir waren tropfnass, so, als wären wir durch Wasser getaucht. Und ein lebendiger Duft hüllte uns ein.

Als der Regen aufhörte, trocknete die Sonne unsere Haut und ich hätte noch ewig so liegen bleiben können. Irgendwann meldete sich der Hunger und wir erinnerten uns, warum wir hier waren. Wir mussten etwas zu essen finden und weiter, zurück zum Auto. Stillstand war nicht gut, die Zeit drängte.

Wir standen also auf, zogen unsere Kleider an. Sie waren vom Regen noch ganz klamm und schwer. Einige hundert Meter ging es noch weiter durch das Dickicht, bis wir schließlich zu einer Straße gelangten. Auch sie war bewachsen, aber weniger dicht, wir konnten aufrecht gehen. Langsam schritten wir zwischen den hohen Gebäuden hindurch, die Sonne warf ihre Strahlen auf die Gebäude und zwischen ihnen hindurch, Licht und Schatten begegneten sich in wechselndem Spiel. Überall standen Autos, verrostet, mit Moos bedeckt und von Gräsern durchdrungen, leere Geschäfte, die Schaufenster zerborsten oder mit Holzlatten verblendet. Immer wieder meinten wir auch, Bewegungen wahrzunehmen, an den Ecken und in den Winkeln, Tiere, die den Geruch von Menschen nicht gewohnt waren und nun aufschreckten, uns aus dem Weg gingen. Vielleicht sagte ihnen ihr Erbgut auch, dass der Geruch von Menschen Gefahr für sie bedeutete.

Nachdem wir eine halbe Stunde durch die leerstehende Stadt gegangen waren, entdeckten wir in einer Seitengasse ein Geschäft, in dem man schon durch die Scheibe sehen konnte, dass dort brauchbare Waren zurückgeblieben waren. Ich brach mit dem Eisen die Schiebetür auf. Im Laden standen Schaufensterpuppen, ausdruckslos, die Gesichter waren nur ovale Flächen. Wir packten Unterwäsche, Socken und zwei Hosen in eine große Tragetasche, auch zwei Schlafsäcke fanden wir. Wir zogen uns frische Unterwäsche an und Maude fand einen dunkelgrauen Hosenanzug, die Hüfte umschlang sie mit einem breiten Ledergürtel. Hedys Kleider ließ sie zurück und auch ich trennte mich von meiner alten Hülle.

Ich stöberte noch weiter durch die Kleiderstangen, als ich Maude aus einem Hinterzimmer des Geschäfts aufgeregt meinen Namen rufen hörte. Voller Sorge hechtete ich zu der schmalen Tür, durch die ich sie hatte verschwinden sehen. Sie stand vor einem Getränkeautomaten, in dem Limonaden und Säfte in kleinen Flaschen aufgereiht standen. Und Wasser! Ich zögerte nicht lange, machte mir gar nicht erst die Mühe, den Automaten zu bedienen. Mit drei gezielten Schlägen zertrümmerte ich die Glasscheibe. Wir tranken jeder gleich mehrere Flaschen Wasser, dann Limonade, viel zu schnell. Uns wurde übel. Doch die Flüssigkeit tat gut, und bevor wir aufbrachen, griffen wir so viele Flaschen heraus, wie wir nur tragen konnten, stopften sie in unsere Taschen. Nur etwas zu essen fanden wir nicht.

Als wir wieder vor die Tür traten, stand die Sonne schon sehr tief, und als wir schließlich nach zwei Stunden durch den verseuchten Ring wieder am Kenyon ankamen, war es ganz dunkel geworden. Wir verstauten unsere Beute im Kofferraum und verließen das Paradies.

14

»Die Erde brach auf
Es entstanden neue Schwingungen
Die Sprache hörte auf
Es entstanden neue Stimmungen«
Weynberg

Als ich aufwachte und meine Augen öffnete, sah ich alles nur in Graustufen. Da war keine Farbe um mich herum, auch nicht, nachdem ich mir ein paar Mal die Lider gerieben hatte. Ich lag auf der Rückbank des Wagens, die Fahrertür stand offen und Maude war nicht da. Der Rücken schmerzte, denn ich hatte mit meinen langen Beinen zusammengekrümmt auf der Rückbank geschlafen, wohl einige Stunden so gelegen. Da bemerkte ich, dass ich mich in einer Art Dorf befand. Der Kenyon stand auf einer einsamen Straße, links und rechts lückenhaft gesäumt von wenigen Häusern. Während ich mir die Stiefel zuband, schon mit den Füßen auf der Straße, ließ ich meinen Blick an den Fassaden entlanggleiten. Was ich da sah, war völlig ausgeblichen, keine Regung war zu spüren, keine zuckende Gardine brachte Bewegung in das statische Bild, keine Gesichter. Keine Tiere. Die Fenster waren verschmutzt, zu einem großen Teil mit alten Pappen oder Sperrholz verblendet. Es war unendlich still an diesem Ort.

Das Auto stand etwas schräg am linken Straßenrand auf der Höhe eines offensichtlich verlassenen Gebäudes, ein Einfamilienhaus. Nur ein Briefkasten und eine Klingel deuteten noch darauf hin, dass hier einmal Menschen gelebt hatten. An dem weiten Vorbau des Hauses thronte eine Dachterrasse, in eine Balustrade aus weiß gestrichenen Metallstreben gefasst. Die Farbe war an vielen Stellen abgeblättert, der Rost fraß sich durch das massive Geländer, so dass es hier und da ganz dünn war und kaum noch tragfähig erschien. Da hing, halb ausgefahren, eine Markise, die einmal weiß und vielleicht gelb gestreift gewesen war, aber die Streifen waren ausgeblichen, die weißen Bahnen hatten vom Regen Patina angesetzt, so dass alles wie zu einem löchrigen, rechteckigen Fleck verlief. Der Stoff war an einem Ende aus der Schiene gerissen und hing so halb herab.

Ich stieg nun aus dem Wagen und musterte weiter die verfallenen Häuser entlang der Straße. Von Maude keine Spur. Plötzlich setzten sich die Bäume auf der anderen Straßenseite in Bewegung und es ertönte ein Rauschen. Die Äste wogen langsam hin und her, obwohl gar kein Wind ging, und mit jedem vergilbten Blatt, das sich bewegte, wuchs *le bruit* zu einem rauschenden Chor. Ja, ein Rauschen, und ich erschrak darüber. Wann hatte diese Bäume wohl zum letzten Mal ein Mensch gehört?

Der Ort war mir unbekannt, dennoch strahlte er etwas Vertrautes aus. Kein Gefühl von Heimat oder dergleichen, nur so, als hätte ich ihn schon einmal passiert, in der Vergangenheit, vielleicht in einem Traum. Hinter den Bäumen lag ein breiter, schwangerer Fluss, dessen glatte, schwarze Oberfläche in gemächlichem Tempo daher zog. Er ging wohl etwas über sein gewohntes Ufer, denn das Wasser schob sich durch das Gebüsch, das die schaumigen Ränder säumte.

Mir fiel auf, dass alle Häuser, die ich von meinem Standpunkt aus sehen konnte, unterschiedlich gebaut waren, anders, als ich es von den gleichförmigen Fassaden der Stadt gewohnt war. Unebener Backstein, grobe Texturen rauer Fassaden, glatte Wände, kleine Fenster, große Fenster, zersprungenes Glas, Spitzdächer und flache Bauten, verfallene Gebäude, von Efeu umrankt. Ruinen. Die meisten Häuser hatte sich der wilde Wuchs der vom Regen gepeitschten Pflanzen zurückgeholt, so lugte an mancher Ecke nur noch eine leise Ahnung von Stein aus den Ästen, Schlingen und Lianen. Hier mussten eine lange Zeit die Menschen gekommen und gegangen sein, Häuser gebaut und wieder verlassen haben. Nun war da niemand mehr.

Maude war wie vom Erdboden verschluckt, das machte mir Sorgen. Bevor ich eingeschlafen war, schon vor Stunden und noch im Dunkel der Nacht, war sie sehr still, während sie den Wagen über die alte Straße gelenkt hatte. Natürlich war mir bei all dem, was sie in den letzten Tagen hatte erleben müssen, der Gedanke gekommen, dass sie sich etwas antun könnte. Sie führte ein Leben, das viele Menschen kaum aushalten würden. Das sie beenden würden, vorzeitig. Der Freitod war häufig in diesen Tagen, nicht nur die Portos und die Unsichtbaren brachten sich um. Und glücklich über die Zustände war ja niemand. Ich versuchte, ruhig zu bleiben, sicher würde es für alles eine ganz naheliegende Erklärung geben. Warum sollte sich Maude ausgerechnet hier draußen etwas antun? Doch warum nicht? Der Freitod folgte ja nicht zwingend einer Logik, vielmehr einem Impuls. Ich verzweifelte an meinen Gedanken. Es nützte ja doch nichts. Vielleicht hätten wir einfach im Kern der verlassenen Stadt bleiben sollen, dort, wo es Tiere gab, der Boden nicht verseucht war und die Pflanzen nicht vom Gift lebten. Ich musste an den Regen denken, auf der Haut. Ich vermute heute, dass wir uns dort nur so kurz aufgehalten hatten, weil wir es nicht glauben konnten. Wir hätten dortbleiben sollen, wenigstens so lange, bis der Hunger uns wieder in die Zivilisation zurückgetrieben hätte.

Ich beschloss also, Maude zu suchen. Der Schlüssel des Kenyon steckte noch im Zündschloss, ich steckte ihn ein. Dann schloss ich Fenster und Türen, riegelte aber nicht ab, so dass Maude Unterschlupf finden könnte, sollte sie in meiner Abwesenheit zurückkommen. Ich überprüfte die Fabrique Nationale und steckte sie mir hinten in den Hosenbund. Da kam ich darauf, dass ich Maude eine

Nachricht hinterlassen sollte. Ich holte mein Notizbuch aus der Jackentasche und kramte einen Kugelschreiber hervor. Ich schrieb:

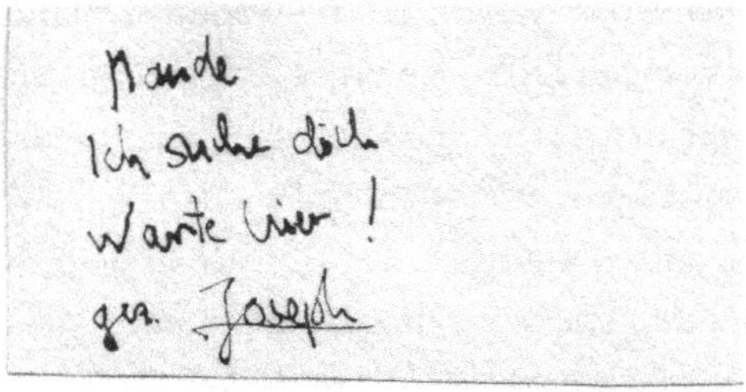

Den herausgerissenen Zettel klemmte ich vorne im Wagen zwischen Lüftung und Windschutzscheibe. Dann nahm ich ihn wieder in die Hand und schrieb, das Armaturenbrett als Unterlage nutzend, auf die noch freie Fläche ein Stück weiter unten:

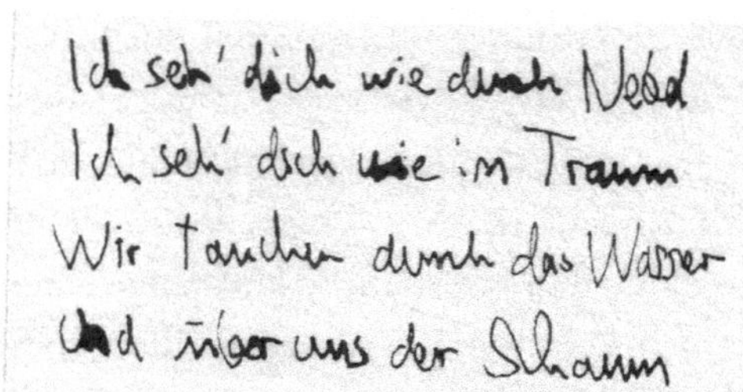

Ich legte ihn auf den grauen, zerschlissenen Stoff des Fahrersitzes. Wenn Maude zum Auto käme, musste sie ihn finden.

Ich drehte mich noch einmal langsam im Kreis, um mir einen Überblick über das kleine Dorf zu verschaffen. Scheinbar gab es wirklich nur diese eine, große Hauptstraße und dann noch ein paar Gassen, die sich links und rechts von ihr abwandten. In der Richtung, aus der wir gekommen waren, konnte ich in einer Entfernung von etwa 100 Metern die Ortseinfahrt ausmachen. Auf dieser Strecke gab es nur fünf Häuser, allesamt Ruinen. Entgegengesetzt, in Fahrtrichtung, beschrieb die schmale Straße nach einigen hundert Metern eine leichte Kurve nach links, hinter der ich ein baldiges Ende des bebauten Gebietes wähnte.

Langsam schritt ich nun den zerfurchten Asphalt herunter, weiter in den Ort, umherblickend, so dass mir nichts entgehen konnte. Schaufensterscheiben sah ich, doch in den Auslagen wurde nichts angeboten. An den Scheiben der zwölf Ladenlokale, die ich auf dem Weg zählte, hatte mal in werbender Schrift gestanden, was dort angeboten wurde, vor langer Zeit. Dienstleistungen, Lebensmittel, Vergnügen, Unterhaltung. Eine Fleischerei, ein Elektroniker, ein Bestattungsunternehmen, ein Friseursalon. Doch nun war die Schrift verblasst oder von dem Glas abgeblättert. Auch eine alte Wirtschaft entdeckte ich, die Fenster schwarz. Ich hatte schon viele einsame Orte gesehen, auch in der Stadt gab es unendlich viel Leerstand, aber nie war es mir so verlassen vorgekommen.

Ich hatte mittlerweile die Kurve passiert und konnte nun das Ende des Ortes ausmachen. Es schien möglich, ihn in kürzester Zeit zu durchqueren. Zu Fuß waren es nicht mehr als zehn Minuten. Als ich die nächste Ecke erreichte, hielt ich inne – war da ein Geräusch? Während ich überlegte, an was mich die ungestümen Laute erinnerten, in geduckter Haltung und mit einem unguten Gefühl, schoss urplötzlich ein ganzes Rudel Hunde an mir vorbei. Sie waren plötzlich da, ich traute meinen Augen kaum. Die Tiere kamen wie aus dem Nichts, und sie fletschten die Zähne, bellten, als würden sie irgendetwas oder irgendjemanden verfolgen oder vor sich hertreiben. Da war ja niemand. Jagten sie einen Geist? Oder waren sie auf der Flucht? Diese Hunde störten sich gar nicht an mir, stoben in irrsinniger Geschwindigkeit vorbei. Ihr Lauf beschrieb eine Linkskurve, der Schwung warf die letzten der Tiere fast aus der Bahn – und doch schienen sie auf der Hauptstraße ihre Geschwindigkeit noch zu erhöhen.

Als sich der Staub, den ihre Läufe aufwirbelten, wieder gelegt hatte, waren sie nur noch als schwarze Punkte zu erkennen, die sich immer weiter entfernten, bis sie schließlich verschwanden, so schnell, wie sie gekommen waren. Hunde, die so rannten, waren kein gutes Zeichen. Auch ich spürte einen Fluchtimpuls.

Im sich legenden Staub nahm ich einen schwarz schimmernden Stein wahr, den ich vorher noch nicht bemerkt hatte. Ich bückte mich, um ihn aufzuheben. Auf einmal klirrte es, an der Ecke der Gasse, aus der die Hunde gekommen waren, ging vor mir eine Fensterscheibe zu Bruch, zersprang in tausend Splitter. Ich drehte mich um die eigene Achse, immer noch nach dem Stein gebückt, duckte mich. Gut dreißig Meter entfernt stand ein Mann auf dem Flachdach eines der alten Geschäfte, auf der anderen Straßenseite, er zielte mit einem langläufigen Gewehr in meine Richtung. Da krachte es erneut. Ich jedoch war noch immer in Bewegung, halb am Boden, und so verfehlte mich der Schuss wieder. Aber die zweite Kugel war mir gefährlich nahegekommen. Ich zog meine Pistole aus dem Hosenbund und feuerte wahllos drei Schüsse in die Richtung des Schützen. Er tauchte ab und ich rannte in die Gasse, aus der die Hunde gekommen waren. Ich hatte erkennen können, dass der Fremde einen schwarzen, weiten Hut trug und mit einem engen, dunklen Pullover bekleidet war, drahtig und hager war er. Etwas an seiner Körperhaltung war sehr merkwürdig. Er passte zu keinem unserer bisherigen Verfolger. *Er war alt.* Mein Herz sprang mir fast aus der Brust. Maude. Maude!

Vor mir tat sich nun ein verwahrlostes Feld auf, mit hohem Rasen. Die Gräser hingen im Wind. Links und rechts erkannte ich zwei Fußballtore, die nur noch zur Hälfte aus dem Gras lugten, so hoch stand das Gras. Ich rannte auf den leicht versenkt liegenden Platz und schlug mich in den wilden Wuchs. Da waren nicht nur Halme, sondern auch Dornengestrüpp, am Boden, und Pflanzen, die ich nicht zu benennen vermochte und an denen ich hängenblieb und über die ich beinahe stolperte. Doch immer tiefer drang ich vor und als ich ungefähr in der Mitte des Platzes angekommen war, warf ich mich hin und drehte mich um. Ich lauerte. Der Mann mit dem Gewehr kam aus der Gasse gestürmt. Er blieb abrupt stehen, die Waffe im Anschlag, suchte nach mir, wollte mich wieder ins Visier nehmen. »*Weynberg*«, stieß er hervor, und seine Stimme klang alt und scharf, wie das Bellen der Hunde. Er kannte mich also. Ich war kein wahlloses Ziel eines Irren, wie sie ja in solch verlassenen Landstrichen vorkamen. Der Schütze war kein Einwohner, dessen Gebiet ich unerlaubt betreten hatte. Er war Teil der Mörderbande, die uns seit Maudes Befreiung vor sich hertrieb. Er musste von Gustav Lang kommen. Ich richtete mich im Gras auf und zielte auf meinen Jäger, drückte ab, doch er nahm meine Bewegung wahr und hechtete sogleich zur Seite. Ich setzte einen Schuss nach, doch der einzige Effekt meines Schusses war etwas Stein und Splitter weißer, vergilbter Farbe, die von der kargen Wand gleich hinter ihm abplatzten. Ich duckte mich wieder, schon schoss es in meine Richtung.

»Wer schickt dich?« brüllte ich, während ich geduckt durch das Feld zu sprinten begann, nach rechts, weiter ins Dorf hinein und weg vom Auto. Aber er schrie nur, gab unverständliche Laute von sich. Immer wieder krachte es, und ich meinte, die Kugeln neben mir durch das Gras schwirren zu hören.

Dann war ich am Ende des Feldes angelangt und machte eine weite Kurve zum Spielfeldrand. Da war eine Gasse. Ohne anzuhalten spurtete ich so schnell es nur ging über die Straße, stürzte fast, strauchelte mit der Waffe in der Hand, ruderte mit den Armen. Doch ich kam nicht zu Fall. Wieder krachte es und ich merkte, wie eine Kugel durch meine wehende Jacke ging, hinten. Sie riss ein Loch in den Stoff, traf mich jedoch nicht am Körper, *fast nicht*, etwas brannte heiß, ein Kratzer auf der Haut, höchstens.

Der Schütze saß mir im Nacken, ich hörte ihn, er schrie immer wieder meinen Namen. Ich rannte so schnell ich nur konnte, rutschte beinahe auf dem Dreck aus, der die Straße zu meinen Füßen maserte. Dann ging es nur noch links und rechts – aber vor mir tat sich eine morsche Holztür auf, aus löchrigen Brettern. Ich bremste meinen Lauf kaum ab, warf mich mit der Schulter voran in die Bretter, die Tür sprang auf, hub es aus den Angeln, und ich segelte mit ihr in die Dunkelheit und landete auf dem staubigen Boden. Schnell gewöhnten sich meine Augen an die Dunkelheit, das Adrenalin potenzierte ihre Leistung, und es fiel ja auch ein wenig Licht von draußen herein.

Ich entdeckte die erhoffte Treppe, richtete mich auf, hechtete die Stufen herauf, nahm immer gleich zwei mit einem Schritt. Dann wendete ich in dem schmalen Flur und war schon am Fenster, das wieder auf die Gasse zeigte. Ich riss es auf. Der alte Mann mit dem Hut kam auf mich zu, er lief viel langsamer als ich, schien schon Gewissheit zu haben, mich niederzustrecken. Ich bewegte mich gerade so weit in den Fensterrahmen, dass ich ihn anvisieren konnte, aber noch Schutz in der Dunkelheit des Flures fand. Mit beiden Händen hielt ich den Lauf der FN, drückte ab, der Mann blieb stehen, zuckte mit dem linken Arm. Ich hörte ihn fluchen. Ich hatte ihn an der Schulter erwischt und es schien ihm gar nichts weiter auszumachen. Er antwortete mit einem Schuss in meine Richtung, ich blickte direkt in die Richtung des Mündungsfeuers, warf mich zurück. Er schrie wieder wie irre meinen Namen, mehr konnte ich nicht verstehen. Doch ich hörte ihn näherkommen.

Das alles geschah sehr schnell, meinem Herzschlag gleich. Es raste. Ich wagte mich wieder ans Fenster, die Waffe im Anschlag, aber mein Gegner war nicht mehr zu sehen. Er musste schon ins Haus getreten sein, unter mir, da hörte ich auch schon die Dielen im Erdgeschoss knarren. Schon hörte ich seine Schritte auf der Treppe, also sprang ich durch das Fenster auf das Vordach, hielt mich dabei mit der einen Hand am Fensterbrett fest, in der anderen die Waffe, spürte heiß ihr Metall an der Haut, balancierte weiter nach links auf die nächste Überdachung. Weiter. Nicht alle Veranden waren verbunden, so musste ich hier und da ein gutes Stück springen. Das Holz war morsch und von der Säure des Regens zerfressen und ich spürte, wie unter meinen schweren Stiefeln die Bretter brachen. *Kein Spaziergang,* sagte ich, scheinbar laut.

Es krachte von hinten und eine Kugel segelte an mir vorbei, ich konnte ihr Zischen hören. Ich drehte mich um, schoss, schoss im gleichen Moment wie der Mann, er nun auch auf dem Vordach. Er warf sich in ein offenstehendes Fenster, ich sprang im Reflex in die andere Richtung, in die Gasse, fiel, fiel tief, schon wieder ein paar Meter, das musste ich mir abgewöhnen, doch ja, ich kam irgendwie *so* auf, dass ich es noch schaffte, meinen Körper im Schwung des Sturzes abzurollen, knallte mit dem Kopf auf, fraß Staub. Schmerzen. Ich richtete mich auf und machte einen Satz unter das nächste Vordach.

Aus dem Augenwinkel sah ich schon die nächste Kugel in den sandigen Boden einschlagen, sie wirbelte einen Dreck hoch, der in den letzten Jahren nur vom Wind bewegt worden war. Der Schweiß stand mir im Gesicht, mir war heiß, alles brannte. Auch schrie es in mir wieder nach dem Portobin, das Adrenalin hatte dem Verlangen die Pforte geöffnet.

Und niemand schaute uns zu, dieser Ort war von Gott verlassen, alle Häuser, die ich im Spurt passierte, waren unbewohnt, vernagelt, verstaubt. Ich hörte den alten Mann knapp hinter mir, wie er mir auf den Vordächern folgte. Da blieb ich stehen und drückte mich an die Hauswand eines der Gebäude, es erhob sich weiter als die anderen Gebäude, und auch das Vordach schien ungewöhnlich weit ausladend. Mein Verfolger über mir wurde nun langsamer, ich hörte seine Schritte. Er ging langsam über das Vordach. Es rieselte von der Decke.

»Wer schickt dich?« rief ich wieder.

»Ein toter Mann!«

Er schrie, schrill die Stimme und mich ganz durchdringend.

»Was will er von mir?«

»Ein toter Mann will dich tot sehen!«

Er lachte, und dabei murmelte er mir unverständliche Worte.

»Wer ist der tote Mann?«

Ein Schuss in meine Richtung, durch das Holz über meinem Kopf und dann in das Holz neben mir. Ich feuerte in die Richtung, aus der die Kugel gekommen war, Holzsplitter rieselten von der Decke. Der Mann sprang nun auf und ab, immer mehr Dreck kam von oben auf mich herabgeregnet und gerade in dem Moment, in dem ich damit rechnete, dass sein drahtiger Körper durch das Dach brechen würde, tauchte er mir zugewandt am Fuße der Veranda auf. Mein Jäger war rückwärts in die Gasse gesprungen, das Gewehr in beiden Händen. Er schien zu schweben, schien die Schwerkraft überlistet zu haben. Sanft landete er auf den Füßen, rollte sich über den Rücken ab, drückte sich noch in der Bewegung hoch und visierte mich wieder an, leicht gebückt, bereit.

Ich machte einen Schritt auf ihn zu, die Waffe ihm entgegengestreckt.

»Stop!« – schrie ich. Wir blieben zwei oder drei Meter voneinander entfernt stehen, die Waffen aufeinander gerichtet, zum Abschuss bereit. Ein alter Mann stand vor mir, das Gesicht zerfurcht in einem Schatten, doch dahinter ein Blick, der mich gefrieren ließ.

»Wer hat etwas davon, wenn wir uns gegenseitig erschießen?«

Einen Moment lang herrschte Ruhe, nur der rieselnde Dreck zwischen uns machte noch Geräusche.

»Wo ist sie? Was hast du mit ihr gemacht?«

»Dann ist die Frau also auch hier? Nun, das wird ihn aber freuen.«

»Was redest du da? Wer schickt dich? Wen wird das freuen?«

Ich brauchte Zeit, musste ihn ablenken. Wenn ich schoss, würde es mich genauso erwischen. Und ich spürte etwas Heißes am Rücken. War es Schweiß – oder hatte mich seine Kugel erwischt, vorhin, am Feld? Der Mann lachte, seine Augen wurden von Falten verschluckt, er bleckte seine geraden, symmetrisch aneinander gereihten Zähne.

»Du bist tot, so oder so.«

»Das sind wir alle. Wir sind alle tot.«

»Aber du ganz besonders, und es wird mir ein Vergnügen sein. Und wenn ich deinen Kopf habe, dann hole ich mir die Frau.«

Er lächelte mit zusammengebissenen Zähnen, die Lippen gaben sie an den Rändern ein wenig frei. Wie ein Krokodil, dieser Blick.

»Hier ist keine Frau!«

»Doch, hier ist eine Frau, und du wirst mich zu ihr bringen. Ich kann sie riechen, sie ist hier im Ort. Sie läuft umher, sie ist in den Gassen. Ich kann sie riechen und ich werde sie holen und zu ihm bringen, und deinen Kopf nehme ich mit. Knie dich hin jetzt. *Los!*«

»Ich werde gar nichts tun.«

Ich versuchte, das Zittern zu unterdrücken, ihn dabei nicht aus den Augen zu lassen. Mein Atem ging immer schneller und schneller und ich spürte mein Herz.

Ich musterte mein Gegenüber. Sein knochiger Körper hatte etwas sehr Unheimliches, wie ein wandelndes Skelett sah er aus. Das Gesicht war von einem dünnen, schwarzen Bart und dem Schatten des Hutes verdeckt, seine knochige Nase lugte daraus hervor, außerdem konnte ich ein paar winzige, weiße Flecken sehen, die aus den engen Schlitzen seiner Augen leuchteten. Ein Mörder stand vor mir, einer, der über Jahrzehnte nichts Anderes getan hatte, als zu töten. *Er weiß, dass er genau so tot ist wie ich, wenn er jetzt abdrückt.* Der Alte hatte bestimmt schon häufiger als ich in solchen Situationen gesteckt. Wie lange sollten wir hier stehen?

Langsam bewegte er sich zurück, Schritt für Schritt, ließ mich dabei nicht aus den Augen. Ich tat es ihm gleich, soweit es ging, schritt zaghaft rückwärts auf das schwarze Loch zu, das schwarze Loch in meinem Rücken. Die Tür stand halb offen, ich schob mich mit dem Rücken durch sie hindurch. Auch der Alte hatte ein paar Meter nach hinten gemacht.

Ich drückte ab, als die Tür sich gerade geschlossen hatte, ließ mich vom Rückschlag der Waffe nach hinten stoßen, nahm den Druck mit, um schneller zu fallen. Draußen hörte ich den Schrei eines Raben, der wütend gen Himmel flatterte, weil ein Mensch ihn von seinem Acker verjagt hatte. Mich hatte er nicht erwischt. Aber ich ihn? Zumindest war es nun still. Ich wartete eine Minute, doch es tat sich nichts.

Leise robbte ich zum Fenster neben der Tür, so, dass ich im verdreckten Glas die staubige Gasse sehen konnte. Der Mann war weg. Wo er gestanden hatte wirbelten noch ein paar letzte Staubpartikel durch die Luft. Ja, ich hatte ihn erwischt, ich meinte, sein Blut riechen zu können.

Das musste zu einem Ende kommen, ich würde es keine Stunde mehr aushalten. Mein Geist schrie nach Portobin, der Körper nach Nahrung und die Lungen, vom heißen Staub versengt, nach Luft. Ich lag noch auf dem Boden, da wurde mir der Schmerz in meinem Rücken bewusst. Nein, richtig – nicht nur er hatte etwas abbekommen. Seine Kugel hatte mich vorhin gestreift. Ich fasste mit der rechten Hand unter den Stoff. Da war Blut, und es blutete noch. Ich fuhr über die heiße Stelle. Es war nichts in mich eingedrungen. Aber er hatte mich aufgemacht, ein Hüllenbruch, ich war verletzt. Der Schmerz war zu ignorieren. Langsam richtete ich mich auf. Ich schritt durch die Flügeltür und trat auf die Straße. Die Sonne stach mir in die Augen, als ich unter dem Vordach hervortrat. Von meinem Gegner war keine Spur zu sehen. Ich machte ein paar Schritte in die Gasse, aus der ich gekommen war. Dort wurde es kühler. Als ich mich dann umdrehte, schien auch die Straße, aus der ich gekommen war, mit einem Mal im Schatten zu liegen. Es wurde dunkel.

Ich ging weiter durch die Gasse, bog dann rechts in eine kleine Schneise ein, in ein Gebüsch, dahinter ein Trampelpfad. Es war ganz still. Die Äste waren frisch abgeknickt, daher vermutete ich, dass der Killer hier langgelaufen sein musste. War das Blut an den Blättern? Ich folgte dem schmalen Pfad ein paar Meter, bis dieser auf eine mit grobem Stein gepflasterte Straße führte.

Da tat sich vor mir eine kleine, alte Kirche auf, die von einem Friedhof umgeben war. Am Glockenturm, wo einst eine Uhr den Dorfbewohnern die Zeit angezeigt hatte, klaffte ein schwarzes Loch. Ich stieg über die schmale, aus Steinen aufgeschichtete Mauer, welche die Gräber und Gruften umgab, die sich lose verteilt über den moosigen Grund erstreckten. Auch Bäume waren hier, zwischen den Gräbern, sie mussten hunderte Jahre alt sein. Der Regen schien ihnen nichts anhaben zu können. Ihre Kronen grünten gesund und kräftig. Die Grabsteine waren verwittert, bewachsen, zu einem großen Teil steckten sie schief im Boden oder waren ganz umgestürzt, sanken in den weichen Boden ein. Hier hausten die Leichen des Dorfes, und ich schritt durch ihren Garten.

Mich fesselte dieses Bild, aber ich konnte den Anblick doch nicht genießen. Wo war der Jäger? Und Maude. Wo war Maude? Ich ging langsam zwischen den Grabsteinen entlang auf die Kirche zu, wähnte dort den alten Mann. Da schwang die morsche Tür an der Seite auf und es schnellte ein Arm hervor, in der Hand eine Pistole. An den knochigen Fingern, die den Griff des Revolvers umklammerten, erkannte ich meinen Jäger. Er hatte die Waffen gewechselt, vielleicht, weil er zu schwach war, noch das Gewehr zu halten.

Ich suchte Deckung hinter einem großen Grabstein, da flog mir schon die erste Kugel dicht am Kopf vorbei. Ich richtete mich hinter dem Grabstein ein Stück weit auf und schoss zurück. Er trat nun aus dem Dunkel der Kirchenpforte. »*Weynberg*«, schrie er wieder, aber es war kein Schrei, ich merkte, welche Kraft es ihn kostete, meinen Namen über die Lippen zu bringen. Und schon standen wir uns gegenüber. Mein Hemd am Rücken fühlte sich ganz nass an.

Der alte Mann machte zwei Schritte nach vorne. Da sah ich es, zwischen den Grabsteinen. Ich hatte ihm in den Bauch geschossen, durch die Tür, als wir uns auf der Veranda voneinander getrennt hatten. Sein Pullover war blutgetränkt, der dunkle Stoff noch dunkler. Ich sah, wie das Blut, das auch schon den Stoff des rechten Beines durchweicht zu haben schien, ihm unten am Knöchel aus der Hose tropfte. Er schwankte.

Mein Gegenüber ließ die Waffe sinken und ich tat es ihm gleich. Er kippte auf die Knie, die Pistole in der Hand, und er sah sehr traurig und müde aus. Ich spürte, dass es zu Ende ging mit ihm, dass er den Blutverlust kaum überleben würde. Er schüttelte den Kopf, sagte meinen Namen, Tränen füllten seine Augen. Ich war nun bei ihm angelangt und ließ mich vor ihm auf den Boden nieder. An ihm war etwas so Böses gewesen, etwas Durchtriebenes. Doch nun, kurz vor seinem Tod, war all das von ihm gewichen.

Es tat mir leid, dass er sterben musste. Die Grenze war überschritten ab dem Moment, in dem er auf mich geschossen hatte. So ist es im Leben. Manchmal gibt es zwei Möglichkeiten. Manchmal gibt es nur eine.

Der alte Mann kippte zur Seite und blieb auf einem Grab liegen, der Hut fiel ihm vom Kopf. Nichts deutete darauf hin, wer hier begraben war, und nun lag er darauf. Seine Augen waren noch offen, doch der Blick ging ins Leere.

»Wo ist sie?«, raunte ich ihm zu. Er bewegte den Kopf hin und her, der nun seitlich auf der Wiese lag. Angestrengt antwortete er mir.

»Ich weiß es nicht.«

»Wer schickt dich?«

Er lächelte.

»Lang. Er weiß es schon die ganze Zeit. Auch du wurdest beobachtet, Weynberg. Lang weiß, was du getan hast, und er weiß, dass du Maude nicht zu ihm bringen wirst.«

»Maude wird hingehen, wo sie hingehen will. Ich weiß ja nicht einmal, wo sie ist.«

»Lang ist krank, Weynberg, sein Gehirn ist krank, es ist zerfressen. Er rast, er ist in der Eifersucht verloren. Er will dich tot sehen, er setzt alles daran, dass du stirbst. Sie werden dich weiter jagen. Du hast keine Chance.«

»Du hast mich auch nicht erwischt.«

»Weynberg, ich bin alt. Ich wusste immer, dass es eines Tages so enden würde. Auf einem Friedhof. Mit einem Jungen. Ist das nicht absurd?«

Ein dünnes Lachen entwich seinen Lippen.

»Nach mir werden noch ganz andere kommen, so jung und stark wie du.«

»Was ist mit Lang?«

»Er hat den Verstand verloren.«

»Im Bahnhof, das waren nicht Langs Leute. Wir haben einen von ihnen erkannt.«

»Doch, Weynberg. Sie haben nur nichts getan, sie haben beobachtet, wie ihr Tremmos Leuten davongekommen seid, als die Bombe explodiert ist. Wir wissen alles, Weynberg. Wir wissen, was du getan hast.«

Seine Stimme wurde schwächer und er sank weiter in sich zusammen. Er versuchte, sich mit einem Arm auf dem Boden aufzustützen, um sich aufzurichten. Doch er war schon zu schwach.

»Hilf ... hilf mir.«

»Wo ist Maude? Sag es mir. Alles andere interessiert mich nicht.«

»Maude, ja? Du bist so am Ende, Weynberg. Sie wird dich auffressen. Sie wird dein Hirn zerreiben, so wie sie es mit Lang getan hat. Und dann stirbst auch du. Sie wird dich mit sich nehmen, in ihren Niedergang, und dann wirst du vor dich hinsiechen, bis du nur noch eine Hülle bist. Du wirst sie nicht überleben.«

Das Böse kehrte in ihn zurück und seine Augen blitzten auf. Dann wurden sie ganz wässrig und der Blick veränderte sich, er schien irgendwohin abzutreiben, schien keine Kraft mehr zu haben. Er wollte ans Ufer, doch es fehlten die Ruder und im Rumpf des Bootes war ein Loch. Die Stimme ganz schwach, ein Kratzen.

»Am Ende ist man allein. Weynberg, du dummer Junge. Ich habe das nie so gewollt, niemals. *All diese Menschen.* Ich habe Frauen getötet, Männer. Weynberg, ich habe getötet. Junge, Alte und Kinder. Ich habe alle getötet! Wenn du einmal begonnen hast, dann hört es nicht mehr auf. Ich bin ein Mörder, Weynberg, so wie du. Uns verbindet mehr, als du glaubst. Die Sonne ist explodiert. Eines Tages werden sie es sehen. Aber sie haben mich nicht haben wollen. Sag ihnen, dass es mir sehr leidtut. Sag ihnen, ich wäre gern bei ihnen gewesen.«

Der Alte war schon im Delirium, die Sätze lösten sich auf in blubbernden Unsinn, rote Blasen quollen ihm aus dem Mund und ich verstand nicht, was er sprach. Er beobachtete etwas, das ich nicht sehen konnte.

»Wer bist du?«

»Sie werden mich auffressen, so wie ich sie gefressen habe. Sie werden so lange fressen, bis keine Faser mehr übrig ist. Und die Spinnen, dort, sie gehen ins Wasser. Sie rennen in das Wasser und ich muss ihnen hinterher.«

Ich konnte ihn kaum noch verstehen. Die Stimme hoch und dünn und immer mehr rote Blasen, sie liefen ihm bereits am Kinn herab. Der Atem ging nun hastiger, die Brust hob und senkte sich wahnsinnig schnell, er riss die Augen ganz weit auf, blickte auf die Grashalme vor seinem Gesicht, schaute durch sie hindurch, sah irgendetwas, das nicht Teil dieser Welt war. Es tauchte vor ihm auf und seine Augen flackerten. Er sackte in sich zusammen, die Augen erloschen. Der Alte war tot. Wieder war einer tot.

Ich wollte nur noch schlafen.

Ich krabbelte zu einem großen Grabstein und lehnte mich mit dem Rücken daran, streckte die Beine von mir, das linke Knie angewinkelt. Aus der Tasche fischte ich eine Ozom und die Tüte mit dem Portobin. Ich drehte die Zigarette vorne zwischen Daumen und Zeigefinger, bis etwa eine Fingerbreite des Tabaks herausgerieselt war, öffnete das Tütchen und presste mit zitternden Händen etwas von dem gelblichen Pulver in das frei gewordene Papierreservoir. Dann zündete ich sie an und ließ die Flamme an der Spitze, zog immer mehr ein, ein Kopfschmerz schoss mir direkt durch den ganzen Körper, meine Augen brannten und ich hatte das Gefühl, tausende kleine Glassplitter zwängten sich durch meinen Hals. Es war die Hölle. Ich schaute auf den toten Körper zu meiner Linken, doch das Bild verschwamm vor meinen Augen. Die Zigarette fiel mir aus dem Mund.

15

Verdammt. Mist, verdammt. Mein Bauch. Nein. Mist. Nicht so. Nein, nicht jetzt. Das ist nicht gut. Weg! Verdammt. WEYNBERG! Verdammt. Ausgerechnet er. Wo soll ich denn ... WEYNBERG! Kann ich nicht. Mist, Straße. Von der ... ich muss von der Straße runter. Verdammt. Das tut weh. Mir ist schlecht. Diese Äste. Es ist so warm hier. Die ... Nein! So ein verdammtes Pissnest. Was ist das? Das ... Eine Kirche. Ist das ... ? Das ist ein Friedhof. Ich verrecke und wo lande ich? Verdammt. Das tut so weh. Mir ist heiß, mir ist ganz heiß in der Brust. Ist dir auch so ... mir ... mir ist so warm. Ich muss. Ich muss jetzt da ... Es ist so weit. Mein Bauch. Mein Bauch brennt. Feuer. Es ist wirklich so weit. Verdammt. Das kann nicht. Mir ist so heiß, ich muss in die Kirche. Und wenn der Junge kommt. Ach, das macht doch alles keinen Sinn. Das macht keinen Sinn mehr. Das Holz ist schön. Es ist schön hier. Ich will nicht sterben. Verdammt. Da ... hier ist es kühl. Ich kann nicht mehr. Meine Schulter. Der Pullover ... Verdammt, ich glaube ... Noch nicht. Nein nein nein nein nein ... noch nicht. Hier. Hier. Jetzt. Die Kirche ist klein. Wie es hier riecht. Es riecht nach Metall ... Oh, Blut. Nein. Viel zu viel Blut. Meine Hand. Ganz rot. Das klebt, das klebt. An meiner Hand. Nein, so nicht. So nicht. Ich muss zur Sonne, mir ist kalt, ich muss wieder raus. Ich muss an die Sonne. Da. Verdammt. Da ist er. Er ist so schön. Verdammt! Nicht ... Ich will nicht mehr kämpfen. Warte. Nein, warte. Mir ist schwindelig. Nein. Ich muss ... Jetzt nicht. Nicht. Da ist ein. Verdammt.

Sie werden mich auffressen, so wie ich sie gefressen habe. Sie werden so lange fressen, bis keine Faser mehr übrig ist. Und die Spinnen, dort, sie gehen ins Wasser. Sie rennen in das Wasser und ich muss ihnen nur hinterher. Ich muss den Spinnen hinterher. Im Wasser ist es kühl. Das Wasser ist so kühl, ich kann laufen. Ich kann darin laufen. Es ist so schön hier. Wo ist der Junge? Ich wollte es nicht. Die Spinnen, da sind die Spinnen. Sie sind so groß. Nehmt mich mit. Bitte, nehmt mich mit zurück. Ich kann nicht mehr hierbleiben. Ich kriege keine Luft in der Welt. Ich will hier nicht mehr sein. Bitte, bitte nehmt mich wieder mit. Es ist doch angerichtet. Es ist doch schon alles angerichtet. Der Boden ist so weich. Es ist so schön. Die Luft ist so schön hier. Das tut gut. Nehmt mich mit hinein. Oh, wie kühl es ist. Wie kühl es hier ist. Ich werde weggehen. Ich werde nie wieder töten. Es wird jetzt alles gut. Im kühlen Wasser wird alles gut. Das tut weh. Aber im Wasser wird es aufhören. Mein Bauch, das tut nur w

Anton Kastell

16

»Ich sehe klar, wie sich die Erde dreht
So lange liege ich schon hier
Schließ ich die Augen, träume ich
Träume von allen und zuletzt von dir«
Weynberg

Ich befand mich auf einem Friedhof in einem Wald, so halb unter Bäumen. Die Grabsteine standen alle weit auseinander, die meisten waren dicht von Moos ummantelt und ihre Inschriften ließen sich kaum noch entziffern. Hier war viele Jahre kein Mensch mehr gewesen. Ich lehnte an einem Baum, neben mir die Urne, außerdem eine kleine Tasche. Vor mir hatte ich ein Loch gegraben, sehr tief, so dass weder im Winter der Bodenfrost noch der giftige Regen, der das ganze Jahr wütete, der Urne würden zusetzen können. Die Schaufel steckte noch im Boden und der Stiel warf einen Schatten, der meinen linken Fuß berührte. Ich hatte eine ganze Menge Erde neben dem Loch aufgeschichtet. Meinen Körper konnte ich nicht richtig spüren, so als wäre ich gelähmt. Die Strahlen der untergehenden Sonne fielen durch die sich langsam im Wind wiegenden Äste, sie schienen warm auf die Haut meines Gesichtes. Langsam kam ein wenig Leben in meine starren Glieder zurück.

Das Licht reflektierte von der zu höchstem Glanz polierten, metallenen Ummantelung des Gefäßes, in dem ich Hedys Staub seit Tagen mit mir herumtrug. Es stach mir in die Augen. Ich blinzelte, meine Lider waren schwer, ich war müde und die Augen waren angeschwollen. Seit Stunden hatte ich mich nicht mehr bewegt. Ich saß einfach nur da und hielt die Urne mit einem Arm umschlungen, es kam mir vor, als säße ich bereits seit ein paar Tagen so. Weil ich den Rest der Welt vergessen hatte, weil sich alles nur um diese Urne drehte, weil Hedys Tod den Erdkern ersetzt hatte.

Der Sekt war schon wieder leer, und so nahm ich die letzte grüne Flasche, die ich noch übrighatte, aus meiner Tasche. Kurz ließ ich die Urne los und sofort wurde ich unruhig. Doch ich hatte wirklich Durst, ich wollte saufen, durfte nicht nüchtern werden, niemals wieder nüchtern werden, und so versuchte ich, die Sektflasche zu öffnen, wurde hastig und ungestüm, als es mir nicht gleich gelang. Dann gab es einen Knall und instinktiv zuckte ich zusammen. Der Korken trudelte in schnell kreisenden Bahnen nach oben und verschwand schließlich im Nirgendwo, wo über der Sonne an einem dunkelblauen Himmel schon die Sterne standen. Ich hatte noch nie in meinem Leben so ein Blau gesehen und wurde mit einem Mal wehmütig, weil ich es Hedy nicht zeigen konnte.

Etwas von der sprudelnden, schäumenden Flüssigkeit lief mir über die Hand. Ich drehte mich zur Seite, damit die Urne nichts von dem klebrigen Zeug abbekam, setzte die Flasche schließlich an und saugte gierig den Alkohol ein. Ich fing an zu weinen und es schäumte in mir, ich meinte zu zerplatzen, doch die Luftblasen entwichen meinem Körper und durchdrangen zischend meinen verdreckten Kampfanzug, ganz starr von der getrockneten Erde. Nachdem ich ein paar tiefe Schlucke genommen hatte, steckte ich mir eine Zigarette an und beruhigte mich ein wenig. In den letzten Tagen hatte ich so viel geraucht, dass ich sofort ein Würgen im Hals verspürte, so als habe mir jemand die Hände angelegt, um die Luft abzuschnüren. Ich schmiss die angerauchte Zigarette weg und richtete mich mit krachenden Knochen auf, die Urne fest im Arm an meiner Seite. Die grüne Flasche fiel um und der Rest ihres Inhalts sprudelte schäumend auf den Teppich.

Ich torkelte zum Loch und ging davor in die Knie. Mein Atem brannte. Ein letztes Mal hob ich den Behälter vor mein Gesicht, das sich ganz verzerrt in dem bronzenen Metall spiegelte. Ich küsste die Urne und drückte sie gegen meine Wange. Langsam ließ ich den massiven Gegenstand nun in das Loch herab. Meine Arme waren schon bis zu den Schultern in der Erde verschwunden, doch ich konnte noch keinen Boden spüren, musste mich immer tiefer in den Abgrund lehnen, um die Urne abzusetzen. Die Erde um mich herum war kühl und es roch modrig.

Da plötzlich verlor ich das Gleichgewicht und stürzte nach vorne in das Erdloch, die Urne mit Hedys Asche darin entglitt meinen Händen. Ich schrie auf und wurde panisch, doch ich konnte mich nicht mehr halten, meine Finger gruben sich links und rechts ins Erdreich, in die Wände des Schachtes, der das Grab nun wurde, doch ich fand keinen Halt, spürte nur die feuchte Erde unter den Fingernägeln. *Ein Tunnel ist ein kühler Ort. Wo führt er uns nur schließlich hin? Wellen bewegen langsam meinen Kopf. Nimmst deine Sachen und gehst fort.* Vor meinem Gesicht sah ich das goldbraun leuchtende Gefäß, wie es sich langsam drehte. Ich war jetzt ganz in dem Loch und fiel immer tiefer. Das war nicht das Grab, das ich ausgehoben hatte, auch kein Tunnel mehr, durch den ich flog, nein, hier gab es keinen Boden, keine Wände, endlos weit schien alles mit einem Mal. Ich fiel in die Unendlichkeit, kein Sturz, ich glitt vielmehr durch die Luft, langsam, wie unter Wasser, nur dass ich atmen konnte. Auf gleicher Höhe mit der Urne trieb ich durch die Untiefen dieses unsagbaren Ortes. Nichts war hier außer uns, keine Wurzeln, keine Fässer, keine Särge, nur die Urne und ich.

Da wurde der Fall schneller, wurde überhaupt erst zu einem Fall, immer rasanter ging es, und trotzdem fühlte es sich langsam an, ganz langsam. Und wohin eigentlich? Neben mir fiel die Urne und ich streckte meine Arme nach ihr aus, doch ich konnte sie nicht erreichen.

Alles drehte sich, ich fühlte mich kopfüber, hatte die Orientierung verloren.

Da löste sich der Deckel der Urne. *Nein!* Ich schrie auf, das durfte nicht passieren, Hedy brauchte doch den Schutz des Gefäßes. Doch die Asche rieselte schon heraus, beschrieb erst wunderschöne Bahnen, so als wolle sie die neu gewonnene Freiheit genießen, die Umgebung erkunden. Sie verteilte sich um mich herum, ich versuchte sie zu greifen, sie festzuhalten, sie in der Schwerelosigkeit aufzulesen. Es gelang mir nicht.

Immer mehr von Hedys letzten Überresten wirbelten durch die Luft und ich hörte ein kitzelndes Rauschen. Da bemerkte ich, dass es gar keine Asche war, die da aus der Urne stob, sondern Sand, heller, feiner Sand, er wurde immer mehr. Mehr als das Gefäß überhaupt hätte fassen können. Die endlose Höhle füllte sich mit immer mehr Sand und gewann einen hellen, gelblichen Schein. Schon bekam ich die ersten Körner in die Augen und die Nase, kriegte keine Luft mehr, in meinem Rachen kratzte es, ich wollte schreien, doch ich konnte nicht, kein Laut kam aus mir heraus. Dann kam ich auf dem Boden an, auf *einem* Boden, die Landung war weich. Es war eine Art Brei, auf den ich traf, er federte meinen Fall. Es platschte und sofort sank ich in die Masse ein, nur ein bisschen, und gut zwei Meter vor mir sah ich, wie die Urne verschwand, vom Boden verschluckt wurde. Blasen öffneten sich auf der Oberfläche. Ich wollte schreien, doch noch immer kam kein Ton aus meinem Mund.

Der weiche Untergrund sog mich nun immer heftiger in sich hinein, ich war schon bis zur Hüfte unter der Oberfläche und die schlammige, dichte Masse lähmte meine Beine, ich konnte sie nicht bewegen. Mit jeder Bewegung, die ich machte, ging es tiefer hinab. Ein Korsett aus pressendem Schlick, *Treibsand!* Ich war gefangen und es gab kein Entkommen, es ging rasend schnell. Bis zum Hals war ich nun im feuchten Sand, und ich wusste, dass ich irgendwie da reingehörte, hinein musste. Da umfasste der Treibsand auch schon meinen Kopf, nur noch ein Arm ragte heraus, dann eine Hand. Und schließlich war ich ganz darin verschwunden. Das heißt – mein Körper war darin verschwunden, ich schien mich aus ihm gelöst zu haben, in dem Moment, als meine Hülle ganz darin verschwunden war, schien über diesem Szenario in der Luft zu stehen, konnte mein Verschwinden von oben beobachten.

Ich hing also da, in diesem Schwebezustand, befand mich in einem merkwürdigen Vakuum, einem Raum ohne Grenzen, es war wie vor einer Leinwand, nur dass ich das Jenseits der Leinwand nicht verstand. Ich war nun ein Betrachter aus unbekannter Instanz, konnte die Sphäre nicht begreifen, in die ich geraten war, hatte mich verschwinden sehen und befand mich zwischen dieser Auflösung und all dem, was mich hierhin geführt hatte. Auch mein Geist begann zu verschwinden.

Da tauchte in diesem Nichts mit einem Mal Hedy neben mir auf, auch sie schien zu schweben. Ich erschrak und wollte ihre Hand greifen. Aber ich hatte keinen Körper mehr, und so konnte ich sie nur anschauen. Sie sah mich nicht, sie blickte nur auf den blubbernden Fleck, in dem ich verschwunden war und wo noch ein paar Luftblasen auf der matschigen Oberfläche auftauchten, bis sie sich wieder ganz schloss. Hedy weinte. *Sie war so wunderschön.* Von ihr ging etwas Sanftes aus, wie sie da so in der Luft stand. Sie trug ein weites Gewand und um ihren Hals hing eine Maske, so eine, welche die Augen und die Nase verdeckt, verlängert von einem schwarzen Schleier, ihre Schminke war darunter verlaufen, das wusste ich, und schwarze Perlen liefen ihr über die Wangen. Ich wollte ihr sagen, dass ich gar nicht im Treibsand verschwunden war und dass es mir gut ging. Aber ich konnte nicht. Ich war ohne Materie, nur noch ein Gedanke, es war unerträglich.

Hedy glitt langsam zu der Stelle, an der ich im Treibsand verschwunden war und *warf* ihr Gewand ab, sie streifte es über die Schultern und in dem Moment, in dem es an ihrem Körper herabglitt, verschwand es. Auch die Maske war fort. Sie war ganz nackt und ich spürte Sehnsucht nach ihrer Nähe, ihrem Körper, nach ihrem Geruch, ich wollte sie berühren. Ich wollte bei ihr sein, so nah wie es nur geht. Da tauchte sie in den Treibsand ein, langsam, im selben Tempo, in dem sie dorthin geschwebt war, erst mit den Zehen und dann immer weiter, dann die Knie, die Hüfte, ihr Bauch, die Brüste, das Kinn, immer weiter, bis sie schließlich ganz verschwand, mit geschlossenen Augen. Ich wollte sie davon abhalten, sie packen, aber ich konnte mich nicht bewegen. Wie sie da eintauchte, das hatte eine Hingabe, fast als ob es für sie immer völlig klar gewesen war, einmal so in den Treibsand zu gehen und als genieße sie diesen Moment. Nein, Genuss, das ist das falsche Wort. Es war vielmehr so, als täte sie etwas, das nicht anders ging, das so sein *musste.* Das alles dachte ich, während ich die Szene beobachtete – dass sie etwas tat, das ihr Ruhe gab, dem sie sich hingeben konnte.

Als sie verschwunden war, wurde mit einem Mal alles ganz schwarz um mich herum, der Treibsand verschwand, alles hörte auf zu existieren, ich war ohnehin nicht mehr da, nur ein Blick, ganz ohne Augen.

Augen. Ich öffnete sie. Ich lehnte noch immer an dem Grabstein. Vor mir hockte Maude, im Mund eine Zigarette.

Ich blickte mich um, die Halswirbel knirschten, wie aus einer ewigen Starre erwachte ich. Sie hatte den Leichnam hinter ein Gebüsch gezogen und eine Decke darüber ausgebreitet, einen Vorhang, die Füße lugten hervor. Ich versuchte, mich aufzurichten, aber alles tat mir weh und so blieb ich mit schmerzverzerrtem Gesicht sitzen. Maude reichte mir eine Flasche Wasser, gierig sog ich die Flüssigkeit auf. Sie hatte auch ein paar Lebensmittel gefunden und diese auf einer Decke ausgebreitet, die sie zwischen zwei Grabmahle gelegt hatte.

Meine Stimme wie die einer Mumie, ich fragte sie, wo sie gewesen sei, sagte, dass sie doch nicht einfach gehen könne. Wo ich gewesen sei, entgegnete sie mir und ob ich eine neue Beschäftigung habe, dabei nickte sie dem Toten hinter dem Grabstein zu.

»Er wollte uns töten, er hat dich gesucht. Lang hat ihn geschickt, es kommen noch mehr. Die suchen dich, uns, die wollen uns fertigmachen. Lang hat den Verstand verloren. Wir müssen sofort hier weg.«

»Wenn du so weitermachst, brauchen wir uns darum nicht mehr zu sorgen.«

»Das ist nicht witzig, Maude. Das sind Mörder. Die werden dafür bezahlt, uns zu töten.«

Ich fragte sie, was sie über Langs Krankheit wusste und während ich da halb niedergestreckt an dem Grabstein lehnte, begann Maude endlich zu erzählen. Sie wusste, dass Gustav Lang krank war, hatte es lange gewusst. Der alte Mann hatte die Wahrheit gesagt. Lang litt an einem Hirntumor. Schon als Maude und er sich noch gesehen hatten, war klar, dass er nicht mehr lange leben würde. Auch hatten sich schon in dieser Zeit Wesensveränderungen gezeigt. Lang war ungeduldig geworden, manchmal aggressiv, paranoid. Für Maude schien er ohnehin nur ein Spielzeug gewesen zu sein, und als er zunehmend verwirrter wurde, von Maude Besitz ergreifen wollte, hatte sie ihn von sich gewiesen und war gegangen.

Vor meinem inneren Auge tauchte Lang auf, wie er damals in meinem Büro gesessen war, wie seine Nase zu Bluten angefangen hatte. Dass er da wie ein Toter ausgesehen hatte. *Wie viele Tote ich in den letzten Wochen getroffen habe.* Es ging ihm um Maude, sie war sein letzter Wille. Aber Maude Anandin hatte einen eigenen Willen. Selbst gegen eine vermeintliche Sicherheit, gegen den finanziellen Luxus zumindest, hatte sie sich entschieden. Und von Gustav Langs Sterben ließ sie sich nicht beeindrucken, ließ sich davon nicht in ihrer Freiheit einschränken. Keine falsche Güte.

Zwischen Gustav Lang und ihr war ein Abgrund gewachsen, der nicht zu überbrücken war. Denn wenn Lang auch mit den Toten der letzten Tage nichts zu tun gehabt hatte – spätestens an dem Körper unter der Decke dort ließ sich die Konsequenz der Entscheidungen aller Beteiligter messen. Er würde sie nicht bekommen, sie war ihm ganz entglitten. Und so wollte er, dass wir starben. Auf die eine oder andere Art würde bald ein Grab zwischen Maude Anandin und Gustav Lang zugeschaufelt werden.

Sein Versuch, sie durch meine Beschattung zu ergründen, sich Wissen über sie anzueignen, um sie an sich zu fesseln, hatte nicht funktioniert, war spätestens mit unserer Flucht fatal gescheitert. Ob der kurzen Zeit, die er noch zu leben hatte, war dieser Wunsch jedoch ein verzweifelter, und verzweifelte Wünsche wurden für gewöhnlich zu einem Strick für jemanden. Lang wusste um die Ausweglosigkeit seines Begehrens, doch er dachte nicht daran, aufzugeben. Seinen irren Geist hatten die Geschehnisse und unsere Flucht in Rage gebracht, aus einer enttäuschten Liebe war Hass geworden, eine Zerstörungswut. Und auch Tremmos Rächer folgten uns, zwei hungrige, wütende Meuten, die uns vor sich hertrieben. Ich bekam Angst. Wieder zeigte Maude nickend auf den toten Körper.

Ich versuchte, mich aufzurichten. Im Rücken spürte ich einen schrecklichen, reißenden Schmerz, ich schrie auf und drehte mich auf den Bauch. Maude hob mein Hemd hoch.

»Er hat dich erwischt. Das muss genäht werden, sieht nicht gut aus. Warte hier.«

Sie hatte eine Wohnung aufgetan, aus der auch die Lebensmittel stammten. Dort gedachte sie, ein wenig zur Ruhe zu kommen. Nun wollte sie den Kenyon holen. Kein Widerspruch von mir, ich hätte ja doch nichts tun können.

Maude verschwand und ich machte kurz die Augen zu. Wir mussten bald weiter, die Gefahr war groß, dass unsere Verfolger uns hier finden würden, so wie der alte Mann. Doch ich konnte so nicht los, ich musste eine Pause machen.

Maudes Stärke beeindruckte mich, sie schien unverwüstlich, ganz im Gegensatz zu mir. Mein Körper musste wieder zu Kräften kommen, ich war am Ende, während sie ganz unbeeindruckt zwischen den Grabsteinen entlangschritt. Ich robbte auf die Decke und trank von dem Wasser, dann nahm ich mir ein Stück des Dörrbrotes, tunkte es in eine der Dosen, in der sich eine dunkle, kaum zu identifizierende Masse befand. Ein Jucken schoss mir durch den Kiefer, als ich den ersten Bissen nahm, das hatte ich schon immer. Unbeirrt aß ich weiter, schlang das Essen, so schnell es ging, in mich hinein. Ich schloss meine müden Augen.

Nach einer Weile hörte ich das Brummen eines Motors und erschrak, doch es war Maude, sie kam mit dem Kenyon auf den Friedhof gefahren, fuhr über Gräber, manövrierte um Kreuze, schlang sich zwischen den Bäumen durch, bis der Wagen schließlich vor mir zum Stehen kam. Maude stieg aus und mit ihrer Hilfe schaffte ich es auf die Rückbank. Sie packte unser Picknick zusammen, und wir fuhren los.

Die schmale Straße, in der wir anhielten, kannte ich noch nicht. Maude parkte den Wagen in einem heruntergekommenen Schuppen, und als ich mit ihrer Hilfe ausgestiegen war, deckte sie das Auto mit einer alten, fleckigen Plane ab. Wir gingen in ein kleines Backsteinhaus, und wenn ich mich langsam bewegte, schaffte ich es sogar ganz gut alleine. Das Haus wirkte wie das Relikt aus einer anderen Zeit, und auf eine Art war es das auch. Es war, als betraten wir ein Mausoleum, die Überbleibsel einer kleinen Dynastie staubten hier vor sich hin. Mit jedem Geräusch, das wir machten, brachen wir die Stille, die hier so lange geherrscht hatte. Aber wir hatten keine Wahl, ich war verletzt und wir mussten eine Weile ausruhen.

Maude zog mir die Kleider aus und brachte mich zu einer Dusche. Es gab warmes Wasser, ich konnte es kaum glauben. Fragend blickte ich Maude an. »Gastank, hinten«, sagte sie. Das warme Wasser fühlte sich so gut an. Auch Maude zog sich aus, seifte mich mit einem Stück Kernseife ein, ganz langsam und vorsichtig. Doch das Wasser am Boden der Duschkabine war von einem dünnen Rot durchsetzt. Danach trocknete sie uns beide behutsam ab, erst mich, dann sich selber, brachte mich zu einem Sofa im Hauptraum des kleinen Gebäudes.

»Leg dich da hin, auf den Bauch«, wies sie mich an, freundlich, aber bestimmt. Sie hatte ein Tischtuch über die Polster geworfen. Maude hatte einen Kasten mit Verbandszeug und anderen medizinischen Utensilien gefunden, außerdem stand da eine Flasche Schnaps.

Die Flüssigkeit brannte in meinem Mund und Rachen, der Stich gesellte sich zu dem Schmerz in meinem Rücken, der nicht abnahm, als Maude die Wunde mit einer braungelben Flüssigkeit desinfizierte. Aber der Schnaps machte mich ein wenig benommen.

»*Joseph*«, sagte Maude, dann stach sie mir eine Nadel durch die Haut und ich biss die Zähne zusammen, griff nach dem Schnaps, betäubte mich, schlug ins Polster der Couch, griff in ein Kissen, als wolle ich es zerdrücken. Ich war wütend, merkte, wie sich meine Wut auch gegen Maude richtete, obwohl sie mir half.

Irgendwann war sie fertig. Sie strich mir über den Kopf, über die Schultern, vorsichtig und behutsam. Ich beruhigte mich und es war, als sank ich tiefer in die weichen Polster.

»*Ruh dich ein wenig aus.*«

Ich träumte nicht wirklich, doch schon beim Schließen der Augen traf ich auf Tremmo, den Polizisten, den Motorradfahrer und den Toten vom Friedhof. Sie sahen mich nicht, standen in der Dunkelheit meines Schlafes in einer Runde und schienen sich zu beratschlagen. Sie warteten dort, sie würden kommen, mich besuchen. Sie lauerten schon auf mich. Das wusste ich. In meinen Träumen kamen sie alle, die Guten und die Bösen, und entweder gab es der Letzteren mehr, oder ich konnte mich nur besser an sie erinnern.

Als ich aufwachte, saß Maude neben mir. Es roch nach Essen, sie hatte aus dem Inhalt einiger Dosen etwas für uns zubereitet und Reis gekocht, es mussten sich wirklich viele Vorräte in diesem Haus befinden. Ich richtete mich vorsichtig auf und tastete nach der genähten Stelle am Rücken. Maude hatte dort einige Pflaster angebracht, um die frische Naht zu schützen. Ich trank zunächst einen Schluck Wasser, anschließend warf ich mir eines der Tücher um die Lenden, mit denen mich Maude zugedeckt hatte. Sie reichte mir einen Teller mit Reis und dem eingelegten Gemüse aus einer Dose. Es sah völlig ungenießbar aus, aber ich hatte das Gefühl, noch nie in meinem Leben etwas so Köstliches gegessen zu haben.

Ich ließ mich schließlich langsam in die Polster sinken, stöhnte auf. Aber es ging. Die Dusche, die Pause, das Bewusstsein, keinen Riss mehr in der Hülle zu haben und für den Moment *versorgt* zu sein, hatten mir wieder Kraft geschenkt. Kraft, die ich brauchte.

Ich legte mich wieder hin und Maude kam zu mir herüber. Sie gab mir einen Kuss und ich wollte sie zu mir ziehen, sie umarmen, weiter küssen, doch sie entwand sich meiner Umarmung. Sie wolle noch einmal durch das Dorf gehen. Keine Kraft, ihr zu widersprechen. Wieder schloss ich die Augen. Diesmal fester.

Ich entkam ihnen nicht, vielmehr: in diesem Traum bemerkten sie mich. Tremmo, der Polizist, der Motorradfahrer, der alte Mann. Sie liefen auf mich zu, in einem dunklen Gang, einem Tunnel, fahl beleuchtet, unter einer Unterführung, Schmierereien an den Wänden und Schmutz auf dem Boden. Ich wollte vor ihnen davonlaufen, spürte schon den Schmerz, hatte Angst, dass sie mich schlagen würden. Aber meine Beine versagten, so sehr ich mich auch anstrengte, bleischwere Gewichte hingen an mir, keinen Schritt konnte ich machen. Schon hatten sie mich erreicht. Sie hatten sich zusammengetan, schauten mich irre an und griffen nach meinen Armen. Aus ihren Mundwinkeln hing Speichel, in dicken Fäden, sie rissen die Zähne auseinander, doch kein Laut entwich ihnen, sie schrien stumm, ohne Ton. Auch die knochigen Finger gingen durch mich durch, und jedes Mal, wenn eine Hand nach mir langte, in mir verschwand und an der Grenze meines Körpers wiederauftauchte, wurde mir kalt. Dann bekamen sie mich doch zu packen, die Geister fanden wieder zu Materie, ihr Nebel lichtete sich. Tremmo kniete sich vor mich auf den Boden, Blut floss aus seinem Kopf, er lachte tonlos, der Mann im schwarzen Lederdress, packte meinen Arm, die Echse den anderen. Der Polizist trat auf mich zu, er weinte und schob mir einen Ball in den Mund, er war aus Plastik und von schwarzen Riemen gehalten, die er nun hinter meinem Kopf verband. Ich konnte nicht mehr sprechen, aus meinem Mund rann die Spucke, Speichel tropfte von meinem Kinn, ich versuchte zu schreien, mich loszumachen, doch es gelang mir nicht. Ich bekam keine Luft mehr.

Da hörte ich die Stimmen meiner vier Peiniger, Rächer ihres eigenen Todes, sie schrien wild durcheinander, ich konnte sie nicht verstehen, sie redeten auf mich ein und wurden dabei immer lauter, wobei die Stimme des Motorradfahrers unter seinem Helm gedämpft und unverständlich blieb. Der alte Mann setzte zu einem Gesang an, er warf den Kopf in den Nacken.

Glatt ist das Eis, das das Leben heißt!

Der Satz brannte sich mir ein, ich wurde ihn nicht mehr los. Er drehte sich um mich, wurde immer eindringlicher, wie ein Tornado umkreisten mich die Worte, wurden zur Folter. *Aufhören.* Ich wollte schreien, aber es gelang mir nicht, der Ball machte mich stumm. Die Männer zogen nun immer fester an mir, rissen an meinen Armen, ihr Chorus schwoll an zu einer polternden Kakophonie, der Schall drohte mich zu zerquetschen. Als sie mich entzweirissen, war alles mit einem Mal vorbei.

Ich wachte auf, schweißgebadet. Maude war nicht da. Ich weiß ja, wie ich bin, dass alles zu mir in den Träumen kommt, alles, wovor ich wach flüchte, alles, was ich in meinen Tiefen verschlossen zu haben glaube. Doch das Quartett aus meinem Schlaf hatte mir übel mitgespielt. Vorsichtig stand ich auf und zog mich an. Ich fischte eine Zigarette aus der zerknitterten Schachtel Ozom und schritt rauchend durch das kleine Haus. Noch immer hallte der Satz des Killers in mir nach. Wie kann es sein, dass ein Satz in einem Traum aufkommt und dann in die Wirklichkeit übergeht? Ich schaute mich um.

Fotos waren hier von Menschen, sie sahen glücklich aus, ein altes Ehepaar hatte einst in dem Haus gelebt, sie saßen so da auf den Bildern, oft mit Kindern auf ihren Schößen, scheinbar die Enkel. Was wohl aus ihnen geworden war? Die Fotos waren verblichen und die Alten darauf ganz grau, sie waren sicher tot, aber die Kinder, die Enkel, sie könnten noch leben, irgendwo. Ob sie je in dieses Haus zurückkehren würden? Auf den Ablagen, Schränken und Vitrinen stand allerlei Kram herum, sorgsam aufgereiht und von dicken Staubschichten eingehüllt, Spinnweben, die die leblosen Gegenstände miteinander verbanden. Elefanten glaube ich, und Tiere, die ich nicht zu erkennen vermochte, Figuren, Medaillons. Ich fand eine Kette mit einer Taschenuhr daran, als Anhänger, ganz flach. Die Farbe war zwischen Bronze und einem silbernen Metall, hatte aber ein grünblaues Türkis angesetzt, wie verschimmelt. Ich drehte und wendete sie zwischen meinen Fingern. Die Uhr gefiel mir. Ich drückte auf den Knopf oben und der Deckel sprang auf. Sie war stehengeblieben, kurz nach 4, wann, das war nicht herauszufinden, kein Jahr, kein Monat, kein Tag, keine Nacht. Ich drehte an dem Verschluss, der gleichzeitig das Rädchen war, die Uhr aufzuziehen, und der Sekundenzeiger begann wieder zu ticken. Ich wusste die Uhrzeit nicht, auch kein Datum, ich war nur hier und musste weg. Dann war es jetzt eben kurz nach 4 Uhr. Trotzdem legte ich die Kette um und ließ die Uhr unter meinem Hemd verschwinden.

Dann ging ich ins Bad, wusch mich, putzte mir mit einer Zahnbürste, die noch recht unverbraucht aussah, endlich die Zähne, lange, bestimmt zehn Minuten, legte ein paar Mal Zahncreme nach, spülte immer wieder meinen Mund aus, bis ich selbst den Geschmack der Zigarette losgeworden war. Anschließend blickte ich mich weiter im Haus um. Groß war es hier nicht, aber gemütlich sah es aus, so, als hätten sich ein paar Menschen hier viele Jahre wohl gefühlt. Im ersten Stock fand ich das Schlafzimmer des alten Ehepaares.

»Lass uns weiter. Wie geht es dir?«

Es war Maude, sie tauchte in meinem Rücken auf, ich hatte sie nicht kommen hören und erschrak.

»Besser. Wo bist du gewesen?«

»Ich bin durch die Straßen spaziert. Es ist einmal sehr schön hier gewesen.«

»Ist es das nicht mehr denn je?«

Maude schubste mich aufs Bett, sie lachte und setzte sich auf mich, schaute mich an und ich wusste nicht, was ich sagen sollte. Ich wollte sie, aber es war alles absurd. Wir küssten uns ein wenig und dann, nach einiger Zeit, löste sich meine Anspannung, wir schaukelten auf der Matratze und spielten uns in den Wellen zu, zogen uns aus, langsam, Stück für Stück. Dann schliefen wir miteinander und es war schön, so in der Einsamkeit, in einem warmen, weichen Bett, in dem das seit Jahrzehnten wohl niemand mehr getan hatte. Wir waren ganz vorsichtig, bewegten uns sehr bedacht, ohne den Rhythmus zu verlieren, damit die Naht an meinem Rücken nicht aufging. Es tat weh, ein wenig, aber die Lust war größer. Maude küsste mich, hielt meine

Hände, ihre Zunge umkreiste meine Brustwarzen und ein Kitzeln ging mir durch den ganzen Körper. Ob wir uns weiter sehen würden, wenn das alles vorbei war? Und würde das überhaupt alles aufhören? Nur weil wir irgendwann in einer anderen Stadt sein würden, hieß das nicht, dass unsere Verfolger von uns abließen. Selbst wenn Lang starb, würde sein Gefolge uns nicht weiter nachsetzen? Auch Tremmos Haufen würde weiter Rache üben wollen, und dann war da der tote Polizist. Vielleicht würde es niemals Ruhe geben.

Ich wischte alles fort, bäumte mich auf, so dass ich Maude fester um mich herum spürte. Und es kam bei ihr an, auch sie wurde heftiger. Trotz der Langsamkeit unserer Bewegungen stand ein dünner Schweißfilm auf unseren Körpern. Die ganze Zeit lächelte Maude, egal ob sie die Augen geöffnet oder geschlossen hielt. Ich vergaß meinen Rücken und die Schmerzen, ich fühlte mich Maude ganz nah. Schließlich kam ich, heftig, mein Sperma schoss aus mir heraus und ich schrie auf. Ich glaube, dass auch Maude in diesem Moment kam, doch sicher sagen kann ich es nicht. Danach jedenfalls ließ sie sich auf mich fallen, vielmehr: sie legte sich auf mich, ich schmeckte ihre salzige Haut, sog den milchigen Geruch ihres Körpers ein. Sie seufzte, strich mir durch die Haare. Wir hielten uns aneinander fest.

Neben dem Schlafzimmer befand sich ein kleines Bad und wir gingen gemeinsam dorthin, wuschen uns, dann zogen wir uns wieder an. Ich schaute zu Maude herüber. Sie sah sehr schön aus in dem Hosenanzug. Ich musste lächeln und wusste nicht so ganz, was ich sagen sollte. Es fühlte sich harmonisch an zwischen uns, zumindest in diesem Moment.

Maude war, während ich geschlafen hatte, in einen verlassenen Laden im Ort eingestiegen und hatte ein paar Straßenkarten mitgebracht, die nach den Verschiebungen nicht mehr aktuell waren, auf denen wir aber in etwa unseren Standort lokalisieren konnten. Auch einen Kompass hatte sie gefunden, er war eckig und schwarz, mit weißen Markierungen. Wir breiteten eine der alten, schon gebrauchten Karten auf dem Boden aus und knieten darüber. Maudes Finger strich über die Landschaft, passierte Ort für Ort, *Auschwitz,* sagte sie einmal, als ihr Finger das ausgeblichene Wort berührte, und ich zuckte zusammen. Ich meinte, diesen Namen schon einmal gehört zu haben, konnte mich jedoch nicht daran erinnern, wo.

»Hier fahren wir lang«, sagte sie, und ihre Finger beschrieben eine Linie bis zu dem Ort, der heute Neu-Qingdao heißt.

Wir aßen die Reste des Essens, füllten ein paar Wasserflaschen und verließen schließlich das Haus, zu dem ich mich mittlerweile sehr hingezogen fühlte. So hätte ich vielleicht gerne gelebt, wenn alles anders gekommen wäre, irgendwo in einem kleinen Ort, mit einem Menschen neben mir, mit Hedy und warmem Wasser. Ich weiß nicht, ob ich mit Maude alt werden könnte. Was verband uns denn, außer ein paar tote Menschen?

Maude zog die Plane vom Kenyon und wir stiegen ins Auto, zur Abwechslung nahm ich auf der Fahrerseite Platz und fuhr uns aus dem Ort, weiter Richtung Osten.

»Hast du auch die Hunde gesehen?« fragte ich Maude. Sie verneinte. Hatte ich die Hunde gesehen? Aber das Feld hatte sie entdeckt, über das ich vor dem alten Mann geflüchtet war und das beruhigte mich. *Glatt ist das Eis, das das Leben heißt.* Vier, dachte ich, vier Leichen, und ich schüttelte ganz leicht den Kopf, schüttelte mich. Als die Straße breiter wurde, trat ich fester auf das Gaspedal und wir ließen den merkwürdigen Ort endgültig hinter uns.

17

»Halt dich an meiner Mauer fest
Vielleicht fühlst du dich dort geborgen
Ich tu es auch, ohne zu wollen
Nimm einen Schluck, vergiss die Sorgen«
Weynberg

Wir fuhren drei Tage ohne weitere Ereignisse. Fanden liegengebliebene Fahrzeuge. Zapften Benzin aus ihnen. Brachen ein Geschäft auf, holten uns dort, was noch zu genießen war. Ruhten uns aus. Manchmal zwang uns ein Regen, irgendwo Unterschlupf zu suchen, denn auch im Auto war es bei heftigen Niedergüssen zu gefährlich. Dann stellten wir den Kenyon in den Schutz einer Brücke, in einen Schuppen oder sonst wo. Wir nutzten diese Zeit, um etwas von den Vorräten aus dem alten Haus im Dorf zu essen, oder von den Dingen, die wir unterwegs gefunden hatten. Irgendwie kamen wir über die Runden, auch im Nirgendwo, zwischen den Städten, in den unwirtlichen Zonen.

Ich mochte die Augenblicke, wenn der Kenyon etwa unter einer Brücke stand, an einem schwarzen Fluss, wenn die Türen des Wagens offenstanden und wir uns ein wenig die Beine vertraten. Oder aber wir beobachteten den Regen durch die Windschutzscheibe. Es war ein gutes Gefühl, ihn so nah bei sich zu spüren, wie er einem Wasserfall gleich die Brücke herunterbrach, wir ihn aber aus sicherem Abstand anschauen konnten, wussten, dass er uns nicht erreichen könnte. Unter der Brücke war es somit wie in einer Höhle, oder einem Gefängnis – nur, dass die Wände durchsichtig waren. Wir redeten in diesen

Momenten nicht viel, saßen meistens auf der Motorhaube, an die Windschutzscheibe gelehnt, schauten dem Niederschlag zu, wie er tosend herabstürzte. Mir gefiel das Geräusch des Regens sehr. Manchmal lachten wir sogar.

Wir kannten nur eine grobe Richtung nach Neu-Qingdao, konnten uns zwar an den alten Karten orientieren, uns jedoch nie auf sie verlassen. Die Erdoberfläche hatte sich verändert, Wege waren unpassierbar, andere taten sich auf.

Einmal hatte die Straße wieder so sehr an Form verloren, dass wir über ein paar abgelegene Wege fahren mussten, die wir uns durch die Karten kaum erschließen konnten. Maude war am Steuer, lange schon, und ich tat mein Bestes, sie zu navigieren. Das Wetter war an diesem Tag ausgesprochen gut, es war warm und keine Regenwolke in Sicht. Das lenkte mich wohl ab, ließ meine Gedanken fortschweifen, so dass ich nicht konzentriert war.

Ich irrte mich an einer Abzweigung, der Kompass ließ mich im Stich, *wie auch immer:* Wir verfuhren uns ziemlich ausweglos zwischen den wilden Bäumen, der Wald verschluckte uns und wir fanden keinen Weg mehr heraus. Immer tiefer hinein ins Dickicht irrten wir auf schmalen Pfaden zwischen den Holzstämmen, der Kenyon stieß auf dem wilden Untergrund an seine Grenzen. Das Gestrüpp wurde dichter und dichter, schon seit über einer Stunde ging es so, eine Umkehr war nicht möglich, wir hätten uns vollends verfahren.

Da tauchte plötzlich ein mächtiger Bau vor uns auf, ein massives Gebäude, das uns zunächst nur als eine Treppe mit außerordentlich hohen Stufen begegnete. Wir trauten unseren Augen kaum, aber wir stiegen aus, um das Hindernis genauer zu betrachten.

Bei dem Gebäude handelte es sich nicht um einen Tempel. Was uns da den Weg versperrte, war eine Pyramide. Mitten im Wald. Ihre Oberfläche war spröde, sie schien vor Jahrhunderten hier in Stein gehauen worden zu sein, so zumindest sah sie aus. Gut 100 oder 150

Meter musste sie hoch sein, sie begann direkt an der Baumgrenze und erhob sich weit in den Himmel, uferte links und rechts von uns weit aus, war wie eine Mauer, die uns daran hinderte, weiter zu fahren. Einen Eingang oder irgendeine Form der Öffnung konnten wir nicht entdecken, und so wirkte das monströse Bauwerk eher wie ein Monolith als eine Herberge, wie ein Denkmal, das nicht zum Bewohnen einlud, sondern über das man nur stolperte. Ich hatte so etwas noch nie in meinem Leben gesehen und war voller Ehrfurcht. Auch Maudes Atem veränderte sich, ich konnte es spüren. Es beschlich mich nicht die leiseste Ahnung, was genau da vor uns lag, ich war vielmehr völlig entgeistert, dass es so etwas überhaupt gab in diesen Hemisphären.

Der mit Rissen durchzogene Stein der Stufen war von Moos überwachsen, die Säulen am Fuße der Pyramide von Efeu umrankt und an mancher Stelle so von Schlingpflanzen umwunden, dass man den Stein kaum noch erkennen konnte. Die Füße des Baus wurden vom Wald aufgefressen, doch nach ein paar Metern in der Höhe schälte sich die Pyramide nackt aus dem dichten Grün, entfloh dem wilden Wuchs der Bäume.

Wir hielten inne, die Köpfe im Nacken, mit zusammengekniffenen Augen. Irgendwann griff ich nach Maudes Hand und so standen wir schweigend eine ganze Weile da. Maude fragte mich nach einem Geräusch, und ja, da war ein Plätschern zu hören, irgendwoher drang leise das Geräusch rauschenden Wassers zu uns vor.

»Wir müssen sehen, was dahinter ist. Ich will es wissen.«

Maude hatte einen Nachdruck in der Stimme, der so lebendig klang, wie ich es in den wenigen Tagen unserer Zusammenkunft selten verspürt hatte, und ihre Neugierde steckte mich an. Wir konnten ohnehin nicht umkehren, also mussten wir über die Pyramide. Ich fühlte nach, ob in der Ledertasche noch alles war, das dort sein sollte, fühlte durch den Stoff meiner Jacke nach den Umrissen. Dann ging ich zum Kofferraum und holte die Reisetasche, packte die FN, meine

Taschenlampe, die zwei zusammengeschobenen Regenschirme, das Messgerät, eine Wasserflasche, den Kompass und die Straßenkarte, mit der ich mich gut vertraut gemacht hatte, hinein. Eine Pyramide aber hatte ich dort nicht gesehen. Den Rest ließ ich im Kenyon, wir verschlossen den Wagen und begannen, dem Rauschen zu folgen, kletterten Stufe um Stufe nach oben.

Als wir die Baumwipfel um einige Meter überstiegen hatten, hielten wir inne, nahmen einen Schluck Wasser, blickten zurück. Hinter uns standen in weitem Radius verstreut hier und da Wolkenkratzer, doch es war nicht zu erkennen, ob sie sich aus den Bäumen erhoben, aus dem Wasser ragten oder auf kahlem Beton standen. Wir hatten uns tief in den Wald verirrt, das Blätterdach erstreckte sich so weit, dass wir kein Ende ausmachen konnten, irgendwann verlor sich der Blick und es schien, als wäre der ganze Planet von Bäumen bevölkert, die ihn gegen den unerbittlichen Regen und die scharfe Sonne abschirmten. Das weitläufige Blätterdach schien auch vom Regen nicht angegriffen. Es war merkwürdig. Nicht nur das sich in unregelmäßigen Wellen verändernde Klima verwirrte unsere Wahrnehmung, auch jene Willkür, die manche Region bis ins Mark vergiftete, andere Flächen scheinbar nur mit einem müden Schulterzucken passierte. Ich hätte diesen Wald gerne meine Heimat genannt, war ich doch in einer Gegend groß geworden, aus der ich nur in Gift stehende Bäume und eine Umwelt kannte, die Natur zu nennen einen üblen Beigeschmack trug: Ja, das, was ich kannte, war die Natur. Es war die Natur des Menschen.

Wir stiegen weiter die steinigen Stufen empor, und obwohl die Sonne in diesen Augenblicken unterging, schien es mir, als stachen ihre letzten Strahlen mit ungeheurer Kraft auf meine Stirn. Als wir schon gut die Hälfte des steinernen Palastes erklommen hatten, spürte ich die Wunde am Rücken und bemerkte einmal mehr, dass mein Körper der Anstrengung kaum standhielt. Maude aber erklomm unermüdlich Stufe um Stufe, sie schien einem Ruf zu folgen, einer magnetischen Anziehungskraft ausgeliefert zu sein. So klemmte ich mich in ihren Windschatten, ließ mich von ihrer Energie mitziehen. Gelegentlich hielten wir an, staunten über die Aussicht und nahmen einen Schluck Wasser. Aber lange hielten wir uns nicht auf, immer weiter ging es nach oben, und mit der Anzahl der zurückgelegten Meter stieg auch das Rauschen des Wassers an.

Der Aufstieg war beschwerlich, schließlich jedoch kamen wir am Gipfel der Pyramide an, schweißgebadet, meine Muskeln brannten. Die Sonne war fast untergegangen und die dunkle Nacht begann, sich über den Dschungel zu erheben. Der Ausblick war gigantisch, so etwas hatte ich in meinem Leben noch nicht gesehen. Die Spitze der Pyramide bestand aus einem etwa 20 Quadratmeter großen Plateau, von dem aus man, so erschien es uns zumindest, die ganze Welt sehen konnte. Irgendwo hinter uns musste die Stadt liegen, aus der wir gekommen waren.

Die Welt sah gigantisch aus von so weit oben, zeigte sich in Wäldern, die friedlich wirkten, die auch gar nicht vergiftet schienen, und dann wiederum in brachliegenden Zonen, denen das Gift auf der Oberfläche sichtbar schien. Was wir Menschen aus dem Gesicht der Erde gemacht hatten. Narben waren da, die Haut unrein, voller Pickel, aber ihre Schönheit ließ sich noch erkennen. Ja, an manchen Stellen war die Erde schön. Dort, wo niemand war. Angestrengt wanderten meine Augen über die Landschaften. Der Planet sah anders aus, als ich es mir immer vorgestellt hatte, zumindest von hier aus betrachtet.

Wir hielten uns an der Hand und Maude fragte mich im Schein der untergehenden Sonne, die der Welt eine gespenstische Farbe gab, warum wir die Pyramide nicht früher gesehen hätten, schon, als wir auf sie zugefahren waren, und warum wir auch vorher nicht von ihr gewusst hatten. Sie schien an ihrem Verstand zu zweifeln, auch, wenn sie den Augenblick sehr genoss, ja, geradezu gebannt von dem war, was sie hier sah. *Die Welt zu ihren Füßen.* Aber ich konnte ihr keine Antwort darauf geben, meine Fantasie war meiner Fassungslosigkeit erlegen. Was wir hier fanden, war verstörend, nicht greifbar, und gleichzeitig von überfordernder Schönheit. *Ich fühlte mich auch einsam, obwohl ich Hedys Hand ganz fest in der meinen hielt. Ich drehte mich zu ihr, bemerkte, dass es Maude war, dass ich kurz vergessen hatte, dass es Maude war.* Mir war schwindelig. Das alles schien mir wie ein merkwürdiger Traum. So als hätte sich eine Grenze aufgehoben, ganz von allein, als gäbe es nun keine Mauer mehr zwischen meinen Träumen und dem, von dem ich dachte, dass es mein Leben sei. Doch der Anblick fühlte sich wirklich an, und so versuchte ich, alle Zweifel fortzuwischen.

»*Weynberg. Vielleicht sind wir tot?*«

Weiter ließen wir die Blicke kreisen, suchten den Horizont ab, langsam, ehrfürchtig im Kreis, und Maude bemerkte sie wohl im selben Moment wie ich, denn ihre Hand drückte fester zu: In einigen Kilometern Entfernung waren Wolkenkratzer und Türme zu sehen, sie drängten sich in unseren Blick. Keine toten Häuser, keine Ruinen, nein – wir konnten erkennen, dass dort Leben herrschte. Da waren auch hohe Schornsteine, die Schlote spuckten Rauch und Dampf, und auf den hochgelegenen Autobahnen und Straßen meinte ich, Autos zu sehen, zumindest bewegten sich dort helle Punkte. In der sich langsam ausbreitenden, das Land gemächlich verspeisenden Dunkelheit, erkannten wir immer mehr Lichter, auch in den Fenstern der Hochhäuser, an den Rändern der Straßen, sie alle erzählten vom Leben. Langsam gewöhnten unsere Augen sich an das unbekannte Bild und wir erspähten immer mehr Details. Da schienen auch große Lichttafeln an den Fassaden. Maude und ich bestätigten uns, was wir da sahen, um sicher zu gehen, keiner Fata Morgana aufzusitzen. *Vor uns lag Neu-Qingdao, wir hatten es fast geschafft.* Die Stadt, nach der wir so lange gesucht hatten, deretwegen wir uns wahllos in den Osten begeben hatten, war fast erreicht. Hier würden wir uns verstecken, würden Unterschlupf finden können. Zusammen, allein, wie auch immer.

Die Zone jenseits der Pyramide, die nun noch vor uns lag, war im Vergleich zu dem Gebiet, das wir hinter uns gebracht hatten, eine völlig andere. Auch der Wald zu unseren Füßen hatte sich verändert, ein Blätterdach blieb im Blick bis zur monströsen Stadt am Horizont. Vor uns lag der Garten Neu-Qingdaos. Ja, die Welt hatte hinter der Pyramide das Gesicht gewechselt. Wir konnten uns nicht erklären, was für ein Bauwerk wir da bestiegen hatten. Es war aber auch egal, denn vor uns lag ein Ort, an dem wir würden untertauchen können, ein urbaner Raum, dessen Mechanismen wir kannten, in dem sich nicht stetig die Bedingungen änderten. Bald sollten wir den bedrohlichen Weg hinter uns lassen.

Es lag nun etwa eine Woche hinter uns, die wir im Nirgendwo umhergeirrt waren, immer wieder die Spur verloren hatten, doch sie kam mir vor wie eine Ewigkeit. Weil sie uns erschöpft hatte, aber auch wegen der Blessuren, die wir uns zugezogen hatten. Und nicht zuletzt wegen allem, was ich gesehen und wegen dem sich meine Vorstellung von diesem Planeten verändert hatte. Maude und ich blickten uns an, wir lächelten, wie kleine Kinder fühlten wir uns. Ja, wir triumphierten, ein seltenes Gefühl. Im aufschleichenden Mondlicht sahen wir noch eine ganze Zeit in Richtung der Stadt.

»Hätten wir uns nicht im Wald verfahren.«

»Wir hätten Neu-Qingdao vielleicht nie gefunden.«

»Noch sind wir nicht da.«

»Nein, noch nicht.«

»Aber bald.«

»Ja, bald.«

»Es ist so wunderschön.«

»Ja.«

»Weiter.«

Wir machten uns an den Abstieg auf der anderen Seite, die sich aus einem schier endlosen Meer von Stufen zusammensetzte. Den Kenyon mussten wir stehenlassen, vielleicht für immer, Koschka würde mir sicher verzeihen. Koschka, wenn ich ihn überhaupt jemals wiedersehen sollte.

Nach einigen Metern bemerkten wir, dass der Wald hier nicht nur ein anderes Gesicht trug, sondern dass sich das Blätterdach auch viel früher anzukündigen begann, als während unseres Aufstiegs. Die Pyramide schien im Vergleich zur anderen Seite schon nach gut der Hälfte des Weges zu enden, und einige hundert Meter weiter in den Dschungel hinein fiel der Wald ab in ein tiefes Tal. Da wurde uns bewusst, dass der mächtige Bau auf dieser Seite in ein weitläufiges Plateau mündete, das sich über eine Klippe zu erstrecken schien. Mir stockte der Atem, immer wieder blieben wir stehen und schauten fassungslos in die Ferne, ließen den Blick streifen und ihn bis zu unseren Zehenspitzen zurückwandern, so als würden wir unsere Körper zum ersten Mal als Teil dieser Welt begreifen. Ich fühlte mich, als würde ich einen neuen, unbekannten Stern betreten, ein anderes Land, von dem ich mir noch kaum ein Bild machen konnte.

Und auf diesem Planeten roch es ganz anders. Uns entging nicht, wie ein anfänglich milder Schwefelgeruch sich immer weiter ausbreitete, stärker wurde. Unsicher schauten wir uns an, doch die Neugierde trieb uns weiter. Der Klang des Wassers stieg zu einem tosenden, doch nicht unangenehmen Geräusch an und wir schlossen daraus, dass in der Pyramide eine Quelle liegen musste. Schließlich gelangten wir auf dem Plateau an und fanden, nachdem wir ein paar Meter zwischen den Bäumen umhergewandert waren, den Ursprung des Rauschens wie des Geruchs. Vor uns tat sich ein langes Becken auf, drei Becken, um genau zu sein, die alle miteinander verbunden waren. Sie trugen ein milchig-gelbliches, trübes Wasser, von dem der Geruch ausging.

In seiner majestätischen Ausbreitung entsprach dieses Bad im Freien dem titanischen Bau der Pyramide – das Plätschern erzeugten unendlich viele Steinköpfe, dämonische Schädel, nicht arm an Zierrat. Die Köpfe spien das Wasser, vom Druck der Quelle getrieben, in weitem Schwall in die drei unterschiedlich tief gelegenen, rechteckigen Becken, die sich in ein langgezogenes, großes und zwei kleinere Bassins aufteilten. Die Strahlen waren sehr stark, das Wasser musste hier mit viel Kraft aus dem Boden dringen, anders konnten wir uns den Druck nicht erklären, mit dem die Köpfe die trübe, schäumende Flüssigkeit in die Schwimmbecken spuckten. Vom Plateau aus gingen steinerne Stufen ins Wasser des ersten Bades. *Was soll ich sagen?* Es wirkte äußerst einladend. Seit Tagen hatten wir ja kein Wasser mehr gesehen, nur den giftigen Regen, immer aus sicherer Distanz.

Je näher wir dem Wasser kamen, desto stärker wurde der Schwefelgeruch, ein gelblicher Nebel hing über der Oberfläche. Doch der Geruch war nicht unangenehm, die Lungen entspannten sich und fast meinte ich, zudem einen süßlichen Duft wahrzunehmen. Ich ließ die Tasche zu Boden gleiten, kramte das Messgerät hervor und kniete mich an den Rand des großen Beckens. Die Anzeige verriet, dass der Schwefelgehalt sehr hoch war, doch anders als die Pfützen, anders als die Flüsse, die Seen, die giftigen Kloaken, die weit hinter unseren Rücken lagen und zwischen denen ich groß geworden war, anders als in unseren von giftigem Regen gepeitschten Leben, wartete hier keine Gefahr, schien uns selbst das kleine Gerät in meinen Händen freundlich einzuladen, das Wasserbassin zu betreten. Die Temperatur betrug laut Zähler fast 40 Grad Celsius. In der Stadt gab es Schwimmbäder, vergammelte Tümpel mit kaltem, brackigem Wasser, die ich immer voller Ekel gemieden und nur als Kind unter Zwang besucht hatte, um das Schwimmen zu erlernen. Unter freiem Himmel aber hatte ich in meinem ganzen Leben noch kein Bad genommen. Was diese Flucht mir alles eingebracht hatte. Wölfe hatte ich gesehen, hatte im

Regen gestanden, ohne dass er mir die Haut versengte. Und nun würde ich in warmem Wasser schwimmen.

Fast zeitgleich begannen Maude und ich, unsere Kleider abzulegen, erst die Schuhe, dann Jacke, Hemd und Hose, Maude schälte sich aus ihrem Anzug, wir warfen die Unterwäsche ab, bis wir ganz frei im fahlen Mondlicht standen. Zaghaft nahmen wir die ersten paar Stufen in das Wasser. Es war so warm, viel wärmer, als das erhitzte Wasser der Duschen, und ich spürte auch, dass das eine andere Hitze war, ein anderer Ursprung von Wärme. Das heiße Wasser kam aus dem Kern der Erde. Es war noch unverdorben. Der Schwefelgeruch und die Hitze belebten mich, gleichzeitig machte mich das warme Wasser etwas benommen, der süße Geruch, der sich immer stärker in meine Nase drängte, ließ mich matt werden. Schon standen wir beide bis über die Hüften im Becken, und schließlich überwanden wir unsere Unsicherheit und ließen uns ganz in das undurchsichtige Nass gleiten.

Es war, als spülte das Quellwasser alle Sorgen von unserer Haut und aus dem Geist, wir bewegten uns im Kreis, hielten uns aneinander fest und drückten uns wieder voneinander ab. Maude schwamm zu den spuckenden Köpfen und ließ sich das Wasser auf den Kopf prasseln, auf die Schultern, den Nacken. Ich tat es ihr gleich, ließ den drückenden Wasserstrahl meinen Rücken massieren. Die Wunde tat nicht weh. Maude kam zu mir herüber und ich trat ein Stück vor. Das Wasser war tief, doch näher am Rand konnten wir stehen. Maude umschlang mich, ich spürte ihr Schamhaar, ihre Brüste und ihre Wärme, die die des Wassers noch zu übersteigen schien.

Plötzlich musste ich an Sue denken und fragte mich, wo sie jetzt wohl war. Es tat mir so leid, dass ich ihr nicht hatte helfen können. An Koschka dachte ich auch. An meine Mutter. Meinen Bruder. Und dann dachte ich an Hedy, es fühlte sich fast friedlich an. Nur an das Portobin dachte ich nicht, hatte ich schon länger nicht mehr gedacht. Das war gut.

So von dem Wasser aus dem Leib der Erde umspült, entschloss ich, in der neuen Stadt sauber zu werden, mit den Drogen aufzuhören, wieder ein Leben zu führen, das nicht nur Schmerz war. Ich wusste, dass das ein rationaler Entscheid war, dessen Umsetzung sicher nicht einfach werden würde, doch ich hatte genug davon, mich meiner zu schämen, mich kaputt zu machen, im Spiegel immer nur einen Schatten zu sehen. Ich wollte wieder ich werden. Ich wusste nicht, was mit Maude werden würde, aber hier, im Wasser, in diesem völlig unwirklichen Moment, schien sie mir Kraft zu geben. Meine Lust auf sie mischte sich mit einer Lust auf das Leben, die ich schon lange nicht mehr verspürt hatte.

Dann küssten wir uns, lange, länger als jemals zuvor, es zog durch meinen ganzen Körper und überstieg mich noch, im heißen Wasser fühlte es sich an, als schwebte ich davon. Maude stieß sich von mir ab, löste sich von meinen Lippen, warf sich rückwärts in das Wasser, ich tauchte nach vorne, wir fanden uns wieder, hielten uns fest, ließen uns los, griffen wieder nacheinander. Ich dachte an Neu-Qingdao. Vielleicht würden Maude und ich uns ja doch weitersehen. Vielleicht sollte ich auch niemanden sehen, der mich an mein altes Leben erinnerte. Ich kannte dort ja niemanden. Und wirklich, ich freute mich darauf, dort alleine zu sein. Vielleicht würde ich mir einfach einen neuen Namen zulegen und etwas Anderes machen. Vielleicht würde ich schreiben. Oder malen. Oder Saxophon spielen.

Das heiße Wasser und Maudes Umarmungen, ihre Küsse, das alles ging mir durch den Körper, kitzelte mein Herz. Unsere Zungen spielten miteinander, immer enger und länger wurden die Umarmungen, wie Schlingpflanzen schoben sich die Arme umeinander, fassten die Körper ein, hafteten aufeinander, die Augen hatten wir geschlossen. Ich spürte, wie ihr Schoß noch heißer wurde, wollte in sie eindringen, ihre Wärme mich ganz umschließen lassen. Ich würde verschwinden, am unwirklichsten Ort, den ich mir nur denken konnte. Und Maude würde mit mir verschwinden, für eine Zeit wären wir nicht mehr hier, würden uns gegenseitig in eine andere Welt mitnehmen. Wie schön es ist, miteinander zu schlafen.

Da erschallte ein ohrenbetäubender Knall. Wir erstarrten, unsere Körper verkrampften. Eine Stimme schrie vom Ufer her, undeutlich, aggressiv. Wir blickten nach links. Da stand eine Gruppe von Menschen, die sich unbemerkt an uns herangeschlichen hatte. Mein ganzes Glück fiel zusammen wie ein Kartenhaus. Eine Frau und drei Männer, sie alle trugen Gewehre, und einer der Männer, seine Züge waren feminin und er stand ganz vorne am Ufer wie ein Anführer, hatte eine Pistole in der Hand. Er hielt sie in die Luft und feuerte erneut einen Schuss ab. Die anderen konnte ich durch den Dampf der Quellen zunächst nur schemenhaft sehen, wohl aber bemerkte ich, dass alle vier ähnliche, militärische Kleidung trugen, fast uniform. Gefährlich sahen sie aus. Wie ein Erschießungskommando. Und wir mit dem Rücken zur Wand, nackt im Wasser. Maude hatte Recht gehabt, wir waren tot, würden tot sein, würden hier sterben. Ein Tod in heißem Quellwasser. *Eine Art zu gehen.*

Vielleicht war es ein Fehler gewesen, mit Maude zu fliehen, ohne mit Gustav Lang zu sprechen. Vielleicht hätte eine solche Eskalation gar nicht kommen müssen. Aber was wäre dann passiert? Ich hätte Maude auf diesem Wege an Lang ausgeliefert, in seinem Wahn hätte er sie sicherlich von seinen Leuten holen lassen. Und mich hätte irgendwann die Polizei gegriffen, und was das bedeutete, war noch schlimmer als unsere Flucht jemals hätte sein können.

Nun schien das alles ohnehin keine Rolle mehr zu spielen. In mir war eine ganz neue Stimmung entstanden, ein Gefühl, das ich noch nicht kannte. Ich war davon überzeugt, dass wir sterben würden. Ich war ganz passiv, wie benommen. Lang hatte den Verstand verloren, wegen seiner Krankheit, vielleicht hätten das Geld und die Macht ihn aber auch so kaputt gemacht. Er wollte uns tot sehen, das wusste ich, und vielleicht wäre alles genauso schlimm gekommen, selbst wenn ich mich an ihn gewandt hätte, nachdem ich Maude hatte befreien können. Das konnte ich nicht wissen. Und es war keine Option gewesen. Es war ohnehin egal, ich konnte die Zeit nicht zurückdrehen. Menschen waren gestorben, nun waren wir an der Reihe. Ich würde mit Maude gehen, würde Hedy nachlaufen, wie ich es seit ihrem Tod ohnehin getan hatte. Ohne Unterlass war ich auf die Pforte zur Unterwelt zugetrabt, hatte alles dafür getan, ihr nachzugehen. Mir stiegen Tränen in die Augen. Nein. Nicht jetzt. Noch nicht. Ich endschied: *Wir würden nicht sterben.*

»Kommt aus dem Wasser!«

Der Mann mit der Pistole trug eine gestreifte Armeejacke und schwere Stiefel, seinen unförmigen Kopf zierte eine Kappe unter deren Schirm in tiefen Höhlen seine wachen Augen auf uns herabblickten. Sie waren von dunklen Ringen gesäumt.

»Ihr nehmt die Hände hoch und kommt langsam aus dem Wasser, habt ihr das verstanden? Sonst erschießen wir euch gleich. Das wollt ihr doch nicht, oder?«

Er lachte. Ich dachte, dass ich ihn umbringen sollte. Maude und ich ließen uns los. Ich raunte ihr zu, dass sie tun sollte, was der Mann sagte, und dass ich mir etwas einfallen lassen würde, aber ich wusste nicht, ob mich Maude im rauschenden Wasser verstand. Langsam schwammen wir zum Ufer und stiegen mit erhobenen Händen die Treppe hoch, bis wir inmitten der Gruppe standen. Die Frau hatte lange, schwarze Haare, die auf die Schultern ihres dunklen Fellmantels fielen. Die anderen beiden, der eine mit ganz kurzen Haaren und sein Kumpan mit einem Bob, trugen Parka, auch schwarz. An den Füßen hatten sie ähnlich schwere Stiefel wie der Mann mit der Pistole. Ich bemerkte, wie sie Maude und mich anstarrten. Gier lag in ihrem Blick.

Vielleicht bildete ich mir das aber auch nur ein. In mir kochte eine Wut hoch, eine positive Energie, die nichts Gutes verhieß, nichts Gutes zumindest für die Handlanger Gustav Langs.

Endlich hatten wir einen Punkt erreicht, von dem aus eine Zukunft zu sehen war. Die Stadt Neu-Qingdao war zum Greifen nahe. Diese Gruppe hier war falsch, sie passte nicht in die Geschichte. Wo wir doch so viel überstanden, so viel durchgemacht hatten. Ich begriff auch nicht, wie sie uns hatten finden können, aber das alles spielte keine Rolle. Ich stand da, aufrecht, obwohl ich ganz nackt war. Ich fühlte keine Scham mehr, nur unendliche Wut.

»Euer Blut wird an meinen Händen kleben«, sagte ich zu ihrem Anführer. »Und du wirst dir wünschen, uns nie gefunden zu haben.«

Er lachte nur, dann zog er mir den Lauf der Waffe durchs Gesicht, Maude schrie, meine Wange platzte auf und ich sank auf den warmen Steinboden, war bei vollem Bewusstsein, aber zu jeglicher Bewegung unfähig.

»Wir warten jetzt hier auf Lang, und dann machen wir euch fertig. Ihr könnt euch ja gar nicht vorstellen, wie sehr ich mich darauf freue. Du hast uns viel Mühe gekostet.«

Ich versuchte mich aufzurichten, wischte mir mit dem Handrücken das Blut von der Seite. Da packte mich die Frau am Schopf und zog mich an meinem nassen Haar hoch. Ein verzweifelter Laut entwich mir und ich stand schwankend da, halb in der Hocke. Maude schaute mich an, ich nickte ihr kaum merklich zu, da riss sie die Augen mit einem Male weit auf und fiel wie ein Stein auf den Boden, kippte einfach um. Ich wusste, dass sie nur spielte, dass sie Verwirrung stiften wollte. Oder sagen wir, ich hoffte sehr, dass es so war. Doch ich konnte den Augenblick nicht nutzen, konnte nicht reagieren, auch wenn ich unseren Peinigern gerne die Waffen entrissen hätte. Der Schlag mit dem Pistolenlauf hatte mich zu hart erwischt, ich war noch immer ganz benommen. Der Anführer der Gruppe bückte sich zu Maude, ohrfeigte sie ein paar Mal, befahl ihr aufzuwachen. Doch sie blieb am Boden liegen. Da ließ er von ihr ab.

Der Anführer wies den dritten Mann an, den mit den längeren Haaren, zum Auto zu gehen, um die Position durchzugeben. Hier wäre der Empfang zu schlecht. Der schaute einen Augenblick die Frau an, machte kehrt und ging auf die Pyramide zu, dann sahen wir ihn auch schon langsam hochklettern.

Als er außer Reichweite war, ich hatte mich auf den Boden knien müssen und Maude lag immer noch zwischen uns, regte sie sich mit einem Mal, mit geschlossenen Augen begann sie hysterisch zu lachen, wie in Trance, die Augen im einen Moment noch geschlossen, dann plötzlich weit aufgerissen, mit panischem Blick. Die Frau ließ von meinen Haaren ab und beugte sich mit dem Anführer über sie. Als sich der verbliebene Mann, der nah bei mir stand, auch zu Maude herüberbewegte, geschah es. Da war plötzlich ein Zischen in der Luft und ein Pfeil schoss auf uns zu, irgendwo aus den Wäldern, in leichtem Bogen. Er traf den Anführer in den Rücken. Dieser schrie auf und ging in die Knie, im selben Moment griff ich nach der Hand meines Bewachers, in der er das Gewehr hielt, riss es hoch, noch ehe der Mann reagieren konnte, drückte seine Hand am Auslöser zusammen, so dass der Lauf eine Salve ausspuckte. Eine oder mehrere Kugeln trafen die Frau in die Schulter, vielleicht auch den Anführer. Es ging alles sehr schnell. Sie brüllte laut und fiel vorne über, noch im selben Moment griff Maude dem Anführer, der sich mit dem Pfeil im Rücken über sie gebeugt hatte, ins Gesicht. Ich riss das Gewehr an mich, gab dem Mann mir gegenüber eine Kopfnuss. So fest wie ich nur konnte. Meine Braue platzte auf, aber ich machte weiter, jagte ihm mein Knie in den Magen. Er ging zu Boden, ich entriss ihm das Gewehr. Ohne darüber nachzudenken, was ich sagte, sprach ich leise – Nein, bitte, bitte nicht! – und ich glaube, dass ich in diesem Moment am meisten

Angst davor hatte, wieder jemanden getötet zu haben. Alles hatte so eine wahnwitzige Geschwindigkeit, dass ich kaum darüber nachdenken konnte. Ich machte einen Schritt auf den Mann zu und zog ihm den Lauf des Gewehres mit voller Wucht über den Schädel, er sackte in sich zusammen. Die Frau lag zusammengekauert am Boden und der mit dem Pfeil im Rücken kämpfte mit Maude, ich trat auf die beiden zu, als er sie gerade unter sich auf den Steinboden rang, ihr mit der Pistole auf den Kopf zu schlagen ausholte. Ich reagierte blitzschnell, war so unter Spannung, dass ich jede Mücke mit der Kugel erwischt hätte, die nun aus dem Lauf schoss. Ich traf den Mann in den Arm, er schrie auf, ließ die Waffe fallen und Maude drückte ihn zur Seite, wischte ihn von sich, schrie ihn an. »Keiner bewegt sich«, brüllte ich, aber sie lagen nun ohnehin auf dem Boden.

Wir hatten sie besiegt. Ein dreckiges Gefühl. Mir war schlecht, die Gewalt zerfraß mich, wie Krebs war sie, eine Pest, unaufhaltsam und schmerzhaft. Ich war froh darüber, dass niemand tödlich getroffen war. Bemerkte, wie meine Hände zitterten. Das Adrenalin in mir trieb es wilder mit mir als ein satter Schuss Portobin. Ich schaute mich um. Wo war der Pfeil hergekommen?

Ich trat näher an die sich am Boden windenden Körper heran. Die verwundete Frau hatte einen hässlichen Treffer in der Schulter abbekommen und einen Streifschuss am Kopf, nur einen Zentimeter weiter rechts, und ich hätte noch ein Leben mehr auf dem Gewissen gehabt. Ich bekam weiche Knie. Maude richtete sich auf, da waren ein paar Blutspritzer auf ihrer Haut, aber sie schien unverletzt. Sie stand da wie eine Untote, völlig überfordert von der Situation. Dann schrie sie auf und begann, wahllos auf den Anführer der Gruppe einzutreten, ohne Schuhe, ließ sich auf ihn fallen, ihre Fäuste prasselten auf seinen hilflosen Körper, der Mann jaulte auf, hatte die Hände zum Schutz über den Kopf gerissen, angeschossen und noch immer mit diesem herrenlosen Pfeil im Rücken.

An Maude bemerkte ich, was mit uns geschehen war. Unser Gewissen war fast verstummt, der Selbsterhaltungstrieb hatte uns rasend gemacht. Ich schrie sie an, aufzuhören und zu mir zu kommen, meine Stimme war ganz rau und ich spürte, wie mir das heiße Blut aus der Platzwunde am Kopf und aus der aufgeschlagene Wange langsam am Hals herunterlief. Maude stand nur ein paar Meter weit weg, es fühlte sich allerdings an, als sei sie Kilometer entfernt. Sie hatte aufgehört, auf den Mann einzuschlagen, starrte mich entgeistert an. Wir mussten hier weg.

Ich ging zu den am Boden Liegenden und sammelte die Waffen ein, warf sie mit Schwung in das Becken. Maude kam zu mir herüber. Sie sah aus wie eine Amazone, nackt, das nasse Haar hing ihr wild vor den Augen und ein paar Blutspritzer fleckten ihre Haut.

»Was machen wir mit ihnen?«

»Sie werden bald hier sein, ihr habt keine Chance«, schrie der Anführer der Bande verzweifelt.

»Halt den Mund«, fuhr Maude ihn an, »sonst mache ich dich kalt.« Da war eine Härte in ihrer Stimme, die mich erzittern ließ.

Die verwundete Frau am Boden stöhnte. Es sah schlimm aus, aber sie würde durchkommen. Zumindest hoffte ich das. Und da war noch der Andere, der zum Auto aufgebrochen war, er würde zurückkommen, sich um sie kümmern können. Hatte er die Schüsse gehört? Ich konnte ihn nicht sehen, wusste nicht, ob er es in der Zeit über die Pyramide, die ja von dieser Seite aus deutlich niedriger war, geschafft hatte. Vielleicht war auch schon die Verstärkung im Anmarsch. So oder so, wir hatten keine Zeit zu verlieren, mussten schleunigst verschwinden.

Maude durchsuchte den Rucksack der Frau, die noch immer benommen am Boden lag. Wir packten alles zusammen, ignorierten die Schreie und Flüche unserer Verfolger. Maude stopfte unsere Kleidung in den Rucksack der Frau, streifte sich ihre Unterhose über und warf mir meine zu, ich zog sie an und griff nach meiner kleinen Tasche, schnallte sie um, überprüfte mit der Hand, ob noch alles darin war. Ich würde sie nicht mehr ablegen, das schwor ich mir. Ich griff die Reisetasche, wir stülpten uns die Stiefel über, für den Rest hatten wir keine Zeit.

Schon rannten wir los, erst an dem Becken vorbei, in dem wir noch vor wenigen Minuten gebadet hatten und in dem nun drei Gewehre und eine Pistole lagen, dann zum Rand des Plateaus, von wo aus wir uns schließlich in den Dschungel schlugen. So schnell konnten sich die Dinge ändern. Unbeirrt liefen wir weiter, stolperten durch das unwegsame Gelände, sprangen über umgestürzte Bäume und versuchten, immer dort zu bleiben, wo ein Durchkommen noch ohne weiteres möglich war. Es war unheimlich in der Dunkelheit. Doch wir wagten nicht, anzuhalten, vielmehr trieb uns das Unbehagen, weiterzulaufen.

Nach ein paar Minuten stießen wir auf einen schmalen Pfad, der in weitem Bogen aus Richtung der Pyramide zu kommen schien – den Weg mussten wir unbewusst durch das dichte Unterholz des Waldes abgekürzt haben. Wir folgten seiner schmalen Spur. Mir ging allmählich die Kraft aus und auch Maude wurde merklich langsamer.

»Da ist ein Fluss«, rief sie plötzlich. Und wirklich, nach einer leichten Biegung des Weges machten wir einen breiten Wasserlauf aus. Der Weg von dem wir kamen, mündete in einen Steg. Und auf dem morschen Holz stand ein Junge, zumindest dachte ich das im ersten Augenblick, dann erkannte ich, dass es eine junge Frau war, fast noch ein Mädchen, in ihren Händen hielt sie eine Armbrust. Das Mondlicht schimmerte auf ihrer dunklen Haut. Mit einem Lächeln erhob sie ihre Stimme.

»Kommt, schnell!«

Ich zog die FN aus der Reisetasche und richtete den Lauf auf sie. »Wer bist du? Nimm die Armbrust ru« – Maude unterbrach mich: »Du hast uns geholfen! Im Wald. Die geschossen hat – das warst du!«

»Kommt!« schrie das Mädchen.

Unsere geheimnisvolle Retterin drehte sich zur Seite, hinter ihr lag ein Boot im Wasser. *Ein* Boot! Nicht zwei Boote. Sie würden uns nicht folgen können.

»Wer bist du?«

Maude fuhr mich an, eindringlich. »Nimm die verdammte Waffe runter.«

Sie drückte den Lauf der FN nach unten und wir rannten los, warfen die Taschen in das schmale Innere des Bootes. Ich kletterte in den vorderen Teil und Maude folgte mir. Die junge Frau machte das Tau los, sprang in das Heck und stieß uns vom Steg ab, klappte den Motor aus und warf ihn an. Das Boot nahm Geschwindigkeit auf und wir verließen das weite Tal der Pyramide.

18

»Sie tanzten eng so beieinander
Und keiner sprach auch nur ein Wort
Der Atem still, die Herzen offen
Am nächsten Morgen waren sie fort«
Weynberg

»Wer seid ihr? Und was wollten die von euch?«

»Ich bin Maude. Das ist Weynberg. Joseph Weynberg.

Maudes Stimme klang müde und passiv, aber ich spürte, dass sie sich zu dem Mädchen hingezogen fühlte. Es ließ sich schon an ein paar Tönen erkennen. Maude lächelte sie sogar an. Ich seufzte nur, etwas zu laut. Wir wurden gesucht. Ich vielleicht von der Polizei, ganz sicher aber von Tremmos Hinterbliebenen und der Mörderbande Gustav Langs. Maude auch. Es war töricht, unsere richtigen Namen zu nennen. Aber Maude kannte die Regeln nicht oder hatte kein Verständnis für Prinzipien dieser Art, sie beugte sich zu mir, sagte, dass wir dem Mädchen vertrauen könnten, boxte mich in die Seite. Ich stöhnte auf, etwas zu laut. Maude erschrak und packte mich am Arm, ich stöhnte noch lauter auf. Es gab keine Stelle an meinem Körper, die nicht wehtat. Das Mädchen fing lauthals an zu lachen.

»Ihr solltet euch sehen. Du hast mehr Schrammen und blaue Flecken als normale Haut. Warum habt ihr eigentlich immer noch keine Sachen an? Wird euch nicht kalt?«

Ich blickte an mir herunter. Sie übertrieb nicht. Mein Körper war vollkommen zerschunden. Wie ich dasaß, in meiner Unterhose und den Stiefeln, die Haut an ein paar Stellen zusammengeflickt, am

Rücken genäht, übersät von Blutergüssen und Quetschungen – ich sah wirklich schrecklich aus. Und dann noch das Blut aus den Wunden meiner Lippe und Wange, das über meine ganze linke Gesichtshälfte verteilt war, am Hals klebte.

»Was wollten die von euch?«

Maude übernahm das Reden. Das Mädchen schien ihr ein wenig Leben einzuhauchen, sie nach den letzten Ereignissen aus ihrem Schock zu befreien. Maude dem Leben kurz ein Stück näher zu bringen, dachte ich noch. Sie war jünger, als ich zunächst gedacht hatte, fast noch ein Kind, vielleicht fünfzehn Jahre alt. Ihre schwarzen Haare waren kurz geschoren, außerdem trug sie so eine grüne, ausgeblichene Armeejacke, die irgendwie ausrangiert wirkte, darunter ein gelbliches, verwaschenes Shirt, eine blaue Jeans mit Löchern an den Knien und Schuhe, die ich so noch nie gesehen hatte. Neben der Armbrust trug sie nur eine verdreckte, blaugraue Sporttasche bei sich, die sie nun öffnete und aus der sie uns eine Flasche Wasser herüberwarf, äußerst freundlich, mit einer Hand am Griff des Außenbordmotors, mit dem sie das Boot sicher manövrierte.

»Ich heiße Eindruck. Trinkt erst mal was, und mit dem Rest des Wassers wascht ihr euch das Blut ab. Hier gibt es Moskitos. Ihr seht richtig furchtbar aus. Wollt ihr mir Angst machen? Und zieht euch endlich was an.«

Wieder fing sie laut an zu lachen.

»Eindruck?«

»Ja, das ist mein Name.«

»Wo kommst du her?«

»Ich wohne am Rand der Stadt und fahre hier manchmal zur Quelle. Baden. Und dann habe ich euch da gesehen. Naja, und als die Männer kamen und die Frau, habe ich auf den einen geschossen und bin abgehauen. Was ist mit dem? Und den anderen?«

»Denen geht es nicht so gut. Aber sie leben.«

Ich musste über ihr Gebaren schmunzeln. Dass sie Langs Leute attackiert, sich eingemischt hatte, scheinbar ein Gespür dafür besaß, wer ihre Hilfe verdiente und wer nicht, machte sie mir sympathisch. Ohnehin war sie das. Ein sympathisches, junges Mädchen mit einem Boot und einer Armbrust und dem komischsten Namen, den ich jemals gehört hatte.

»Und was wollten die von euch?«

»Sie wollten mich holen. Aber das ist wirklich zu kompliziert. Kannst du uns nach Neu-Qingdao bringen?«

»Ich fahre dorthin zurück. Klar nehme ich euch mit, denkt ihr, ich schmeiße euch hier raus? Habt ihr überhaupt was zu essen?«

»Nein.«

Ich hatte mir mittlerweile das Blut abgewischt. Maude öffnete den Rucksack, den sie unseren Verfolgern abgenommen hatte. Sie warf mir meine Anziehsachen herüber, danach wusch sie sich mit Flusswasser, zog den Hosenanzug an. Sie fischte ein eingepacktes Brot aus dem Rucksack und warf es Eindruck herüber. *Mundraub.* Wie profan, auch Mörderbanden aßen Sandwiches. Mit einer Hand wickelte das Mädchen das belegte Brot aus der Folie und biss gierig hinein.

»Und was macht ihr?«

»Ich bin Detektiv.«

»*Ernsthaft? Ein Detektiv?*«

Ich wusste nicht, was ich antworten sollte. Ich kannte keine Leute in ihrem Alter. Die so redeten. Aber es gefiel mir.

»Ich glaube, ich habe noch nie einen echten Detektiv gesehen. Du siehst ganz anders aus, als ich mir einen Detektiv immer vorgestellt habe. So normal. Also bis auf das Blut und die ganzen blauen Flecken. Was wollten die jetzt von euch? Seid ihr eigentlich ein Paar?«

Eindruck redete ohne Unterbrechung und in atemberaubender Geschwindigkeit, ich kam kaum noch hinterher, aber Maude fragte sie alle möglichen Sachen, auch, was es mit der Pyramide auf sich hatte. Das Mädchen wusste es nicht. Sie lebte am Rande von Neu-Qingdao, erzählte von der Stadt. Es machte Spaß, ihr zuzuhören. Sie berichtete von den vielen Chinesen, die dort lebten, von Hochhäusern, von Straßenmärkten, Banden, *unvorstellbar* gutem Essen, von schlechtem Essen. Von Verbrechen, von Spaß. Von Geld und Armut. Es klang nach einer Stadt, die Detektive brauchte. Vielleicht würde ich dort bleiben können. Das Mädchen lachte viel und ihre Gesellschaft gab uns ein gutes Gefühl. Sie wollte Geld, das war klar, niemand tat in dieser Zeit etwas, ohne sich dafür bezahlen zu lassen. Aber wir versprachen ihr einen Lohn für ihre Bemühungen, und Teufel, ich meinte es wirklich ernst damit.

Die Pyramide hatte sie bei einem ihrer Streifzüge durch die Mangrovenwälder entdeckt, durch die wir nun fuhren. Sie hatte keine Erklärung dafür und hatte dort laut eigener Aussage *nie jemand anderen angetroffen,* wir waren die ersten Menschen, die sie an diesem *geheimen Ort* entdeckt hatte. Eindruck sagte auch, die Pyramide sei aus der Ferne nicht zu sehen, was ich nicht glauben konnte. Maude aber nickte, sie schien Eindruck alles abzukaufen.

Ich fragte die beiden, ob sie etwas dagegen hätten, wenn ich von dem Portobin rauchte, das ich noch in der Tasche hatte. Maude schaute mich ernst an, aber Eindruck sagte, ich solle tun, was ich nicht lassen könne, *solange ich nicht völlig durchdrehte.* Dabei lachte sie wieder. Ich holte eine der letzten Zigaretten hervor, die ich noch finden konnte, krümelte ein wenig Tabak heraus und tippte die Spitze in das wenige Porto, das ich von meiner Leichenfledderei bei Paul Tremmo noch übrighatte, so dass wirklich nur ein wenig des gelben Pulvers über dem Tabak lag, zündete die Zigarette umständlich an und inhalierte tief in meine Lungen. Mir wurde schwarz vor Augen. Ich lehnte mich zurück.

Das Boot war etwa fünf Meter lang und so schmal, das zwei Menschen kaum nebeneinander auf den Sitzplanken in der Mitte und am

Ende Platz fanden. Ich lag an der Spitze des Bootes, bis wohin das schmale Stoffdach, das über zwei Bögen gespannt war und Schutz vor Sonne und Regen bieten sollte, nicht reichte. Auf der linken Seite war das wendige Gefährt mit einem Ausleger aus einem großen Bambusrohr versehen, zumindest sah es so aus wie Bambus. Vielleicht war es auch ein Plastikrohr. Ich fokussierte mich auf den brummenden Motor und ging dem leichten Rausch nach, den das Portobin mir bescherte. Ich musste wirklich nachdenken.

Wir waren Langs Leuten fürs erste entkommen, für den Moment, doch sie würden schlussfolgern, dass wir nach Neu-Qingdao unterwegs waren, würden es zumindest dort versuchen, und entweder hatten sie dort Leute, die uns in Empfang nahmen, oder sie folgten uns. Oder beides. Es war sicher noch nicht vorbei. Und was war mit Strohm und seinen Leuten? Ich hoffte, dass wir sie endgültig abgehängt hatten, konnte aber nicht sicher sein. Langs Truppe hatte uns gefunden, wie auch immer diese Henker das geschafft hatten, deshalb konnten wir sowieso gar nichts ausschließen. Trotz meiner Sorgen und dem wilden Spiel, das mein Kopf trieb, schloss ich die Augen, und nach ein paar Minuten fiel ich in einen leichten Schlaf.

Seit Hedys Tod war mein Schlaf fragil, Albträume plagten mich, Visionen, und ich schreckte hoch, regelmäßig. Früher war das anders, wenn ich mich neben Hedy ins Bett gelegt hatte, war ich einfach eingeschlafen. Wenn ich mich an ihren warmen Körper geschmiegt hatte, war diese Wärme direkt in mich übergegangen. Egal wie kalt mein Tag auch war, es hatte mir immer geholfen und mich fortgetragen, mir Entspannung gebracht. Mit ihrem Tod sind die Nächte zur Hölle geworden, wie alles zur Hölle geworden ist. Mein Schlaf schien von anderen Menschen abzuhängen. Seit wir auf der Flucht waren, konnte ich in den absurdesten Situationen schlafen, auch durch das

Porto, natürlich. Und auch, weil es ein verdammter Kraftakt war und sich Körper und Geist jeden Augenblick nahmen, der ihnen Pause gewehrte. Vielleicht schlief ich hier und da auch ein Stück weit besser, weil ich mich an jemanden anschmiegen konnte. Wobei Maude die meiste Zeit wach war.

Ein Feuer schien in ihr zu brennen, das verhinderte, dass sie ihre Augen schloss. Da war etwas Getriebenes in ihr, sie steuerte auf etwas zu, von dem sie selbst nichts zu wissen schien. Die Wochen ihrer Beschattung hatten mir einen Menschen gezeigt, dem das Leben egal war, der es manchmal fast zu schnell in sich aufsog, als dass es ihm etwas bedeuten konnte. Maude war hübsch, intelligent und verloren. Noch vor ein paar Tagen hatte ich einem ihrer Gespielen den Kopf weggeschossen, weil er sie im Rausch fast erwürgt hatte. Und in solche Situationen begab sie sich hinein, ständig. Ich hatte sie ja auch nicht überreden müssen, mit mir zu fliehen. Das geschah alles einfach so und es trieb sie mit. Sie hatte die Stadt verlassen. Ich kannte solche Menschen, die nächtelang unterwegs waren und dann plötzlich irgendwo saßen, in einem Zimmer auftauchten, immer unterwegs, rastlos. Ich war selbst einmal so gewesen, vor Hedy. Aber Maude war noch anders als diese Leute, alles schien grenzenlos in ihrem Leben. Und nun redete sie mit dem Mädchen, auf einem Boot in diesem merkwürdigen Dschungel. Und wie sie redete, das war auch anders. Sie hörte zu, sie war auch dabei irgendwie, aber es schien, als wäre das nicht ihre Welt. Nichts von alledem. Überall eine Fremde. Maude war nicht zu erfassen. Sie war nicht ein Mensch, sie war wie ganz viele Menschen. Deshalb schlief sie auch so wenig, weil ihr Körper und ihre Zeit auf der Erde für mehrere Menschen bestimmt waren. Und sie beeindruckte mich. Maude, die nie schlief, nie zu schlafen schien.

Da drehte sie sich zu mir und es war Hedy, hinter ihr zog ein schwarzer Vorhang zu, aus wallendem, schwerem Stoff. Und es wurde ganz still und noch viel schwärzer um sie, Hedy war da, mit bleicher

Haut, noch immer ohne Kleider, so wie sie mir zuletzt im Traum begegnet war. Ihre Haare sahen anders aus und ich meinte zu erkennen, dass sie gealtert war, um ihre Augen lagen Falten. Sie sprach zu mir, ohne dass sich ihr Mund öffnete oder bewegte, aber ihre Augen blitzten und im selben Moment ertönte ihre Stimme in meinem Kopf. Warm und weich, wie der Vorhang, den sie zugezogen hatte. Wie ich ihre Stimme vermisste. *Joseph, mir geht es gut. Ich bin nur nicht mehr da, das ist alles.* Mehr sagte sie nicht. Ich wusste nichts zu entgegnen. Dabei wollte ich ihr sagen, dass ich sie unendlich vermisste und dass alles schrecklich war ohne sie und dass ich zu ihr wollte. Aber es kam nichts über meine Lippen, ich war stumm in meinem Traum. Ich wollte ihr sagen, wie sehr ich mich nach ihr sehnte, aber ich konnte es nicht. Auch das konnte ich nicht. Nichts konnte ich, ich war nur ein Beobachter. So, als wäre es mir für immer bestimmt, bei allen Dingen nur zuzuschauen. Hinter ihr öffnete sich nun der Vorhang und nacheinander traten Tremmo, der tote Polizist Keiser, der Motorradfahrer und der Mann vom Friedhof hervor. Sie taten nichts, lachten nur, doch es schnitt wie eine Verletzung. Ich bäumte mich auf und kam nicht hoch, spürte eine unbändige Wut in mir, wollte Hedy da wegholen und dieses Gesindel zerquetschen, sie noch mal töten, erneut ihr Tod sein. Hedy aber schaute mich ganz ruhig an, sie schien die Männer nicht zu bemerken. Oder sie störte sich nicht an ihnen. Sie kannte sie nicht. Dann lösten sie sich auf, also die vier Männer, und Hedy blieb noch immer dasitzen, sie wurde nur weniger, durchsichtiger irgendwie. Der Vorhang wehte auf und für einen Augenblick konnte ich mich selbst sehen, in einem schwarzen Anzug und mit einem weiten Hut. Auch ich war alt, älter als Hedy, mit grauen Haaren. Dann verschwand ich. Hedy schaute mich weiter an und ich blickte ihr tief ins Gesicht, sie lächelte, schon die ganze Zeit über lächelte sie und es schien, als ginge es ihr wirklich gut. Im Traum schloss ich meine Augen und hörte ganz auf zu sein, für eine Weile zumindest fasste ich keinen Gedanken und kein Wort, kein Bild tauchte auf, da war nichts außer der Schwärze, die der Vorhang um mich herumgezogen hatte und die auch nicht mehr vom fahlen Schein Hedys erleuchtet wurde, denn sie war verschwunden.

Als ich aufwachte, graute bereits der Morgen. Es mussten ein paar Stunden vergangen sein. Ich bemerkte noch im Aufschlagen der Lider, dass etwas nicht stimme und richtete mich vorsichtig auf. Maude flüsterte mir zu, ich solle ruhig bleiben. Der Motor war abgestellt und das Boot bewegte sich, von der Strömung angetrieben, in sehr langsamem Tempo durch das Wasser. Eindruck war noch immer im Heck und steuerte. Ich blickte vorsichtig links und rechts an das Ufer und erschrak. Dort standen Menschen, sie waren nackt oder nur mit ein paar Lumpen bekleidet. Viele von ihnen waren angemalt, und so stellte ich erst nach einigen Augenblicken fest, dass sie aus unterschiedlichen Ethnien stammten, Dunkelhäutige, Hellhäutige, Asiaten, darunter Frauen, Männer, Alte, Kinder, Gesunde und Versehrte. Bewegungslos standen sie nebeneinander und starrten uns an.

»Wer sind diese Leute?«, flüsterte ich zu Eindruck, die vollkommen unbeeindruckt schien und die Menschen am Ufer freundlich anlächelte. Aber sie sprach kein Wort und ihre Augen schienen weiter aufgerissen, auf den zweiten Blick. Ich kannte sie ja kaum. *Die Augen.* Und Maude blitzte mich mit den ihren an und so ich hielt ich den Mund. Scheinbar herrschten hier Regeln, die ich nicht kannte. Plötzlich ertönte ein Donner, ein lauter Schlag, es war, als entstehe er direkt zwischen uns, unter dem schmalen Stoffdach des Bootes, es knallte, als hinge das Gewitter vor mir. Einen Augenblick später fing es an zu regnen, monsunartig ging das Wasser nieder. Doch keine Sirene ertönte, wir waren ja mitten im Nirgendwo, nur das Prasseln des Wassers auf dem Fluss und dem blättrigen Dach des Waldes füllte die

Stille. Die Menschen am Ufer bewegten sich kein Stück, sie schienen das Wasser von oben nicht zu fürchten. Ich bemerkte auch, dass der Regen nicht roch. Also, es stieg schon etwas in meine Nase, aber kein Gestank des beißenden Regens, wie ich ihn kannte. Auch Eindruck schien den Regen nicht zu fürchten. Blitze gesellten sich nun zum Donner, und ihr Licht erhellte für Bruchteile eines Augenblicks den Wald, so dass ich sehen konnte, dass nur die ersten Reihen von Menschen direkt am Fluss standen, und dass da noch mehr waren, eine zweite Reihe, eine dritte, eine vierte. Anders als die Menschen in den Pestfeldern sahen diese Menschen gesund aus. Sie schauten uns an und begannen zaghaft, einen langgezogenen Ton zu singen, er schwoll immer mehr an, wurde lauter und intensiver. Als sie verstummten, wachte ich erneut auf. Es regnete auch außerhalb meines Traumes. Die Menschen aber waren mit meinem Erwachen verschwunden.

»Was ist mit dem Regen? Ist er nicht giftig?«

Die beiden schauten mich an, fast, als wären sie überrascht, dass ich noch da war. Als hätten sie mich vergessen. Eindruck erklärte mir, dass der Regen in Neu-Qingdao sehr wohl gefährlich sei. Doch hier draußen war es anders, der Regen und das Wasser waren sauber. Ich setzte mich näher zu den beiden. Nach meinem Traum war es gut, wieder unter wirklichen Menschen zu sein. Sie reden zu hören. Ich fragte mich, was Eindruck für ein Mensch sein mochte, warum sie hier so alleine durch den Dschungel fuhr. Wo ihre Eltern waren. Mir wurde da bewusst, dass ich solche Dinge von Maude auch nicht wusste, dass ich mein Interesse ab einem bestimmten Punkt gekappt hatte, oder, dass ich es vielmehr nur auf weniger Dinge lenkte. Ich würde sie fragen, wenn wir endlich in der Stadt ankamen, wenn wir ausruhen konnten. Wer ihre Eltern waren. Was ihr wiederfahren war. Dazu brauchten wir Ruhe.

Es war bisher wenig von Neu-Qingdao zu mir vorgedrungen, zumindest wenig aus erster Hand, und so hörte ich Eindruck aufmerksam zu. Die Stadt lag wie eine Insel in einem weitläufigen, zum Teil verseuchten Gebiet, durch das sich nur vereinzelt Landstriche schlängelten, in denen man sich gefahrlos bewegen konnte. Auch die Stadt war gefährlich, die Kriminalität sehr hoch, es ging dort zu wie in anderen Städten. Und ja, auch der Regen war nicht minder giftig. *Der Regen.* Er war wohl überall giftig, dort, wo Menschen lebten. Wie eine Strafe.

Eindruck verbrachte viel Zeit in den Gebieten außerhalb Neu-Qingdaos, die betretbar waren, sammelte Artefakte, lebte von dem, was sie fand und was sie in der Stadt verkaufen konnte. Sie wohnte in einem verfallenen Haus am Rande der Stadt, inmitten eines Netzes aus Kanälen, von denen aus sie auf den Fluss gelangte, der sie dann nach einer Tagesreise in die Mangrovenwälder und schließlich zur Pyramide führte. Sie war auch häufig in der Stadt, kannte sich dort aus, wusste, wo sie hingehen musste, um die Dinge, die sie in den unbewohnten Gebieten zutage förderte, zu verkaufen. Manchmal bekam sie auch Aufträge, suchte nach Reliquien aus der alten Zeit, Dinge, die die Menschen, die in die Stadt gegangen waren, auf dem Land oder in den Ruinen der umliegenden Dörfer zurückgelassen hatten. Nach denen sie sich sehnten. Ich konnte das gut verstehen.

Auf einem dieser Streifzüge hatte sie die Pyramide entdeckt. Während sie sprach, ließ der Regen langsam nach und hörte schließlich ganz auf. Schweigend schließlich fuhren wir weiter, und ich ließ meine Hand durch das kühle Wasser gleiten. Es roch gut, anders, als ich es kannte, gesund. Gut, dass wir Eindruck getroffen hatten.

Ich schaute die beiden an, mehr heimlich. Sie gaben ein merkwürdiges Bild ab. Maude war ein sonderbarer Mensch, das wurde mir noch viel deutlicher klar, als ich sie so mit Eindruck sah. Im einen Moment explodierte sie, ein Leuchten durchfuhr ihre Augen und ich spürte ihre Lust, konnte deutlich erkennen, wie sehr sie leben wollte. Doch diese Momente wirkten über einen längeren Zeitraum betrachtet nur wie die sporadische, verzweifelte Auflehnung gegen eine große Lähmung, eine Dunkelheit, in der sie schon ganz versunken war. Ich hatte ihr das Leben gerettet, hatte dafür gesorgt, dass sich ihr Leben mit unserer Flucht schlagartig für immer verändert hatte, und Maude Anandin wirkte in ihren Reaktionen darauf völlig passiv, wenn sie an den Ereignissen auch unleugbar beteiligt war. Hatte ich sie also wirklich gerettet? Nicht einmal das konnte ich richtig sagen. Ich erinnerte mich an den Ausdruck ihres Gesichts, die Todesangst in ihrem Blick, noch vor ein paar Tagen, in dem Zimmer im 14. Stock. Ihren Widerstand. Gleichzeitig hatte sie sich in diese Gefahr bewusst hineinbegeben.

Ihr Wesen zeigte sich in unvereinbaren Widersprüchen. Ohne diesen Zustand zu reflektieren, trieb sie auf einen tiefen Abgrund zu. Vielleicht sehnte sie den Tod herbei, in manchen Momenten vielleicht. Ich wusste es nicht. Doch ich konnte beobachten, dass nicht die Schwermut eine Abweichung von ihrem eigentlichen Befinden darstellte, sondern dass die erleuchteten Momente die Ausnahme waren. Wenn sich ihre Augen weiteten, so wie die Augen von Eindruck es ständig taten. Dann, wenn sie kurz glücklich war, für einen Augenblick. So wie Eindruck es ungebrochen zu sein schien.

Das Mädchen hatte Maude mit ihrer unbekümmerten Lebenslust für eine Weile angesteckt, und auch wenn dieses Ereignis eine unsagbare Schönheit ausstrahlte, steckte gleichzeitig eine tiefe Traurigkeit darin. Ich hätte sie so gerne gerettet.

Aus der Seitentasche des Rucksacks ertönte ein Knarzen. Ich fragte Maude, ob sie nicht alles durchsucht hätte, aber sie reagierte nicht auf mich. Schon schien ihr alle Freude wieder entwichen. Sie öffnete das schmale Fach und förderte ein schwarzes Funkgerät zutage. Eine

Stimme erklang schließlich aus dem Rauschen, und Maude reichte mir das Funkgerät, hielt es wie einen Fremdkörper von sich.

»Können Sie mich hören? Weynberg? Können Sie mich hören? Joseph Weynberg?«

Ich drückte auf den Knopf. Längst hatte ich die Stimme erkannt.

»Was wollen Sie?«

»Was denken Sie denn, was ich will?«

Ich reagierte nicht. Er sagte, dass wir alles würden vergessen können, was bis hierhin geschehen war. Dass er das Geld verdoppeln würde. Mich unversehrt in die Stadt zurückbringen würde. Dass es nicht zu spät war. Ich reagierte nicht.

»Ich will, dass ihr aufgebt, dass ihr Halt macht und dieses ganze Spektakel aufhört. Und dann will ich, dass du mir Maude gibst, so wie wir es besprochen haben.«

Seine Stimme war jetzt lauter. Ich schaute Maude an und Eindruck, deren Augen wieder geweitet schienen.

»Dazu wird es nicht kommen. Das wissen Sie.«

»Wir kriegen euch, Weynberg, und dann mache ich dich kalt.«

»Maude will nicht zurück. Sie wird bei mir bleiben.«

»Gib sie mir.«

»Sie will aber nicht sprechen. Sie wird nicht zu Ihnen zurückkehren und Sie werden uns auch nicht kriegen.«

»Gib sie mir!«

Er schrie. Maude streckte ihre Hand aus und ich reichte ihr das Funkgerät, sagte, sie müsse das nicht machen. Langsam führte sie das Funkgerät an ihren Mund, schaute mich dabei an, schaute durch mich hindurch, schaute woanders hin, in eine andere Welt, in die Vergangenheit, in eine Welt, die wohl wirklicher war, als das hier. Eine Welt, die sie zurückholte. Sie drückte den Knopf.

»Es muss nicht so enden, Gustav. Du musst das nicht tun. Sieh, was du schon angerichtet hast.«

»Maude. Bitte ...«

Seine Stimme klang nun ganz anders, hatte an Härte verloren. Ja, er flehte sie an, als sei das alles nicht passiert, als führten sie ein paar Worte zurück, als hätten sie uns nicht gejagt, als habe es das alles nicht gegeben, das Blut, die Qual, unsere Flucht, die Toten.

Wusste er es denn nicht? Maude Anandin konnte man nicht gewinnen. Maude konnte man nur verlieren.

»Bitte komm zu mir zurück. Wenn es wegen ihm ist ... Was hat er mit dir gemacht? Ich werde für dich sorgen. Was willst du denn mit ihm, es hat doch alles keinen Sinn. Du sollst nicht fortlaufen, ich brauche dich an meiner Seite, du weißt doch, wie es um mich steht. Bitte.«

»Ich werde niemals zu dir zurückgehen, und das weißt du. Daran kannst du auch nichts ändern. Ich bin frei, ich war immer frei und ich werde es auch immer bleiben. Weil mir nichts gehört und ich auch niemandem gehöre.«

Kurz war es still, doch wir hörten Gustav Langs Atem durch das Funkgerät rasseln. Wir wagten keinen Laut.

»Du hast mit Tremmo gefickt. Und mit Strohm. Und mit wem alles noch? Hast du mit Weynberg auch gefickt? Du bist eine Hure. Ich werde euch töten.«

»Du bist am Ende. Weißt du, warum ich mit dir zusammen war? Weil ich es konnte, es war ganz einfach, und weil es noch einfacher war, wieder zu gehen. Das habe ich schon in dem ersten Moment gespürt, in dem ich dich gesehen habe. Weil du nichts in dir trägst, was eine Liebe entfacht. In dir ist nur Dreck. Deine Macht bedeutet rein gar nichts, du besitzt nur einen Haufen Dreck, wie du einen Haufen Dreck in dir trägst. Teures Essen kannst du kaufen, du kannst alles kaufen, aber kein Herz kannst du dir zuwenden. Weil du nichts in dir trägst.«

Maude war ganz ruhig geblieben, während sie sich von Lang verabschiedete. Wir hörten Schreie, ein Gurgeln fast, dann Fiepen,

Rauschen, Fiepen. Ich sah vor mir, wie Lang das Funkgerät zerstörte, wähnte Schaum vor seinem Mund, wähnte seine brennenden Augen. Ich hatte aufgehört zu atmen, war wie geblendet vom gleißenden Licht, das sich in der Klinge spiegelte, mit der Maude ihre letzten Worte geschnitten hatte.

Etwas wurde mir bewusst. Diese Welt, so kümmerlich wie sie auch war, wurde nicht von Menschen beherrscht, die Geld hatten und Macht. Diese Welt wurde beherrscht von anderen Menschen, nämlich von denen, die man nicht zu fassen bekam, die anzogen und abstießen, die in der Lage waren, zu spielen. Diese Welt wurde beherrscht von den Verlorenen, jenen, die einen traurig machen konnten und ganz unberührt blieben von dieser Trauer. Eigentlich erschreckte mich Maudes klare Entschlossenheit in diesem Moment noch mehr als der Jähzorn Gustav Langs. Ich wusste nicht, was mich dabei gleichzeitig so anzog. *Ihre Freiheit, meine Gefangenschaft.*

Maude warf das Funkgerät ins Wasser, dann verlangte sie das Portobin von mir. Ich reichte es ihr herüber. Reichte ihr auch das Besteck. Gekonnt kochte sie den Rest davon auf, es war nicht mehr viel. Eindruck steuerte mit ausdruckslosem Blick weiter den Fluss hinab, der noch immer von Bäumen gesäumt war, sich durch die Mangroven schlängelte, während Maude sich das Portobin in den Oberschenkel drückte, durch die Hose ihres Anzugs hindurch. Sie legte sich auf den Boden des Bootes und zog sich zusammen. Eindruck und ich schauten uns ein paar Mal an, doch wir sprachen nicht. Ich glaube heute, dass in unseren Blicken damals schon Verständnis lag, eine stille Übereinkunft, dass wir mit dem Bösen in der Welt nichts gemein hatten, denn auch wenn Eindruck nichts von alledem ahnte, was geschehen war, hatte sie diesen Moment miterlebt, hatte etwas davon gesehen und hatte mit Güte reagiert. Nun war sie erschrocken, und obwohl es mittlerweile taghell war, fuhren wir durch die Nacht auf den Morgen zu.

Es dauerte noch einige Stunden. Maude blieb im Schlaf verborgen, und auch ich ruhte mich ein wenig aus. Doch irgendwann begannen wir zu reden und ich erzählte Eindruck alles, was passiert war, wie bei einer Beichte fühlte ich mich. Nur von Hedy sprach ich nicht, ich hüllte sie in den Mantel meines Schweigens, bewahrte ihre Unantastbarkeit, so wie ich es getan habe, seit dem Tage, an dem sie von mir gegangen ist. Eindruck sagte die ganze Zeit über kein Wort, schaute mich nur an, ihr Blick schwebte über die schlafende Maude hinweg und blieb an mir haften, und ich spürte die Bilder, die meine Worte in ihr entstehen ließen, sah, wie sie erschrak und sich in ihnen verlor. Ich hatte ihr von einem Abenteuer erzählt, das noch nicht vorbei war, dessen Beteiligte Eindruck geworden war. Ich sprach leise, aber mit klarer Stimme.

Schließlich lichtete sich der Wald und Neu-Qingdao baute sich langsam vor uns auf. Sie war grau, jede Stadt war grau. Aber ich konnte auch Farben entdecken, Anzeigen in neongrellen Tönen, die sich über ganze Hausfronten erstreckten, Malereien. Wir zogen an Feldern vorbei, auf denen vereinzelt verwitterte Häuser standen, einige von ihnen bewohnt. Doch die Bewohner beachteten uns kaum, sie blickten uns allenfalls nach. Viele der Menschen, die ich im Vorbeifahren taxierte, waren Chinesen, die hier an den äußersten Rändern der Stadt lebten und mit kleinen Booten, dem Eindrucks ähnlich, in die Stadt fuhren, um dort für ihren Lebensunterhalt zu sorgen. In den Regionen um die Stadt, die konstant vor giftigem Regen gefeit waren, betrieben die Einwohner zudem Reisbau, wässrige Felder reihten sich in ausufernden Stufenformationen aneinander. Die Halme leuchteten, aus der Ferne betrachtet, in einem Grün, das ich so sonst nicht kannte, eine neue Farbe. So etwas gab es nicht in der Stadt, aus der ich kam.

Eindruck fragte, wo wir nun hinwollten, und ich sagte ihr, dass ich keine Ahnung hatte, dass ich uns in irgendein Hotel einmieten würde, um dort eine Weile auszuruhen, abzuwarten, unterzutauchen. Auch wenn ich einen Drang verspürte, diesen verheißungsvollen Ort zu erkunden, wusste ich, dass wir die Füße stillhalten mussten. Vielleicht würde es reichen, vielleicht würden sie aufgeben, irgendwann. Neu-Qingdao war groß, größer als die Stadt, aus der wir kamen, um ein Vielfaches größer. Hier würden wir ein Versteck finden, ganz bestimmt. Und irgendwann würden sie aufhören, nach uns zu suchen. Dass sie uns gefolgt waren, durch das unbewohnte, gefährliche Gebiet im Osten, zeigte Entschlossenheit und Rachsucht. Wie gnadenlos sie uns nachsetzten überraschte mich, sie würden nicht mit einem Mal aufgeben – aber wenn wir uns geschickt anstellten, unser Äußeres veränderten, unter anderem Namen auftraten, würden wir ihnen entkommen können. Ich war gut darin, mich unsichtbar zu machen, und Neu-Qingdao schien viele Winkel und Ecken zu bieten, die dieses Unterfangen begünstigten. Wir mussten Geduld haben. Es stand schlecht um Gustav Lang. Vielleicht würde dieses perfide Spiel schon bald vorbei sein.

Eindruck gab zu bedenken, dass wir nicht in einem Hotel absteigen sollten, zumindest nicht in den naheliegenden, da Lang und seine Leute sicher dort anfingen, nach uns zu suchen. Sie schlug vor, uns zur Familie ihres Freundes zu bringen. Ich konnte mir kaum vorstellen, dass eine Familie zwei Fremde aufnehmen würde, und dann noch in unserem Zustand, aber es schien mir eine kluge Option. Ich fragte sie, ob sie wirklich wüsste, was das bedeutete, dass es nicht ungefährlich sei, erklärte ihr, dass wir sie ohnehin schon zu tief in die ganze Sache hineingezogen hätten, aber Eindruck beteuerte, dass sie uns helfen wolle. Ich war beeindruckt von diesem jungen Menschen, der derart selbstlos handelte. Sie schien an das Gute in den Menschen zu glauben und ich fragte mich, woher sie diesen Glauben nahm.

Maude wurde langsam wieder wach. Sie sah schrecklich aus, hatte das Portobin nicht gut vertragen. Ich gab ihr ein Brot aus dem gestohlenen Rucksack und den Rest des Wassers, erklärte ihr, was ich vorhatte, ohne zu verschweigen, dass die Idee von Eindruck stammte. Maude war einverstanden, mit schmalen Augen lächelte sie das Mädchen an. Dankbarkeit in ihrem Blick. Für Eindruck schien das alles selbstverständlich.

»Hier wohne ich manchmal«, flüsterte Eindruck verschwörerisch, als wir an einem Haus vorbeikamen, das wirklich sehr klein aussah und kaum vermuten ließ, dass man sich darin schützen könne. Ein Teil der Fenster war mit Brettern vernagelt, der Stein war an vielen Stellen vom Mauerwerk aufgeplatzt und die Wände standen schief. »Wenn sich der Staub gelegt hat, lade ich euch zu mir ein«, fuhr sie fort.

»Wir werden kommen«, entgegnete ihr Maude und es klang ganz eigenartig in meinen Ohren, weil es ein *Wir* in meinem Geiste nicht mehr gegeben hatte, seit Hedy fort war. Aber Eindruck besuchen wollte ich, das sagte ich ihr, im Flüsterton, warum auch immer. Wenn wir es schaffen sollten, wenn wir Langs Leuten und der Strohm-Bande entkommen konnten und uns hier in Neu-Qingdao keine bösen Überraschungen erwarteten.

Je näher wir dem Stadtinneren Neu-Qingdaos kamen, desto erhaltener wirkten die Häuser, die brachliegenden Felder verschwanden langsam, die Bebauung wurde dichter, höher, massiver. Der Fluss teilte sich in ein Netz von Kanälen auf, und ich konnte schon nach einer Weile nicht mehr nachvollziehen, um wie viele Ecken wir gebogen waren. Dicht besiedelt waren die Ufer hier und immer mehr Menschen tauchten auf, liefen wild durcheinander, gingen ihren Geschäften nach. Ameisen. Wir fuhren unter Brücken hindurch, die über die schmalen Wasserwege führten und bald war nichts mehr übrig vom Dschungel und den Reisfeldern. Schließlich waren wir wieder ganz von Stein und Beton umgeben.

19

»Es war ein Tag
Nun ist er Nacht
Ich will mir meine Stunden nehmen
Der Regen kommt
Wenn er nicht soll
Vermischt sich kalt mit deinen Tränen«
Weynberg

Neu-Qingdao raubte mir den Atem. Auch wenn sich durch die Erschöpfung und das letzte Portobin eine Lethargie in mir festgesetzt hatte, weckten die näherrückenden, gigantischen Gebäude meine Neugier. Neu-Qingdao besaß eine Anziehungskraft, die sofort Besitz von mir ergriff, ich wollte mich in die Gassen werfen und die neue Umgebung erforschen. Ich begriff, dass in jeder Flucht auch ein Entdecken steckte. Eine Unruhe ergriff mich und ich wollte nicht mehr abwarten, bis sich der Staub gelegt hatte, den wir immerzu aufwirbelten. Hier war ich und genau an diesem Ort, nach dieser absurden Reise, die uns hierhin geführt hatte, wollte ich herausfinden, was das eigentlich bedeutete. Ich spürte etwas Verheißungsvolles.

Gleichzeitig flößte mir Neu-Qingdao aber auch eine süße Furcht ein. Wir waren ja am Boden, und um uns herum türmte es sich auf, die Kanäle führten zwischen den Wolkenkratzern hindurch, die zu einem großen Teil intakt und bewohnt wirkten, und hier, aus dem Boot heraus, kam mir alles titanisch vor. Eine graue, scharfkantige Majestät war Neu-Qingdao. Selbst im Grau des Betons offenbarte sich hier ein Glanz, ganz anders, als ich es kannte, stammte ich doch aus Mauern der Niedertracht. An den Gebäuden prangten hier und da chinesische Schriftzeichen, Plakate, Graffitis, Neonreklamen, manche kannte ich, manche hatte ich noch nie gesehen. Aber auch andere Sprachen las ich, oftmals standen darunter Übersetzungen, die mir erzählten, was hier angepriesen wurde. Und es schien, als könne man auf den Märkten alles kaufen, wenn man das Geld besaß: Menschen, Maschinen, Menschmaschinen, Nahrung, Waffen.

Auf den Straßen der Stadt herrschte ein reges Treiben. Roller fuhren über den Asphalt und kleine Motorräder, Autos, Transporter, Lastwagen. Das Geknatter der Motoren und die Hupen, die unentwegt auf sich aufmerksam machten. Der Smog hing zwischen den Fassaden, es war sehr laut und stickig und gefiel mir ausgesprochen gut. Ja, das hier war eine Stadt. Ebenso wie der Ort, an dem ich aufgewachsen war, hatte Neu-Qingdao nicht mit etwas *Schönem* aufzuwarten, hier war es ebenso rau. Doch hier war Leben. Das setzte eine gewisse Euphorie in mir frei. Und doch war es hier wie in jeder Stadt. Je tiefer wir in den Kanal fuhren, desto schmutziger wurde das Wasser, Müll, Plastik, das, was Menschen nicht in ihren Behausungen haben wollen, so roch es, so sah es aus. Um uns herum die Ratten, dort der Dreck. Boote kamen uns entgegen oder überholten Eindrucks kleines Schiff, so, dass wir von den Wellen hin- und hergeschaukelt wurden. Viele der Boote ähnelten Eindrucks kleinem Gefährt, doch da waren auch andere, mit mehr Masse, große und kleine Dschunken, Drachenboote, Transportschiffe, Wassertaxen. Es gab auch Hausboote, auf denen ich Kinder spielen sah. Ich schaute sie nicht lange an, ich blickte in den Himmel, staunte über die Wolkenkratzer, den Kopf im Nacken. *Hier war Leben. Mehr Leben als Tod.* Doch die Geier würden kommen, ich wähnte bereits ihren Anflug. Ich sah schwarzen Qualm.

Eindruck verlangsamte das Boot. Sie war äußerst geschickt darin, bugsierte das kleine Gefährt in ein großes, halb unter der Wasseroberfläche liegendes Abflussrohr, so dass das schmale Boot für die Menschen oben auf den Straßen nicht mehr sichtbar war. In den Beton der Kanalwände war eine eiserne Leiter eingelassen. Eindruck knüpfte routiniert ein Tau daran fest und schwang sich die Sprossen hoch. Im Abflussrohr ertönte die Stadt ein ganzes Stück ferner, wie durch einen Filter hörte ich Füße stampfen, Fahrzeuge, Hupen und Sirenen, aufgeregtes Gerede, manchmal Gebrüll, fast Geschrei. Wir stiegen aus, folgten Eindruck ungelenk die schmale und von Algen belegte Leiter hoch und hatten wieder festen Boden unter den Füßen. Eindruck erklärte, dass wir nun zu Fuß weiter müssten, um zur Familie ihres Freundes zu gelangen, und dass es noch einige Zeit in den Stadtmoloch hineingehen sollte, eh wir Rast finden würden. Die Gebäude bildeten Schatten, die eine ganz eigene Tageszeit entwarfen, fahles Licht von oben, Neonröhren, schwarze Winkel, dazwischen Straßenküchen, die ihre scharfen Flammen aus Gasflaschen speisten, Dampf aufsteigen ließen, der ohnehin überall dort durch die Luft zu ziehen schien, wo Menschen waren, uns umspielte, uns das Wasser in die Münder trieb. In manchen Gassen fühlte man sich wie in einem engen Korridor, an anderer Stelle spürte man wieder die Luft und das Tageslicht. Schon nach kurzer Zeit fühlte es sich an, als habe Neu-Qingdao uns verschlungen.

Lampions und Laternen. Männer und Frauen auf dem Boden, sie knüpfen Netze. Sitzen an Tischen. Spielen Majong. Manche von ihnen haben Tätowierungen in ihre Haut eingestochen. Andere tragen Lasten umher, in Säcken und auf dem Rücken oder auf dem Kopf. An Stangen, die sich durchbiegen, Kanister und Eimer, aus denen das Wasser schwappt. Ramsch, Dinge, die kein Mensch braucht. Hühner in Körben, wie wahnsinnig. Da ist Fisch auf Planen, in Salz und auch in Eimern. Wieder andere schleifen Messer an Steinrädern, es sprühen Funken. Eine Gruppe von Kindern klopft Bleche rund, diese werden zu Eimern verarbeitet. Ich sehe Prostituierte, sie schauen mich an, Männer und Frauen. Da sind Jungen, die sich eine scheppernde Blechdose zuschießen, sie rennen an einem Mann vorbei, der einer Frau auf der Straße die Haare schneidet, sie sitzt auf einem kleinen Hocker. Sie alle tragen Schirme mit sich, auch hier meiden die Menschen den Regen, denn er ist voller Gift. Ich höre Feuerwerk, Explosionen, wohl ein paar Straßen weiter. Überall versuchen Autos durchzukommen, die Menschen auf den Fahrrädern sind schneller, auch Motorräder sehe ich, abgestellt an den Rändern der Gassen, und Rikschas. Aus den Straßenküchen riecht es nach Essen. An den Eingängen der kleinen Läden Bottiche, darin Organisches in Flüssigkeit, nicht auszumachen, ob lebendig oder tot. Ein Welpe ist mit einem Strick an einem Pfeiler festgemacht, er steht zum Verkauf.

Eindruck, die uns schnellen Schrittes durch die Gassen führte, bemerkte wohl, mit welch großen Augen Maude und ich umherliefen. Sie lachte. Wir marschierten noch eine ganze Strecke. Das Porto war aufgebraucht, aber wir hatten den Hafen einer Stadt passiert, die uns in einen ganz anderen Rausch führte.

Schließlich, nach über einer Stunde Fußmarsch und schon etwas außerhalb des Stadtkerns, hielten wir am Eingang eines Hochhauses. Hier war es schon etwas ruhiger, wir hatten das pulsierende Viertel der Straßenhändler langsam hinter uns gelassen. Wir betraten die weite Halle des Hauses durch eine Flügeltür. Der Korridor war verdreckt, überall lagen Zeitungen herum, die Wände waren beschmiert mit chinesischen Schriftzeichen, aber auch mit Symbolen, die ich nicht kannte. Wütende Schrift.

»Hier wohnt mein Liebhaber mit seiner Familie, Mai Chen.«

»Dein Liebhaber?«

Maude lachte.

»Ja, wir lieben uns.«

»Und die finden das in Ordnung, dass du zwei Fremde mitbringst?«

»Ihr seid nicht fremd. Ich habe noch nie jemanden an der Quelle gesehen – ich glaube, nur gute Menschen können diesen Ort finden. Außerdem hätte ich euch doch nicht dastehen lassen können, die hätten euch doch umgebracht.«

»Du hast uns sehr geholfen.«

Maude legte ihren Arm um Eindruck und gab ihr einen Kuss auf die Wange, die verzog das Gesicht.

»Und duschen solltet ihr auch mal wieder.«

Eindruck drückte auf einen Knopf, um einen der drei Aufzüge zu rufen.

»In welchem Stockwerk wohnt dein Freund?«

»Im 23. Ganz oben.«

»Ich gehe über die Treppe.«

»*Was?*«

»Keine Aufzüge.«

Eindruck starrte mich fassungslos an und fing meine Tasche auf, ohne ihren Blick von mir abzuwenden.

»Wartet oben.«

Ich sprintete los, nahm immer gleich mehrere Stufen auf einmal, verfluchte mich und die Treppe. Ich zwang mich Stufe um Stufe nach oben, bis ich schließlich im Schweiß stehend die letzte Tür des Treppenhauses aufstieß. Der 23. Stock war zugleich die oberste Etage, darüber ging es nur noch auf das flache Dach. Maude und Eindruck warteten im Flur, Maude hatte sich auf den Boden gesetzt, sie lächelte müde. Eindruck schaute noch so ungläubig wie unten in der Halle.

»Du bist echt ein sehr komischer Vogel, Weynberg.«

Dann ging sie voran und wir folgten ihr um ein paar Ecken, die Taschen geschultert, die Körper am Ende. Vor einer schweren Tür blieben wir stehen, Eindruck wies uns an, ein paar Meter zur Seite zu gehen und klopfte in einer Kombination, die ich mir zu merken versuchte – drei Mal kurz, zwei Mal lang, drei Mal kurz, zwei Mal lang, ein Mal kurz. Eindruck flüsterte zu uns herüber, dass der richtig geklopfte Code gleichzeitig das Zeichen war, dass *vor* der Tür alles in Ordnung war – scheinbar konnte man auch in Neu-Qingdao nicht vorsichtig genug sein. Sie wiederholte den Code und nach einer Reihe von Schließgeräuschen öffnete sich die Tür, durch deren Spion Eindruck, Maude und ich zuvor sicher schon eingehend beäugt worden waren.

»Eindruck!«

Sie machte einen Schritt nach vorne und wir hörten sie flüstern, die Stimme in der offenen Tür entgegnete ihr etwas, das ich nicht verstehen konnte. Schließlich rief Eindruck, wir könnten kommen. Eine dunkelhäutige Frau stand vor uns, sie war kleiner als Eindruck und etwas fülliger. Sie schaute uns schief an.

»Wenn Eindruck sagt, dass ihr in Ordnung seid, dann glaube ich ihr. Die Kleine kann man nicht täuschen. Aber seht euch vor, ich behalte euch im Auge.«

Verlegen schüttelte ich der Frau die Hand und sagte meinen Namen, sie griff feste zu und stellte sich mir als Luisa vor.

»Lee ist in der Küche und dein kleiner Prinz auch, Eindruck. Ihr könnt mit uns essen. Es lief gut diese Woche, wir haben genug von allem hier.«

»Oh, das ist wirklich nicht nötig, Madame, wir wollen keine Umstände machen.«

Luisa blickte an mir herunter.

»Das sehe ich anders. Ihr seht mehr als hungrig aus. Ihr könnt für eine Nacht hierbleiben, dann müsst ihr euch was Eigenes suchen. Keine Drogen. Und wenn ihr etwas einsteckt, ist das äußerst ungesund für euch. Verstanden?«

Ich schaute auf den Boden und fühlte mich wie ein kleiner Junge. Aber Luisa lachte.

»Ihr scheint wirklich ein bisschen Hilfe zu brauchen, nicht wahr? Eindruck, mein Mädchen, wo findest du nur immer diese Menschen?«

Ich war so viel Herzlichkeit nicht gewohnt, es war mir unangenehm, aber dann kroch ein Lächeln in mir hoch und ich blickte Luisa in die Augen. Sie leuchteten.

»Das ist sehr freundlich von Ihnen.«

»Bevor wir essen, geht ihr alle drei unter die Dusche.«

Wann hatte das letzte Mal ein Mensch so mit mir geredet? Die Welt muss in Ordnung gewesen sein. Gerade in dem Moment, in dem wir unsere Taschen abgelegt hatten, sprang der schönste junge Mann um die Ecke, den ich in meinem bisherigen Leben gesehen habe. Eindruck warf sich ihm in die Arme und er wirbelte sie einmal im Kreis herum. Die beiden küssten sich und hielten sich fest umschlungen. Dann drehten sie sich zu uns.

»Er kann nicht sprechen, aber er versteht, was ihr sagt. Sein Name ist Mai Chen.«

Wir stellten uns vor und ernteten ein breites Lächeln. Das schien bei Eindruck und den Chens in der Familie zu liegen. Aus der Küche roch man das Essen. Es roch sehr gut. Gekocht hatte Lee, Luisas Mann, der nun, im Begriff sich die Hände abzutrocknen, in den schmalen Flur trat und uns ebenfalls begrüßte. Dann zeigte Eindruck uns den Weg ins Bad. Die Normalität hier wirkte fremd auf mich. Eindruck verließ das Kachelbad, dessen Tür sich nicht abschließen ließ. Trotzdem zogen wir unsere Kleider aus, verloren keine Zeit dabei, bewegten uns eilig unter die Dusche. Zu unserer Überraschung schoss heißes, dampfendes Wasser aus dem Duschkopf, das den Dreck und die Strapazen der letzten Tage für einen Augenblick fortspülte. Wir seiften uns gegenseitig ein und Maude begutachtete die Naht an meinem Rücken. Sie beteuerte mir, dass alles gut verheilte. Natürlich würde meine Hülle wieder zusammenwachsen, die Frage war nur, was bis dahin noch an Wunden dazukommen sollte.

Kurz hatte ich das Gefühl, jemand habe das Bad betreten, ein Windhauch, Küchengeruch, eine Veränderung des Lichts, doch mit dem Rücken zum Vorhang und ganz in den Wasserdampf gehüllt, war es durchaus möglich, dass ich mich geirrt hatte. Um die Gastfreundschaft der Familie Chen nicht auszureizen, beeilten wir uns. Eindruck sollte ja auch noch heiß duschen können. Als wir die kleine Kabine verließen, lagen Handtücher und frische Unterwäsche für uns beide auf einem Schemel. Ich hatte mich also nicht geirrt. Wir trockneten uns ab, ich rasierte mich nach Tagen das erste Mal wieder, wir zogen uns an und verließen das Bad. Eindruck stand schon vor der Tür und drängte sich an uns vorbei.

Wir setzten uns zu den anderen an den Tisch und warteten dort. Das Essen roch unvorstellbar gut und unsere Magen knurrten so laut, dass sicher alle im Raum es hören konnten. Eindruck hatte der Familie Chen mittlerweile erzählt, was uns geschehen war und Luisa bot uns an, auch ein oder zwei Nächte länger hier in der Wohnung der Chens Rast zu machen. Wir beteuerten immer wieder, wie dankbar wir seien, aber Luisa wollte davon nichts hören, sie sagte, dass man Menschen, die in Not sind, eben helfen müsse. Dabei schaute sie zu Lee und Mai herüber und tätschelte Lees Hand. Er sagte nur *Ja,* sonst nichts. Mai schaute die beiden nachdenklich an. Sicher wusste er, wovon Luisa redete. Ich fragte mich, was mit seiner leiblichen Mutter geschehen war, Luisa war es ja offensichtlich nicht. Aber ich traute mich nicht, irgendetwas zu fragen, zu ehrfürchtig war ich angesichts der uneingeschränkten Güte der Chens.

Als Eindruck sich zu uns setzte, sie duftete sehr gut und hatte sich frische Kleider angezogen, begannen wir mit dem Essen, fast wie bei einer Zeremonie. Viele Schalen standen auf dem Tisch, gefüllt mit Reis, dicken Bandnudeln, grünen Maultaschen, Glasnudeln in saurem Kohl und würzigem, geräuchertem Tofu. Immer wieder ging Lee in die Küche, kam mit neuen Schalen und Tellern wieder, servierte eingelegtes Sichuangemüse neben weichem, kaltem Tofu mit Koriander, Frühlingszwiebeln und Sojasauce, eine Shanghaier Gemüsesuppe mit dicken Glasnudeln und festen, kleinen Brotstücken, brachte gedünstetes Pak Choi, Seealgensalat, und schließlich zum Nachtisch, als unsere Bäuche schon kugelrund waren, in Rotwein eingelegte Birnenscheiben. Es war ein Fest. Immer wenn die Gläser geleert waren, schenkte uns Luisa neuen Wein ein. Es war wohl das beste Mahl, das ich in meinem Leben zu mir genommen habe.

Nach dem Essen halfen Maude und ich beim Abwasch, Lee machte Musik an. Er besaß einen echten Schallplattenspieler und ein paar Scheiben, die er behutsam aus ihren Hüllen nahm, sorgsam mit einer kleinen Bürste reinigte und dann für uns spielte. Es waren Jazzplatten, und ich musste an das Saxophon denken, das ich zu hören gemeint hatte, in dem Hotelzimmer, als ich am Ende war wegen des verdammten Portobins. Direkt danach hatte ich Tremmos Gehirn über die Tapete verteilt. Seit zwei Jahren hatte ich mich nicht mehr so behütet gefühlt wie hier, hatte nicht mehr eine solche Harmonie verspürt, so eine kompromisslose Zuneigung von Menschen untereinander, und es machte mich demütig und dankbar. Gleichzeitig wusste ich, dass kein Neubeginn die Tode der letzten Tage würde ungeschehen machen. »Wo bist du gerade, Joseph Weynberg?«

Lee sprach mich an, er hatte meinen leeren Blick richtig gedeutet. Seine Stimme war sanft, sie gab mir Vertrauen.

»Es ist viel passiert in den letzten Wochen. Dinge, die nicht einfach verschwinden.«

»Du wirst mit ihnen leben, und mit der Zeit sind sie keine Dämonen mehr, die dich heimsuchen. Sie werden dich als Geister heimsuchen. Geister, milde Geister, die immer dünner werden und irgendwann nur noch als sanfter Nebel in deiner Erinnerung existieren.«

»Ja, so wird es hoffentlich sein.«

Mein Unterkiefer mahlte und ich ballte die Fäuste.

»Es wird dunkel, warum geht ihr nicht schlafen?«

Wir hatten eine ganze Weile gesessen und nicht mehr gesprochen, nur der Musik zugehört, waren in Gedanken abgetaucht. Luisa strich Maude über die Schulter.

»Morgen sehen wir weiter. Jetzt braucht ihr Ruhe.«

Wir standen auf und ich umarmte Luisa, Lee, Mai und Eindruck, bedankte mich wieder, sie antworteten mit einem Lächeln, in mir stiegen Tränen auf, aber ich hielt sie zurück.

Mai zeigte uns das Zimmer, eine schmale Kammer mit einer Matratze, die links und rechts an der Wand anlag. Auf einer kleinen Holzkiste stand eine Flasche Wasser mit zwei Gläsern und einigen Kerzen, die Mai mit einem Streichholz anzündete. Er verbeugte sich und verließ den Raum, schloss die Tür hinter sich. Wir waren wieder allein. Die Matratze lag an einem Fenster, von dem aus wir einen Blick auf diese merkwürdige Stadt hatten. Ihr elektrisches Licht mischte sich mit dem des Mondes. Auf der Fensterbank stand eine Topfpalme und da waren Bücher, doch ich kannte die Autoren nicht, und an den Wänden hingen ein paar wenige Fotografien, eine Postkarte, auf der eine Insel zu sehen war. Die Matratze und die Bettdecke hatte Mai frisch bezogen, es fühlte sich unendlich weich an.

Wir zogen uns aus, ich verstaute die Tasche aus dem Schließfach unter meinen Sachen. Dann gingen wir ins Bett und Maude rückte an mich heran, legte sich neben mich und wir begannen vorsichtig, uns zu küssen, sie streichelte über meine Brust. Wir schliefen dann nur ganz kurz miteinander, langsam, in Ruhe. Ich fühlte mich ganz leicht und auch Maude schien sich aufzulösen. Wir sprachen nicht, doch ich wusste es. Für einen Augenblick lagen wir ganz still.

»Das ist alles so verrückt,« sagte ich noch.

Dann schaute ich Maude von der Seite an. Sie schlief schon. Endlich bemerkte ich die Unterschiede zwischen ihr und Hedy, die ich vorher übersehen hatte. Ihre Nase war etwas weniger spitz, die Brauen buschiger. Ich dachte, dass es schön gewesen wäre, mit Hedy hier zu liegen, und dass es auf eine ganz andere Art aber auch schön mit Maude war. Dann schlief auch ich ein.

Mein Schlaf blieb traumlos und nach ein paar Stunden wachte ich auf. Maude schlief tief und fest neben mir, ihr Brustkorb hob und senkte sich regelmäßig. Ich fühlte mich ganz seltsam. Die Zeit, die ich mit ihr erlebt hatte, war intensiv, aber es waren auch keine alltäglichen Bedingungen, unter denen wir uns kennengelernt hatten. Während ich Maude ansah, wurde mir bewusst, dass ich Hedy nie wiedersehen würde. Immer wieder war mir dieser Gedanke gekommen, aber er war mir so unwirklich, so, als läge etwas vor mir und ich könne es nicht benennen. Und jetzt war es da. Eine Klarheit. Ich war allein.

Ich konnte wieder nicht einschlafen, wälzte mich hin und her. Irgendwann schaute ich aus dem Fenster. Ich hatte den Anblick des Mondes immer geliebt, mich in seiner Betrachtung verlieren können. Aber heute verschaffte auch er mir keine Ablenkung.

Mir tat der Brustkorb weh, also *im* Brustkorb tat es mir weh, und es wurde immer heftiger. Ich hatte schon häufig Panikattacken durchlebt, eine Zeitlang begleiteten sie mich permanent und ich hatte meine alte Wohnung nicht mehr verlassen können. Es fing an mit einem Schmerz in der Brust und meiner Schulter, auch der Arm war betroffen. Der Schmerz ging dann über in Atemnot, das kannte ich. Doch es fühlte sich diesmal anders an. Da war eine Unruhe, die ich nicht aussitzen konnte. Ich hatte wirklich Angst zu sterben. Nicht wegen Gustav Lang oder Strohm, sondern einfach, weil ich es hier plötzlich nicht mehr aushielt. Ich verkrampfte regelrecht. Die kleine Kammer, die mir doch eigentlich so gut gefiel, kam mir immer winziger vor. So, als zöge sie sich zusammen.

Ich strich mit der Hand über die kalte Wand. Es fühlte sich an, als bewegte sie sich dabei auf mich zu. Als sei ich klein, aber als steckte in mir doch ein Widerstand, und dass sich aus mehreren Richtungen etwas auf mich zuschob, dicke, dunkle Wolken, die sich ohnehin bewegten, die aber nun eine Motivation fanden, nämlich mich ganz zu verschlucken. Es war wie eine Erfahrung außerhalb meines Körpers, nicht wie im Rausch, sondern so, als verlagere sich das Körpergefühl hinter den Rücken, als hätte ich mich verlassen und die Hülle nun den schwarzen Wolken überlassen, die drohten, mich in ihrer Materie zu zerreiben, so dass ich auf ewig dazu verdammt wäre, dort draußen zu bleiben, außerhalb von mir, keinen Ort mehr hatte, nur noch Geist war, nicht mehr im Stande, zu berühren, zu tasten, zu schmecken, zu riechen, als ein unsichtbarer Voyeur. Ich war jetzt dort, wo ich Hedy wähnte, an einem unsagbaren Ort außerhalb der Vorstellungskraft, und ich wusste, dass sie, wo ich nun hier war, ganz verschwinden würde. Tränen stiegen mir in die Augen und es brannte in meinem Hals.

Vorsichtig stand ich auf. Ich zog mir meine Unterwäsche an, die Hose, meine Stiefel, das Hemd, schnallte mir die schmale Ledertasche vor die Brust, dann die Jacke, schob mir die FN hinten in den Hosenbund und schlich mich aus dem Zimmer. Die Wohnung lag ganz ruhig, auch die Chens und Eindruck hatten sich schlafen gelegt, und so ging ich wie eine Katze, keinen Laut machte ich, nicht eine Diele knarrte, kein Ton war zu vernehmen. Ich nahm einen der Schlüssel, die an ein paar Nägeln neben der Tür aufgereiht hingen, probierte einen zweiten, dritten, bis schließlich einer in das Schloss passte, und öffnete den Riegel, drehte den Schlüssel im Schloss und war schon zur Tür hinaus. Ich ließ sie nicht zufallen, sondern zog sie sanft ins Schloss. Auch der Flur war dunkel und nur das fahle Mondlicht erhellte den weiten Korridor. Ich schlich zum Treppenhaus.

Zum ersten Mal seit Hedys Tod rannte ich einmal nicht die Treppen hinunter. Ich schritt Absatz für Absatz hinab, 23 Stockwerke, die

Bewegung bekam etwas Mechanisches, nach ein paar Runden fühlte ich mich ferngelenkt.

Die Luft im Treppenhaus roch abgestanden. Auch, wenn sich meine Augen schnell an die Dunkelheit gewöhnt hatten, erschrak ich noch vor jedem Schatten, den das Mondlicht warf. Plötzlich meinte ich, jemanden im Rücken zu haben und es drückte mich nach vorne, krabbelte mir kalt in die Kleider. Ich lief schneller, hielt mich mit der rechten Hand am Geländer fest, schon nahm ich zwei Stufen auf einmal.

Im Erdgeschoss angekommen schlug ich die Tür so heftig zu, wie es nur irgendwie ging, drehte mich um, schaute durch das karierte Glas, und natürlich war da niemand, nur der düstere, schmale Flur, die letzte Ebene des Treppenhauses.

Ich befand mich nun in der Eingangshalle des Hochhauses, es lag im Dunkeln. Ich ging die paar Schritte bis zur Flügeltür und war auf der Straße, schloss meinen Kragen. Im Dunkeln hatte Neu-Qingdao noch etwas Schönes, aber ohne Menschen auf der Straße, hier in jenem leicht abgelegenen Viertel, ähnelte diese der alten Stadt, ähnelte sie jedem öden Ort dieser traurigen Welt. Da waren Leute wie die Chens, wie Eindruck, die Inseln erschufen, auf denen man sein konnte. Doch diese Inseln befanden sich in einem Meer, und das Meer verschluckte diese Orte. Und jetzt waren sie alle da oben, schliefen, und ich war hier unten und ich war allein und ich wollte hier sein, ohne dass ich *wirklich* hier sein wollte.

Die Stadt schien fast ganz still, nur in weiter Ferne wähnte ich Geräusche. Ich setzte mich in Bewegung, langsam, Schritt für Schritt. Ich passierte eine Litfaßsäule mit einer Uhr an der Spitze, sie zeigte kurz nach 4.

Ich weiß nicht, wo ich hinwollte. Ich hatte Maude an diesen Ort gebracht, zu den Chens, sie würde hier Sicherheit finden, irgendwann. Vielleicht musste sie ihr Äußeres verändern. Doch ein Leben hier war möglich für sie. Es war ein Segen, dass wir Eindruck bei der Pyramide begegnet waren. Ich hatte meinen Auftrag erfüllt, ich konnte sie jetzt alleine lassen. Einen echten Auftrag. Nun würde ich Lang und seinen Leuten entgegengehen, ich würde sie alle erschießen, ich hatte nichts zu verlieren. Ich würde zu Hedy gehen, die ich hier nicht mehr finden konnte und die auch in meiner Erinnerung langsam immer unwirklicher wurde. Es war vorbei, fast vorbei. Ich war in meinem ganzen Leben in keinem Augenblick nüchterner und klarer gewesen.

Plötzlich schnellte wie aus dem Nichts eine hagere Gestalt auf mich zu, mit einem schrillen Schrei. Ich erschrak. Ich wusste im selben Augenblick, dass sie nicht von Lang geschickt und auch kein Handlanger Strohms war. Es war die Art, wie sich mein Angreifer bewegte, unbedacht, triebhaft. Dieses Wesen war eine Geburt Neu-Qingdaos. Kein Gesandter der Vergangenheit schritt da auf mich zu, das war die Gegenwart, und sie wirkte sehr entschlossen. Sie sollte mir meine Illusion rauben, die ich mir am ersten Tag in der neuen Stadt geschaffen hatte. Mein Puls schoss hoch. Auch hier herrschte das Absurde. Ein wahnsinniger Mörder, gekleidet in Lumpen. Ich dachte noch: *Das sind die zartesten Finger an der Hand des größten Wahnsinns*, und dann kam mir noch ein Satz in den Sinn, von dem ich gar nicht wusste, woher ich ihn kannte – Glatt ist das Eis, das das Leben heißt –, da war die zarte Hand schon zur Faust geballt in meinem Gesicht gelandet und es ging mir durch und durch, ich schmeckte Blut, mein eigenes Blut. Ich bin schon oft in Prügeleien geraten. Blut schmeckt nach Eisen und der Geschmack des Eisens und der dumpfe Hall der Schläge, das Unwirkliche der Gewalt, stellen einem die Fühler auf, man wappnet sich, ist in der Situation, reagiert. Doch das hier war anders. Ich war wie gelähmt. Ich konnte das Wesen nicht loswerden, nicht von mir weisen, konnte ihm nicht begegnen und ihm nicht entkommen. Keine Kraft war übrig, die ich diesem schrecklichen Etwas hätte entgegensetzen können. Ich war der Gewalt dieser Vogelscheuche ausgeliefert. Der Bruchteil einer Sekunde, darin die Erkenntnis der eigenen Ausweglosigkeit. Schon setzte die andere Faust nach und etwas zerplatzte am Wangenknochen unter meinem rechten Auge, wo doch ohnehin schon alles zerplatzt war. Ich stolperte, merkte, wie mir die Waffe hinten aus dem Hosenbund rutschte, über den Asphalt schlitterte, Metall auf Stein, ich war nicht schnell genug, mich nach ihr zu bücken, musste mit den Fäusten weitermachen. Die Vogelscheuche war noch schmaler als ich. Sah so aus, als könnte ich sie zerbrechen, mit einem Griff. Aber ich konnte auch nicht mehr greifen. Konnte nicht mehr begreifen. Der Geruch meines Gegners erreichte meine Nase. Muffig, alt. Sein Duft hatte sich in der Feuchtigkeit entfaltet, ein verfaultes Aroma von Verderben in die Luft gehängt. Ein Bruchteil. Kaum klare Gedanken. Die Fäuste schwangen durch die scharfe Luft der Nacht, trafen mich, hier, da, immer wieder, ich schlug zurück, lächerlich, versuchte, mich nach vorne zu kämpfen. Ich musste dieses Unwesen vernichten, stellte es sich doch zwischen mich und jene, auf die ich eigentlich wartete. Hier sollte es nicht enden, hier durfte es nicht vorbei sein, noch nicht.

So in der Anspannung biss ich mir im Adrenalinrausch auf die Unterlippe – oder war sie schon vorher aufgeplatzt? Der Eisengeschmack nahm also zu, Blut verschmierte mein Kinn, ich spürte das Brennen auf der Haut. Dann hörte ich Glas in mir splittern. Seine Schläge und Tritte waren Stein, ja – Stein! Ich nur weiche Masse. Er holte mich von unten hoch, so als habe er mich aufstellen wollen, ich stand da als ungeschütztes Ziel, wie ein Turm vor der Sprengung und das Dynamit schon in jeder Mauerritze, und dann kam mit einmaligem Schwung die Faust, die mich zu Boden brachte. Ich fiel. Landete in einer Pfütze. Auf dem Boden. In einem Loch am Boden. Schmeckte das Gift. Ertrank in einer Pfütze aus giftigem Regen. Ein flüchtiges Geräusch. Das war alles, was von mir übrig war. Das trübe Wasser, milchig und grau wie eine dünne Mehlsuppe, sog sofort in meine abgewetzten Kleider, als habe es da auf mich gewartet. Dann kamen die Stiefel, und alles, was ich mir in den letzten Wochen angetan hatte, riss erneut auf. Die Schmerzen ließen mich fast explodieren. Ich wurde wütend, doch ich war am Ende. Tränen schossen mir in die Augen, Gift vermischte sich mit Gift, es brannte in meiner Nase, meinem Rachen. Den Kopf in der Pfütze, die Lippen voller Blut, ohne Energie, wollte ich aufgeben, wollte nicht aufgeben, konnte nicht anders als aufzugeben. Ich konnte nicht mehr kämpfen. Ich war nur noch totes Fleisch am Boden, das vom Hass der Welt malträtiert wurde. Ich war dem Tod so nahe, dass sich mein Körper bereits öffnete, eine Empfindsamkeit gewann, in der alles andere verloren ging. Dann schrie die Vogelscheuche zum Himmel hinauf, eine Ankündigung. Ja, einen tödlichen Schrei stieß sie aus. Da vermischte sich der Schrei mit einem anderen Ton und kurz schoss der Tod zweistimmig durch die Nacht. Ein Geräusch das ich kannte verband sich nun mit den Lauten der Vogelscheuche zu einem Chor. Eine Sirene. Ich begrüßte sie wie eine alte Bekannte. Ein Regen wurde angekündigt. Ein giftiger Regen. Die Melodie baute sich mit dem Todesruf der Vogelscheuche in einer Lautstärke auf, wie kein anderer Alarm, den ich bisher in meinem Leben gehört hatte. Dieser Klang versprach einen Niederschlag, so stark, dass die Erde aufbrechen würde, die er berühren sollte. Mein wahnsinniger Angreifer ließ von mir ab, beendete die Zerstörung kurz vor ihrer Vollendung. Er sprintete davon, ich hörte noch seine Stiefel auf dem Boden. Ich kämpfte mich hoch gegen ein untragbares Gewicht, kaum schaffte ich es, mich aufzurichten. Doch ich musste hier weg, musste einen Unterschlupf finden, dem Regen entgehen. Kurz wollte ich noch leben, es zu einem Ende bringen. Für Maude, und auch für Hedy. So dass ich zu ihr würde gehen können, wo auch immer sie war.

Die ersten Tropfen kommen. Da sind die ersten Tropfen. Schläge. Schüsse. Doch dort vorne, da ist eine Telefonzelle. Nur wenige Meter entfernt. Ich muss dorthin. Der Regen wird wehtun, wird brennen, fressen, ätzen. Gebückt drücke ich mich nach vorne, jeder Schritt ein Kampf. Ich stolpere auf sie zu, klemme mich in die schmale Kammer, sacke auf dem Boden zusammen. Der Hörer hängt herab. Das gelbe Licht flackert. Fotos nackter Männer und Frauen lösen sich von den Wänden, segeln auf mich herab. Sterben. Der Geruch des Drecks gelangte in meine Nase, kriecht weiter in die Lunge, Fett, Urin, Schweiß, Qualm. Es gibt einen Knall, einen lauten Donner, und schon prasselt das giftige Wasser wie eine Strafe auf die Gosse herab, Wassertropfen zerplatzen auf der Oberfläche, benetzen den Beton, fressen ihn an. Ein Regen, stärker als ich jemals einen erlebt habe. Und ich mittendrin. In einer Zelle. Gelber Nebel treibt aus dem Boden. Ich meine, ganz darin zu verschwinden.

Ich sah ein Licht. Ich hatte es schon einmal gesehen. Damals war es so hell gewesen, wie es mich jetzt in Dunkelheit tauchte. Wie es mich in die Schatten warf.

20

»Irgendwo zwischen 4 Uhr nachts
Und dem neuen Morgen
Kommt ein Traum mit ganz viel Macht
Er stammt aus meinen Sorgen
Ein Wesen aus der Vergangenheit
Ich weiß dass es nicht mehr lebt
Spricht mich an und ich gehe mit
Einfach nur weil es so einfach geht
Alles ist wieder wie es niemals war
Und es wird auch nie so werden
Ich kenn dich nicht mehr doch ich habe Angst
Du könntest wieder sterben«
Weynberg

In unsagbarer Geschwindigkeit ging das Licht an und aus und da war ein Brummen, das sich über allem ausbreitete, durchzogen von lauten Tönen, ein Hammer auf dem Korpus einer großen Blechwanne, dazwischen, aber entfernt und dumpf, hörte ich mich selber schreien, zumindest meinte ich, mich zu hören, vielleicht war es auch jemand anders. Ich weiß es nicht. Ich stand in der Tür eines langen, dunklen Raumes, und jedes mal, wenn das Licht anging, ganz kurz, wirklich nur einen Augenblick, konnte ich mehr erkennen. Da stand so eine Wanne, wie ich sie zu hören gemeint hatte, und Laub lag auf dem Boden verteilt, oder Papier, dazwischen Gegenstände, die ich nicht benennen wollte. Ich schwebte durch den Raum, meine Augen schwebten durch den Raum, wieder hatte ich keinen Körper, aber ich konnte etwas sehen. Hinter der Badewanne lag ein Körper, unter einem Tuch, ein weißes Tuch, und da war Blut, das Tuch hatte etwas davon aufgesogen, es waren Flecken auf der weißen Landschaft. Nun waren da plötzlich auch Leute, die ich zuvor gar nicht wahrgenommen hatte, Polizisten in Uniform, jedes Mal, wenn das Licht anging, hatten sie ihre Position gewechselt. Begutachteten den Körper unter dem Tuch, hoben es an, um etwas sehen zu können. Mir aber blieb verborgen, was darunterlag. Ich konnte meinen Blick nicht steuern und war den Bahnen ausgeliefert, in denen ich durch den Raum zog, durch wen auch immer gesteuert, durch mich nicht. Die Polizisten diskutierten, zeigten auf die Tür, aus der auch ich gekommen war, zeigten auf die Wanne, zeigten in alle möglichen Richtungen, schrien sich an, es wurde immer heftiger. Und das Licht wurde schneller.

Dann stand ich plötzlich zwischen ihnen und war wieder in etwas drin, es war nicht mein Körper, es war der Körper einer Frau, und wir schauten gemeinsam auf den zugedeckten Körper am Boden. Das Licht flackerte jetzt so schnell, dass die Blicke nicht mehr hinterherkamen, kein Stroboskop, nein, viel schneller, ich kam dem Wechsel zwischen hell und dunkel nicht mehr hinterher. Ich konnte den Körper nicht steuern, ich war hier nur ein Gast. Die fleischliche Hülle, in der ich kurz wohnte, hob die Hand zum Mund und zog an einer Zigarette, sie hatte sehr schöne Finger, manikürt, geschliffene Nägel mit rotem Lack, einen Ring mit tiefschwarzem Stein am Finger. Wie ich Hedy mal einen geschenkt hatte. Ja, verdammt, das war Hedys Hand, ich erkannte eine kleine Narbe am Finger und ihre zarte Form. Ihre Hand, die ich so oft gehalten hatte, die mich gestreichelt hatte und deren Berührung mir mehr fehlte als alles andere auf der Welt. Aber Hedy hatte nicht geraucht. Irgendetwas stimmte hier nicht. Ich hatte Angst. Einer der Polizisten, so ein etwas kräftiger gebauter, ging dann herüber und zog die Decke weg. Mir stockte der Atem. Da lag nämlich ich auf dem Boden, Joseph Weynberg, doch ich war ganz intakt, keine Wunden am Körper, das Blut stammte scheinbar nicht von mir, ich sah sogar ganz passabel aus, trug einen dunkelblauen, maßgeschneiderten Anzug, hatte die Haare mit Wachs nach hinten gekämmt. Und ich war alles andere als tot. Mein Körper schien verlegen, als die Polizisten ihm hochhalfen, schwankte, sie stützten mich, scheinbar war ich etwas schwach auf den Beinen, aber sie halfen meiner Hülle, sich aufzurichten. Mein Kopf blickte nervös in die Runde der Polizisten, dann schaute er mir direkt in die Augen, also *ich mir direkt in die Augen* und ich schaute mir also dabei zu, wie ich mir in meine Augen schaute, aus Hedys Körper heraus, Hedy, die jetzt rauchte und die ihre Nägel manikürte, was sie nie getan hatte. Da erschrak ich, also mein Gegenüber, mein Körper, der scheinbar ein Bewusstsein hatte, das ich nicht mit ihm teilte, dem ich auch nicht mitteilen konnte, dass ich hier war, in Hedy, und ihn sehen konnte, mich sehen konnte. Ich wurde panisch, aber aus Hedys Körper kam ich nicht heraus. Mein Körper erschrak vor Hedy, in der mein Geist sich gerade aufhielt, und mein Geist war dabei nicht ein Stück weniger erschrocken. Einzig: ich wollte zu mir, mein Körper aber, der wollte weg.

Also riss sich mein Ich gegenüber aus dem Griff der Polizisten und lief los, tiefer in die weite Halle hinein. Das Licht wurde weniger mit jedem Schritt, den mein Körper sich von mir entfernte, schließlich ging es aus und ich konnte kaum noch etwas erkennen, sah nur, dass die Polizisten um mich herum verschwunden waren. Ich wollte mir hinterherlaufen, doch Hedys Körper bewegte sich nicht, mein Geist gab einen Befehl, dem ihre Beine nicht folgten. Es war unerträglich, ich wollte mich verfolgen, wollte hier weg, musste mich bewegen. Aber Hedy war ganz starr, sie stand nur da, rauchte auch nicht mehr, war wie eingefroren. Ich war eingesperrt. Mit aller Gewalt versuchte ich, mich in Bewegung zu setzen, also *uns* in Bewegung zu setzen. Ich hätte schreien können, aber ich hatte keinen Mund, keine Lungen, keine Zunge, keine Stimmbänder, die mir gehorchten. Da spürte ich einen Schmerz, so als würde in mir etwas zerreißen, als würde ein Band sich durchtrennen, und es machte einen Ruck und ich war befreit. Als hätte ein Anker sich von seinem Schiff gelöst, so schoss ich nun, wie von einem Katapult beschleunigt, meinem Körper hinterher, der davonrannte. Ich folgte ihm durch die dunkle, weite Halle, die sich immer weiter ausdehnte und dabei in einer fließenden Bewegung zu einem Korridor wurde, langgezogen und schmaler werdend. Die Wände, die Decke und der Boden rückten auf mich zu, ich bekam Panik, stecken zu bleiben und meine Hülle nicht mehr zu erwischen, die vor mir zu flüchten schien. Mein Körper warf lange Schatten, die sich bewegten und verzogen, alle paar Meter von dem Licht der Glühbirnen an der Decke in eine neue Richtung geworfen wurden. Doch ich holte auf. Schließlich fixierte ich einen Punkt direkt vor mir, zwischen den Schulterblättern, und drang in mich ein. Mein Geist nahm Besitz von meinem Körper, ich verteilte mich in die Arme, Beine, Füße, Hände, den Kopf, war nun wieder ich, also in mir, befahl mir und gehorchte mir, spürte keinen anderen Bewohner, war eins. *Ich konnte mich spüren.*

Die Gewalt über meine Beine zurückgewonnen habend, bremste ich ab, wurde langsamer. Der Korridor endete ein paar Meter weiter an einer Tür. Ich zog sie auf, die Tür war schwer, doch ich hatte ja meinen Körper wieder und er arbeitete zuverlässig. Vor mir öffnete sich ein Raum, der auf eine Treppe zulief, die am Ende von links nach rechts steil aufstieg. Sie war durch kein Geländer gesichert und meine Hände begannen direkt, leicht zu schwitzen. Ich litt zwar nicht an Höhenangst, frei von Schwindel jedoch war ich auch nicht. Ich bekam es mit der Angst zu tun, doch ich musste der Treppe weiter folgen, daran führte kein Weg vorbei. Ich sprintete also die Stufen hoch, immer gleich mehrere auf einmal, versuchte, mit wachsender Nervosität vom ungesicherten Rand an der rechten Seite wegzubleiben, wo es mittlerweile viele Meter hinabging, drückte mich an die Wand.

Doch je höher ich mich so an der Mauer entlangschob, desto fragiler wurde sie. Die Wand schien sich aufzulösen, die Treppe schwankte und ich konnte mich nirgendwo festhalten, das Mauerwerk hatte seine Masse verloren, ich griff durch es hindurch. Von der Angst erfüllt, abzustürzen, balancierte ich weiter nach oben. Ich drehte mich um, nur ein kurzer Blick über die Schulter. Ich erschrak. Da war nichts. Schwarz. Zurück führte nun kein Weg mehr, es war nichts unter mir.

In gut 20 Metern Höhe endete die Treppe schließlich, ich musste über einen schmalen Balken nach links auf eine weitere Ebene wechseln, von der aus der Weg in einen weiteren Flur führte. Aber ich fürchtete mich, hatte Angst abzustürzen, in die tiefblaue Dunkelheit zu fallen, auch wenn ich mich an den Schwindel langsam gewöhnte. Doch der Weg führte nur geradeaus, es gab kein Zurück in dieser Welt. Ich nahm also all meinen Mut zusammen, machte einen Schritt nach vorne, dann noch einen, dann noch einen. Trat ins Leere. Rutschte ab. Knallte mit dem Knie auf den Balken, schrappte mit dem Oberschenkel daran entlang, der Atem blieb mir weg, nur in letzter Sekunde klammerte ich mich mit den Armen fest, klammerte mich fest, der Balken drückte mir gegen den Hals, mein Kinn lag auf der kalten Oberfläche auf, irgendwas war mit meinen Zähnen. Ich hielt mich mit aller Kraft am kalten Stahl fest, strampelte mit den Beinen, versuchte wieder hochzukommen. Kurz blickte ich nach unten, sah, wie meine Pistole aus dem Hosenbund rutschte, nach unten trudelte, im Nichts verschwand. Dann hörte ich wieder das Geräusch, das der dicke Polizist gemacht hatte. Dieses Flattern.

Ich zog mich hoch und mit einigen ungelenken Bewegungen gelang es mir endlich, das rechte Bein wieder über den Balken zu schwingen, ich wuchtete meinen Körper hoch und lag schließlich wieder auf dem Balken. Ich wagte es nicht aufzustehen und rutschte stattdessen Stück für Stück nach vorne, bis ich die andere Seite erreicht hatte. Ich schob mich auf den festen Untergrund, wie ein Schiffbrüchiger, der sich durch die tosenden Wellen zurück an Land kämpft.

Nach einer kurzen Atempause richtete ich mich auf und taxierte die Umgebung. Das Loch hinter mir, über das der Balken geführt hatte, war nun geschlossen. Als ich mich wieder umdrehte, verharrte ich für einen Augenblick verwundert. Ich blickte von einer leichten Erhöhung auf eine Ebene, und da waren weitläufige Bäder, Toiletten, ich erkannte Umkleidekabinen. Alles, was ich sah, war stark verschmutzt, auch die Duschen. Menschen waren dort nicht. Niemand duschte und es lief auch kein Wasser, die Dinge, die ich sah, sie waren einfach nur da, vielleicht schon seit einer Ewigkeit unberührt, stoisch blickten die Duschköpfe nach unten. Weiter hinten türmte sich ein Berg auf, eine leichte Erhöhung. Erst dachte ich, es seien die aufgeschichteten Kleider der Menschen, die hier einmal geduscht hatten. Dann, als sich meine Augen noch besser an die Dunkelheit gewöhnt hatten, erkannte ich, dass es Haare waren. In allen Farben, lang, kurz, gelockt, glatt, schwarz, rot, blond, braun, grau. Sie lagen da in großen Büscheln, als habe man ihre einstigen Träger am Schopfe gepackt und sie einfach abgeschnitten. Plötzlich gab es ein Geräusch und alle Duschen fingen gleichzeitig an, ihre Wasserstrahlen ins Nichts zu schießen. Das Wasser dampfte gelblich und plötzlich veränderte es sich, wechselte den Aggregatzustand. Gas strömte jetzt aus den Duschen und der Ort war von einem bedrohlichen Zischen erfüllt. Ich wurde panisch und lief los, durch die Duschräume und vorbei an den Haaren, suchte links und rechts, ob ich jemanden finden konnte, irgendeinen Menschen, aber da war niemand, ich schaute mich um, nichts. Ich wusste, dass sie alle tot waren. Schneller.

Schließlich ließ ich die verlassenen Duschen und Toiletten hinter mir und betrat erneut einen schmalen Korridor, mit Türen links und rechts, drei auf jeder Seite, metallene, schmale Schiebetüren waren das. Dieser Ort kam mir bekannt vor, doch ich konnte ihn nicht zuordnen. Links von mir machte es einen Ton, wie eine Glocke oder so etwas, und eine Tür schob sich auf. Ein matter Lichtschein strahlte heraus, ein schwaches, gelbes Leuchten, mehr ein Glimmen. Über der Schiebetür befand sich eine Anzeige, doch sie war leer. Es war ein Aufzug. Ich hatte ihn nicht gerufen, er war einfach gekommen.

Mir stockte der Atem.

Am Boden der Kabine lag etwas.

Jemand.

Ich wusste, wer es war.

Alles schnürte sich in mir zusammen.

Ich bekam keine Luft mehr.

Die Augen weit aufgerissen.

Ich konnte mich nur ganz langsam bewegen.

War wie erstarrt.

Meine Glieder verkrampften.

Ich wollte nicht hinschauen.

Wollte nicht sehen, wer da lag.

Konnte aber nicht, konnte nicht weg, konnte nicht, nicht, nicht, nicht, ich blickte auf den Boden der Kabine, diesmal war es nicht mein Körper und das Blut, das dort klebte, gehörte zu dem Menschen, der da lag, ich kannte diesen Körper, ich wusste, wer es war, ich hatte diesen Menschen geliebt, da lag *Hed*

ynberg! Eine Hand schlug mir ins Gesicht, schon wieder. Ich prustete einen Schwall Blut aus meinem Mund, zuckte zusammen, öffnete die Augen, bekam einen Hustenkrampf, wieder Blut. Vor mir kniete Maude. Ich fasste mir an die Brust, die Ledertasche war noch da, ich konnte den Inhalt spüren, stöhnte auf. Ich lebte noch. Noch lebte ich. Wie lange war ich weg gewesen?

Es hatte aufgehört zu regnen, aber der Boden war noch nass.

Maude hatte mich schon halb aus der Telefonzelle gezogen, packte mich mit beiden Händen am Kragen, schüttelte mich. »Weynberg!« Ich reagierte kaum, hustete, schaute sie an, war noch ganz benommen. Sie war so wunderschön.

»Wer war das? Wer hat dir das angetan? Weynberg, rede mit mir. War er das? Ich habe ihn gesehen, er ist in der Stadt. Ich habe mich versteckt. *Joseph, wir müssen hier weg, bitte, komm!* Was hat er mit dir gemacht? Wo ist er? Ich habe deine Pistole gefunden. Warum hast du ihn nicht erschossen? Was ist nur passiert? Kannst du mich hören? Weynberg, sag doch endlich etwas! Warum ist er nicht tot?«

Maude war hektisch, so hatte ich sie noch nicht erlebt, sie redete auf mich ein, wie in einem Satz, ununterbrochen, ihre schwarzen Haare wirbelten umher. Ich blickte sie an, verwirrt, öffnete den Mund, stammelte, nur ein paar Laute entwichen mir.

»Das ... war ... waren nicht ... Lang ... das waren nicht Langs Leute, das war eine Vogelscheuche. Der ... Ich habe ... Was ist passiert?«

»Was redest du da? Weynberg? Was für eine Vogelscheuche? Was ist nur geschehen? Du siehst furchtbar aus. Wir müssen hier weg, Lang ist in der Stadt, ich habe ihn gesehen. Ich bin aufgewacht und du warst nicht mehr in der Wohnung, und da bin ich los, ich wollte dich suchen. Ich bin nach unten und als ich gerade aus dem Haus wollte, ist er vorbeigelaufen. Wie er ausgesehen hat. *Weynberg, er ist hier, er sucht uns.* Wie kann das alles sein? Er wird uns töten! Wir müssen weg hier, schnell. Ich habe Schüsse gehört, ich dachte schon, er hätte dich erwischt. Oh, es ist furchtbar. Weynberg! *Er sah kaum noch aus wie ein Mensch.* Ich habe ihn kaum noch erkannt. Er stand einen Augenblick da, auf der Straße, hat sich umgeschaut. Er ist entstellt, sein Gesicht, es ist eine einzige Fratze geworden. *Und seine Augen, etwas war mit seinen Augen.* Er durchkämmt den ganzen Block, vielleicht sind noch andere da. Das kann doch alles kein Zufall sein. Weynberg, woher wissen die nur, wo wir sind?«

Sie schrie.

Ich hatte keine Ahnung. Sie hatten uns gefunden. Die Vogelscheuche gehörte zwar nicht zu Lang, aber sie hatte mich genau im falschen Zeitpunkt erwischt. Alle Reserven waren aufgebraucht. Jetzt, wo sie uns gefunden hatten. Ich war völlig zerstört und durfte es nicht sein, ich musste reagieren, wollte das alles zu Ende bringen. Es war egal, wie er uns hatte finden können. Jetzt war er hier, das Hirn zerfressen. Und das gekränkte Herz, der verletzte Stolz, das alles war gewachsen wie der Krebs in ihm, hatte ihn in einen Blutrausch geführt, ließ ihn alles auf eine Karte setzen. Blinde, rasende Wut, die nur Zerstörung kannte. Ich wusste es, wusste es wieder. *Wenn wir leben wollten – wenn Maude leben sollte –, musste Gustav Lang sterben.* Ich würde meine letzten Kraftreserven zusammennehmen und den Spieß umdrehen, würde nicht mehr weglaufen, mich vor ihn werfen, dieses absurde Spiel beenden. Und Maude musste aus der Schusslinie. Egal, was mit mir wurde, hier hatte sie eine Chance. Wenn sie zu den Chens ginge, dort untertauchte, bis der Staub sich gelegt hatte. Ich würde mich um den Rest kümmern, würde Lang erschießen. Ich hatte ja nichts zu verlieren. Selbst wenn ich nun sterben sollte, würde ich ihn mitreißen, und in meinem Tod läge das einzig Sinnvolle, das in einem Tod liegen kann. Das Leben eines anderen, der dem Leben noch nähersteht, der bleiben soll! *Und dass die Träume aufhören und das Nichts beginnt.* Und Maude würde leben. Ich glaube, ich lächelte sie an, denn sie schaute mir fassungslos in die Augen.

»Weynberg, wir müssen endlich verschwinden.«

Sie half mir hoch. Ihre Augen blickten nervös umher, weit aufgerissen, voller Angst. Ich hielt mich an der Tür der Telefonzelle fest, musste husten, spuckte wieder Blut, konnte mich kaum aufrecht halten.

Maude weinte.

»Oh, Weynberg, was ist nur mit dir passiert?«

Sie stütze mich, hob vorsichtig meinen Arm über ihren Kopf, legte ihn sich um ihre Schulter, hielt ihn fest, in der anderen Hand die FN, wir stolperten los.

»Wenn er uns hier gefunden hat, wenn er ... weiß, dass wir hier sind, in der Stadt, dann ... dann können wir nicht zurück zu den Chens. Wir dürfen ... dürfen sie nicht in Gefahr bringen.«

»Aber wir müssen uns verstecken.«

»Wir ... wir können uns nicht mehr ... ich ... ich kann mich nicht ... nicht mehr ... verstecken. Ich werde ihn töten. Du ... du versteckst dich.«

»Du kannst kaum laufen, ich bleibe bei dir. Alleine hast du keine Chance.«

»Geh ... Geh zu den Chens ... versteck dich da, es ist bald vorbei. Ich lenke von dir ab, lenke ihn zu mir. Ich werde ihn töten. Er muss sterben, damit du endlich leben kannst.«

»Weynberg, was redest du?«

Ich weiß nicht, ob Maude gegangen wäre und was das bedeutet hätte. Ich weiß auch nicht, was es bedeutet hätte, wenn sie geblieben wäre. Aber die Frage stellte sich nicht, wir hatten keine Möglichkeit mehr, darüber nachzudenken. Drei Männer kamen um die Ecke, wie aus dem Nichts tauchten sie auf. Langs Leute. Auch der von der Pyramide war dabei, der Große mit den langen Haaren, der zum Funkgerät gegangen war und den wir verschont hatten, *den es verschont hatte.* Die anderen kannte ich nicht, aber sie sahen nicht weniger gefährlich aus. Wie viele Menschen Gustav Lang nun schon in Bewegung gesetzt hatte, um uns zu erwischen. Und wie viele davon auf der Strecke geblieben waren. Die Verwundeten, die Toten.

Sie kamen mit gezückten Gewehren aus einer schmalen Gasse, die zwei größere Straßen zu verbinden schien, traten einfach um die Ecke, richteten die Waffen auf uns, kaum überrascht, uns hier anzutreffen. Und in der zügigen Entschlossenheit ihrer Schritte wurde klar, dass uns kein Ausweg mehr blieb. Triumphierend stellte das Trio uns, und einer von denen, die ich noch nicht kannte, zückte sein Funkgerät und sprach hinein, nuschelte etwas in die Sprechmuschel. Was genau er sagte, konnte ich nicht verstehen, er sprach sehr undeutlich. Vermutlich gab er unsere Position durch.

»Weynberg!«

Ein anderer kam auf mich zu, er trug einen sehr schönen Hut, das weiß ich noch, und gab mir einen Tritt in die Seite. Ich stemmte mich gegen seine Wucht, parierte. Ließ mich nicht beeindrucken, reagierte nicht darauf, versuchte es zumindest. Am liebsten wäre ich hingefallen. Der Mann lachte.

»Joseph Weynberg und Maude Anandin. Ihr Hunde habt uns ganz schön auf Trab gehalten. Weißt du, was für einen Ärger du Stück Dreck uns gekostet hast?«

Ich spuckte das Blut aus meinem Mund auf den Boden vor seinen Füßen.

»Lang wird sich freuen.«

Ich wischte mir das Blut von den Lippen.

»Wir ... haben ihn gesehen. Was ist ... mit ihm?«

Ich versuchte, Zeit zu gewinnen.

»Nichts ist mit ihm. Ihr habt ihn wütend gemacht.«

Maude übernahm das Reden.

»Bitte, lasst uns gehen. Macht euch doch nicht schuldig in diesem ganzen Wahnsinn.«

Sie wischte sich die Tränen aus dem Gesicht und schaute unsere Gegenüber entschlossen an. Sie beeindruckte nur mich damit. Es war aussichtslos. Doch sie fuhr fort, die Männer in ein Gespräch zu verwickeln. Ich war sicher, dass sie sich nicht würden beirren lassen. Doch sie machte weiter.

»Was ist mit seinem Gesicht? Ich habe sein Gesicht gesehen? Was ist mit ihm geschehen?«

Maudes Stimme hatte ihren Ton verändert.

»Er ist in den Regen gegangen.«

»Was?«

»Er ist in den Regen gegangen!«

Nur Leute, die sterben wollten, gingen in den Regen. Es war die schrecklichste Art zu sterben. Wer in den Regen ging, tat dies, um nicht mehr zurückkehren zu können. Es hatte eine Endgültigkeit. Die Haut zersetzte sich langsam. Gustav Lang war krank, er wusste, dass er bald sterben würde. Der Wahnsinn seines zerfressenen Hirns hatte ihn dazu getrieben, seinen finalen Gang zu besiegeln. Er wusste, dass er Maude nicht zurückgewinnen würde. Aber gehen lassen konnte er sie auch nicht.

Und seine Leute wollten hier mit uns auf Gustav Lang warten, auf einen Wahnsinnigen, Todgeweihten, vom Regen versehrten, und was dann passieren würde, wollte ich mir nicht ausmalen.

Die drei Männer drängten uns aus dem Licht der Straßenlaternen an die Seite zu einer kleinen Gasse hin. Wieder sprach der eine in das Funkgerät. Lang schien ganz nah zu sein. Maude hatte ihn vom Hauseingang der Chens aus gesehen, das ja nur ein paar Straßen weiter lag. Er würde kommen, würde bald hier sein, und dann würde ich sterben, und dann Maude. Sie durfte aber nicht sterben. Niemand durfte sterben und vor allem nicht sie. *Ich hatte doch Hedy schon verloren.*

Dann ging alles sehr schnell. Ein Wagen kam herangefahren, erst hörte ich nur den Motor, schon bog er um die Ecke. Die Scheinwerfer erfassten uns. Aus dem Beifahrerfenster lehnte Strohm, ich erkannte seine hagere Gestalt. Der Aufschlag seines schwarzen Mantels flatterte im Fahrtwind und er hielt ein Maschinengewehr in den Händen. *Hatte ich ihn nicht an der Schulter erwischt, in den Pestfeldern?* Unmittelbar begann er, auf uns und Langs Leute zu schießen. Auch aus dem Fenster des Fahrers blitzte wild das Mündungsfeuer. Etwas zwickte in meinen Arm. Ich stieß Maude weg, mit aller Kraft, sie stolperte einen Meter zurück und fiel auf den Boden, war aus der Schussbahn. Ich warf mich auf sie, umhüllte sie, wollte sie vor den Kugeln schützen, während um mich herum die Hölle losbrach. Langs Leute schossen zurück. Verteidigten ihre Beute. Es knallte ohne Unterlass, überall. Das Auto bremste, kam mit quietschenden Reifen zum Stehen. Wir versuchten aus der Schussbahn zu krabbeln, panisch. Wie Hunde am Boden, wir wagten nicht aufzustehen. Langs Leute feuerten auf das Auto, suchten Deckung, verteilten sich. Strohm und seine Mörderbande gaben ihnen Konter, die Kugeln flogen durch die Gegend. Es gab keinen Überblick mehr. Langs Leute mussten von Strohm wissen. Aber wussten die Rächer Paul Tremmos auch von Gustav Lang? Es spielte keine Rolle mehr. Sie waren hier. Alle. Jäger, die uns bis nach Neu-Qingdao nachgesetzt hatten, um uns auszulöschen. Und nun stritten sie um ihre Beute, wollten ihren Anspruch auf Rache geltend machen. Rache.

Und wir waren nicht nur zwischen die Fronten geraten, wir markierten die Front! Sie hätten sich zusammentun können, waren wir doch ihr gemeinsamer Feind. Doch es war ein Schlachtfeld. Ein Krieg ist das Scheitern von Verstehen. Doch war es nicht Glück? Dass wir in diesem Feuergefecht nicht auf einer Seite standen? Querschläger verirrten sich in unsere Richtung, sie waren wie Arme, die in einer Schlägerei nach uns griffen, uns in den Herd der Zerstörung ziehen wollten. Doch sie erreichten uns nicht. Der Lärm war ohrenbetäubend.

Wir machten einen Satz zwei Meter weiter die Straße runter und verschanzten uns hinter einem Mauervorsprung, der die Treppe zu einem Haus begrenzte. Maude und ich drückten uns an den kalten Stein und schauten uns hektisch um. Es war zu gefährlich, wir konnten die Straße nicht weiter runter, es wurde noch immer geschossen, in dieser Richtung waren wir ein zu leichtes Ziel. So verharrten wir hinter dem Vorsprung.

Das Auto, mit dem Strohm und seine Leute gekommen waren und hinter dem sie sich nun verbargen, hatte Feuer gefangen. Ich sah aus dem Augenwinkel auch irgendwen auf dem Boden liegen, auf Strohms Seite. Langs Trio hielt sich hinter zwei Autos verborgen, die auf unserer Seite am Straßenrand standen. Aus einem bleckten ebenfalls bereits die Flammen. Und auch da lag einer am Boden. Maude war ganz dicht neben mir, ich konnte ihre Wärme spüren. Sie gab mir die Waffe. Vorsichtig drückte ich mich hoch, lugte durch das Eisengeländer über die Steintreppen. Ich schoss abwechselnd auf die Strohm-Bande und auf Langs Leute, immer nur einmal, dann suchte ich wieder Deckung. Ich traf ohnehin niemanden. Meine Beine machten kaum noch mit. Ich hatte das Gefühl, der Rückschlag der FN zertrümmerte mir mit jedem Schuss die Hände. Auch meine Brust schmerzte.

Wir mussten hier weg, die Situation auf der Straße würde sich bald auflösen und dann würden uns diejenigen, die die Schießerei überlebten, nachsetzen. Einer würde überleben. Einer blieb immer übrig. Einer reichte. Und dann war da ja auch noch Lang, der nicht mitten im Gefecht steckte, aber den die Schüsse sicher anlockten.

Einer von Langs Leuten schrie, wir sollten uns nicht bewegen, und auch Strohm rief etwas herüber, gerade als ich mich wieder zu ihnen drehte. Doch es brach ab, mitten im Satz. Ich konnte nichts mehr hören. Ich sah nur Mündungsfeuer, erst unentwegt, dann immer weniger, mit größeren Abständen. *Oder war alles langsamer geworden?* Da war Qualm, die Waffen spuckten Feuer, Stein platzte von den Wänden ab, das Blech der Wagen klaffte auf in unzähligen, kleinen, schwarzen Löchern. Und Blut. Es spritzte. Aus Strohm und aus den Söldnern von Lang. Die meisten unserer Jäger lagen auf dem Boden, schossen von dort, oder sie waren an die Wand gelehnt, stützten sich irgendwo auf. Das Blut verließ ihre Körper wie das Blei die Kanonen. Es spritzte jetzt nicht mehr. Es floss. Auch aus mir lief es, mein Arm war getroffen, genau an der Stelle, die schon so lange verletzt war, die ich Tag für Tag aufs Neue verband. Ich sollte nicht heilen.

Mein Gehör kehrte so unvermittelt zurück, wie es mich verlassen hatte. Leiser und dumpfer als zuvor und begleitet von einem lauten Pfeifen. Eine Stimme, direkt neben mir. Maude blickte mich an, ihre Hand um meinen Arm geklammert. Wie lange war ihre Hand schon dort? Sie hatte mich schon die ganze Zeit angeschrien.

»Wir müssen hier weg.«

Wir konnten nicht mehr warten. Um den Steinvorsprung herum lag die schmale, dunkle Gasse, an deren Rand uns Langs Leute zuvor aus dem Licht gedrängt hatten. Es war unsere einzige Möglichkeit, die Straße runter konnten wir nicht und auch sonst gab es keinen Ausweg. *Jetzt!* Wir umrundeten die Treppe, hinter der wir Deckung gefunden hatten, und schon zischten die Kugeln wieder dichter an unseren Köpfen vorbei. Ich meinte, etwas am Oberschenkel zu spüren. Doch wir ließen uns nicht beirren, *ich* ließ mich nicht davon beirren. Wir krochen nach vorn in die Gasse, erst auf allen Vieren und dann schneller, gebückt, flohen ins Ungewisse. Doch jede Ungewissheit war besser als das Gefecht auf der Straße.

Maude lief vor, schon war sie in dem schwarzen Loch verschwunden. In die Gasse fiel kaum Licht ein. Ich machte, so schnell ich konnte, hinkte in die Dunkelheit. Sie brüllte etwas zu mir herüber, doch ich konnte sie nicht verstehen, die Schüsse krachten unentwegt und die dunkle Gasse wirkte als Schalltrichter, Echos überlagerten sich in der Häuserschlucht. Maude kam mir entgegen und da verstand ich, was sie rief. *Eine Tür!* Da war eine Tür. Wir waren in einer Sackgasse, *aber da war eine Tür.* Ich kam nur langsam voran, musste mich immer wieder an der Mauer festhalten, drückte mich am kalten Stein entlang. Mit meinem Arm malte ich einen roten Strich an die Wand.

Dann erreichte ich Maude, sie riss an der Klinke, die Tür ließ sich nicht öffnen. Maude hielt die FN mit beiden Händen, schrie mich an, zur Seite zu gehen, und dann schoss sie aus einem Meter Entfernung ein paar Mal auf das Schloss. Sie trat mit Schwung gegen das morsche Holz und die Tür sprang auf. Wir rannten hindurch, also Maude rannte, ich hinterher, stolpernd. Sie drehte sich um, schrie meinen Namen und dass ich kommen solle. Von der Straße hinter uns hörte man noch immer die Schüsse.

Es ging weiter. Wir liefen um ein paar Ecken, kamen nur langsam voran, versuchten, uns möglichst von der Schießerei wegzubewegen, ohne dabei die großen Straßen zu nehmen. Maude lief immer wieder zurück, stützte mich für ein paar Meter, rannte dann ein Stück zur nächsten Ecke, schaute, ob die Luft rein war. Sie hatte noch immer meine Pistole. Auf dem Weg durch die Hinterhöfe und Gassen hatten wir uns schnell verlaufen.

Nach ein paar Minuten fanden wir uns auf einer größeren Straße wieder. Im fahlen Mondlicht blieben wir stehen, um uns zu orientieren, um auszuspähen, ob nicht irgendwo ein Schlupfloch zu entdecken war. Da bemerkten wir eine Veränderung. Ein Nebel zog auf, schnell, schneller, als ich es kannte. Bald konnte ich kaum mehr die Fassaden der Häuser sehen. Es schien, als sei er hinter uns her gekrochen, langsam, am Boden. Nun, wo wir stehenblieben, holte er uns ein. Baute sich auf, uns einzuschließen. Wir drehten uns im Kreis, der Nebel war überall, er kam unaufhaltsam auf uns zu.

»Was ist das?«

Maude war ebenso fassungslos und verängstigt wie ich, nur dass ich kaum noch einen Satz über die Lippen brachte.

»Ich weiß es nicht.«

Meine Stimme war dünn und gebrochen, ich musste all meine

Kraft aufbringen, um zu sprechen, konnte nicht weiterlaufen. Es ging zu Ende mit mir. Die Vogelscheuche hatte mir übel zugesetzt. Und ich war getroffen, hatte vielleicht zwei, mindestens aber eine Kugel abbekommen. Ich schaute verzweifelt an mir herunter. Da war Blut und es tat mir überall weh. Ich konnte gar nicht mehr ausmachen, wo es mich genau erwischt hatte. Maude kam zu mir, hielt mein kaputtes Gesicht in den Händen, das Metall der Waffe in ihrer Hand kalt an meiner Wange. Es tat gut, meine Haut brannte, der Kopf dröhnte. Sie küsste mich, schaute mir in die Augen.

»Wir schaffen es!«

Hinter uns Gebrüll, plötzlich. Und ein Schuss. Ich spürte, wie die Kugel an uns vorbeiging. Über unsere Köpfe zischte, in irgendeine Hauswand einschlug. Wir drehten uns um, und er trat aus dem Nebel. Gustav Lang. Er war allein, von den anderen keine Spur, vielleicht waren sie tot, Schüsse waren nicht mehr zu hören. Nur einer. Und der stammte aus der Pistole, in deren Mündung wir blickten. Lang verließ den Nebel, mit dem er gekommen war, stand unverhüllt vor uns. Kaum erkannte ich ihn wieder. Aber er war es. Maude hatte sich nicht geirrt. Er sah schrecklich aus, sein Gesicht verfärbt, die Haut schuppig, wie ein Reptil, eine Echse. Speichel tropfte aus seinem Mund, und die Augen, sie waren ganz leer. Ich sah nur das Weiße in ihnen, von einem leicht gelblichen Schimmer war es durchzogen, und da war so ein Flackern. Er hatte sich verändert. Gustav Lang war in den Regen gegangen. Nun trat er ganz aus dem Nebel, den der Regen hervorgebracht hatte. Die Echse.

»Maude!« Er fällt auf die Knie. Er schreit nochmal ihren Namen, kaum ist er zu verstehen. Ein Gurgeln. »Komm zu mir!« Er hebt die Arme, in seinen Händen ist eine Waffe, er richtet sie auf uns. Ich starre ihn an. Es knallt. Wieder ist alles ganz verlangsamt. Lang kippt nach hinten, ich meine auch Blut zu sehen. Blut, das spritzt, sprüht, mit Hochdruck seinen Körper verlässt, sich mit der Feuchtigkeit des Nebels vereint, die weißen Schwaden für einen Schlag des Augenlides rötlich verfärbt. Dann kommt er auf, am Boden, ist aus meinem Sichtfeld, schon vom Nebel bedeckt. Und die Schwaden kriechen schneller, als ob sie ihn nun holen wollen. Ein Mensch. Ein Knall. Dann ein Tod im Nebel. Ich drehe mich zu Maude, sie hält die Pistole in der Hand. Sie zittert kein Stück, sicher hält sie die Waffe, aus der Mündung steigt ein bisschen Qualm hinauf, nur ein dünner Faden. Er vermischt sich mit dem Nebel, geht in ihm auf.

Sie hatte ihn erschossen.

Ich humpelte zu Lang hinüber. Der Körper, der da am Boden lag, war kaum noch menschlich. Er hatte sich verändert, hatte eine Mutation erlebt, die Haut war schuppig und grün. Es fehlte ihm ein Stück Gesicht, da, wo Maude ihn getroffen hatte, dickes Blut quoll langsam hervor. Lang atmete nicht mehr. Er war tot. Es war vorbei. Maude kam nicht herüber, sie hielt noch immer die Pistole, gab keinen Laut von sich. Ohnehin, es war still geworden. Ich wollte mich hinsetzen. Mich danebenlegen.

Dann hörten wir aus der Ferne Sirenen, viele Sirenen, sie überlagerten sich, manche schnell, manche langsam. Der Nebel wurde dichter, Lang war jetzt ganz darin verschwunden. Wir ließen ihn zurück. Ich stolperte zu Maude, konnte sie kaum noch sehen. Sie lief mir ein Stück entgegen. Einmal mehr mussten wir fliehen. Maude stützte mich wieder, sprach nicht, war ohne Ausdruck. Lang war gestorben. Mit allen Mitteln hatte er uns nachgesetzt, wollte uns tot sehen ab dem Moment, als ihm klargeworden war, dass er Maude nicht würde zurückgewinnen können. Hatte uns seinen Mob hinterhergeschickt. Seine Mörder, sein Gesindel. Und wir waren ihnen entgangen. Hatten getötet und verletzt. Nun, am Ende, schloss sich dieser Kreis. *Wir hätten ihn nicht umrunden müssen.*

All das Leid kam mir auf einmal so sinnlos und unnötig vor, all die Toten der letzten Tage. Alles löste sich im Nebel auf, doch ich wusste, dass es bleiben würde. So war es. Maude hatte ihm eine Antwort gegeben. Ich schaute sie an. Die Tränen auf ihrer Haut waren getrocknet. Sie sagte nichts, blickte in eine Welt, in der ich nicht war, zu der ich keinen Zugang fand und in der ich auch nichts verloren hatte.

Weiter suchten wir unseren Weg, vorsichtig. Noch immer waren wir von einem Nebel eingehüllt, er war jetzt überall. Wir stolperten durch das weiße Nichts. Schließlich fanden wir nach ein paar Minuten zu dem Hochhaus zurück, in dem die Chens wohnten.

»Wir gehen auf das Dach. Wenn sie uns suchen. Die Polizei. Wenn sie die Gegend durchsuchen. Wir dürfen nicht. Dürfen nicht bei den Chens sein. Wir müssen uns verstecken. Nur noch kurz. Morgen. Morgen wird alles gut sein.«

»Ja, Weynberg.«

Wir betraten die Eingangshalle und Maude rief den Aufzug, ich sagte, ich könne nicht damit fahren, aber ich war zu schwach, mich zur Wehr zu setzen. Maude schleppte mich in die enge Kabine. Als die Tür sich schloss und sich der Fahrstuhl in Bewegung setzte, knickten meine Knie ein. Ich schlug mit dem Hinterkopf gegen die Wand, rutschte daran herunter, und Maude konnte mich nicht mehr halten. Da war auch Blut an der Kabinenwand, wieder Blut in einem Aufzug. Diesmal war es mein Blut, es kam aus meinem Körper.

»Weynberg, bleib hier. Bleib bei mir. Bitte. Was ist mit dir?«

Ich konnte nicht mehr sprechen, aber ich glaube, ich sagte Hedys Namen. Ich weiß nicht, ob Maude ihn verstand.

Ich stürzte in mich zusammen, bekam einen Weinkrampf, alles

verschwamm vor meinen Augen, und Maude hielt mich fest, hielt mich in ihren Armen. Ich griff nach der Ledertasche vor meiner Brust. Sie war noch da.

Der Aufzug kam oben an, im höchsten Stockwerk, die Tür glitt auf und ich krabbelte aus der Kabine, als wollte ich ihr entkommen. Maude half mir hoch, ich stützte mich ab, auf ihr, auf dem Geländer, alles voller Blut. Wir nahmen die letzten Stufen bis nach oben durch das Treppenhaus. Maude öffnete die Tür und wir schleppten uns über das Dach, sie ließ mich an einem der Schornsteine herab, der sich ein paar Meter von der Dachkante entfernt in den Himmel reckte.

Ich lehnte mich an, versuchte, meine Atmung unter Kontrolle zu kriegen, die immer noch viel zu schnell ging, wischte mir die Tränen aus den Augen, versuchte, mich zu fangen. Mein Arm schmerzte. Wieder der Arm. Maude setzte sich neben mich und wir blickten für eine Zeit in die Nacht. Schauten in die Ferne. Dorthin, wo das Zentrum der Stadt lag. Es leuchtete.

In einiger Entfernung hörten wir die Sirenen, sie suchten nach uns, suchten die Flüchtigen der Schießerei. Vielleicht hatten sie auch Langs Leiche gefunden. *Wir würden uns noch lange verstecken müssen.* Ich hustete. Nochmal. Es wurde schlimmer. Ich schmeckte Blut in meinem Mund. Mein Körper zog sich zusammen. Maude hielt mich fest. Sie sagte, dass sie eine Decke holen wolle, und Wasser, Verbandszeug. Dass sie den Chens Bescheid geben müsse. Sie versprach, wieder zu mir zu kommen. Mein Körper zitterte. Ich sagte nichts mehr. Maude verließ das Dach. Ich schaute zum Himmel. Da stand der Mond, er war ganz rund und voll und weiß. Und still.

21

Meine Haut, meine Haut. Die Haut, ich brauche kühle Luft. Ich will hier raus, ich muss aus dieser Haut raus, es brennt. Dunkelheit, ich will in der Dunkelheit verweilen, die Luft, dunkle Luft, kalte Luft. Mein Kopf, es tut weh, mein Kopf schmerzt. Es brennt. Ich muss in den Nebel, muss ins kühle Nass. Wo sind sie? Wo sind sie? Ich werde sie umbringen, beide. Sie wird nicht mehr bei mir sein und ich nicht mehr bei ihr. Warum kann sie nicht bei mir sein? Ich will sie haben, sie soll mir gehören. Meine Haut. Ich will mich kratzen. Ich darf mich nicht kratzen. Ich will, dass es vorbei ist. Mein Kopf. Mein Kopf. Mein Körper löst sich auf. Ich werde den Sumpf hinter mir lassen, werde durch das Wasser kommen und wenn sie nicht mehr mit mir rechnen, dann werde ich sie erwischen.

Neu-Qingdao. Wo sind die Anderen?

– Krrrrrrrrr –

FINDET SIE, VERDAMMT. SONST MACH ICH EUCH KALT.

– Krrrrrrrrrrrrrrrr –

Ich kann nicht mehr zurück. Kann nicht mehr zurück. Ich halte nicht mehr lange durch. Maude. Ich mach sie fertig, alle beide. Abhauen, abhauen, sie sind abgehauen. Das geht nicht, geht so nicht. Ich kann nicht mehr. Meine Haut brennt. Was ist das – was ist das für ein Boden, hier auf der Straße? Es ist so weich. Was ist das nur für eine Straße? Der Regen. Meine Haut. Der Regen brennt. Aber ihr entkommt mir nicht, ihr entkommt mir nicht, jetzt nicht mehr, ich werde es zu Ende bringen. Bald geht mir die Haut auf, und dann werdet ihr schon nicht mehr sein.

Und dieses ganze Pack. Jetzt ist es soweit, jetzt hole ich euch, jetzt seid ihr am Ende. Ich werde euch kalt machen.

Was? War da jemand? Da war doch wer. Ich kann es riechen. Ich kann euch riechen. Nein. Dunkel. Da ist niemand. Sie verstecken sich, aber ich werde sie finden. Hört ihr? Ich werde euch finden! Und dann könnt ihr nicht mehr weglaufen, dann ist es vorbei, Maude, dann gehörst du mir. Und dem verdammten Detektiv werde ich es zeigen. Ich mache dich kalt. Du Sau, du dumme Sau!

– Krrrrrr –

Was? Wo? Ja. Ja, ich komme, wartet. Haltet sie fest.

– Krrrrrrrrrrrr –

Jetzt ist es soweit. Jetzt haben wir euch. Jetzt also. Ich werde sie sehen. Ich werde sie wiedersehen. Und sie wird mich sehen. Nein. Verdammt. Verdammt. Sie darf mich so nicht sehen. Ich werde. Verdammt. Ich muss. Sonst. Ich muss da jetzt hin. Es ist das letzte Mal. Oder ich nehme sie mit. Bis ich wieder. Bis das wieder normal ist. Meine Haut. Ich werde sie mitnehmen oder ich mache sie kalt. Ich fühle mich so seltsam. Es brennt. Alles brennt.

Ich muss. Ich brauche die Waffe. Brauche die Waffe jetzt. Ich mache sie kalt, alle. Meine Hände. Was ist das für eine Farbe? Meine Hände haben sich verändert. Die Haut brennt. Kann kaum die Pistole halten. Was ist nur los. Da. Da! Ja, dort. Dort vorne muss es sein, sie können ja nicht weit sein. Moment. Moment. Nicht. Nein. Was ist das? Die fangen. Schüsse. Das sind Schüsse. Da wird geschossen. Wer schießt da? Nein. NEIN! Wartet. Ich will sie. Ich will.

– Krrrr –

Ja? Was? Das kann nicht sein! Macht sie kalt. Macht die Schweine kalt. Und passt auf, dass sie euch nicht. Was? NEIN! Ihr seid tot.

– Krrrrrr –

Wo sind sie? Hier entlang, verdammt, hier entlang. Das kann nicht sein, kann doch nicht sein. Verdammt. Wer ist das? Ich. Verdammt.

Wo ist sie? Was. Sie sind weg. Nein. Ich muss sie suchen. Suchen. Sie sind irgendwo hier. Ich kann sie spüren. Maude. Ich kann dich spüren. Ich hole dich, ich komme dich holen. Ich mache euch kalt. Da ist Nebel. Was ist das für ein Nebel? Ich kann nichts mehr sehen.

Da sind doch Schritte. Das sind Schritte. Ich muss. Warte. Ich muss zur Seite. Da sind doch Leute. Verdammt. Wer ist das? Das sind sie. Ja! Das sind sie. Maude, das ist Maude, und der Detektiv. Weynberg. Nebel. Ich. Maude. Jetzt ist es soweit. Jetzt hole ich euch, jetzt mache ich euch tot. Da ist Nebel. Maude. Meine Haut verbrennt. Das geht so nicht mit mir, nicht jetzt, das macht keiner mit mir. Jetzt seid ihr tot. Der Regen.

Maude. Komm zu mir!

Sieht sie mich? Hier ist Nebel. Wo kommt all der Nebel her? Es ist kalt. Der Nebel ist kalt. Es wird immer mehr. Weynberg. Hier. Du sollst sterben.

Sie hat eine Waffe. Nein. Maude. Dann jetzt. Meine Haut. Nebel. Dann sof

Ich war einmal so ein starker Junge. Ich war einst ein sehr hübsches Kind. War einmal ein stolzer Mann. War vermögend, hatte Freunde, alles. Wenn ich über die Straße ging, wurde ich gegrüßt. Ich hatte saubere Kleidung. Ich wurde beachtet. Als Kinder mussten wir nie hungern. Nachdem ich mir die Knie aufgeschlagen habe, hat der Arzt mich direkt und ohne zu zögern verbunden. Wir sind manchmal auf eine kleine Insel gefahren. Als ich noch schön war, wurde ich oft fotografiert. Mit der Firma lief es richtig gut. Mein erstes eigenes Auto. Der Sex war gut. Ich hatte Geld ohne Ende, damals.

Waren wir verliebt.

Der Nebel. Verdammt. Was ist das für ein Nebel, der so kalt ist? So kalt war es noch nie. Mein Gesicht. Das brennt, was ist das. Sie hat mich erwischt. Blut. Maude, du kannst doch nicht auf mich schießen. Das ist. Verdammt. Der Nebel wird immer mehr. Das tut so weh. Verdammt. Sie hat mich getroffen, mein Gesicht. Blut. Ich blute. Mein Kopf tut so weh. Es brennt. Alles brennt. Der Nebel. Mein Gesicht. Der Kopf explodiert. Ich. Der Regen. Mir ist so. Es brennt. Nebel.

Sie laufen weg. Nein, verdammt, sie laufen weg. Es brennt. Ich hatte sie doch schon, das geht nicht. Ich blute, mein Gesicht blutet. Ich kann nicht mehr sehen, nicht mehr richtig sehen, was ist mit meinem Auge. Verdammt, was ist mit meinem Auge? Warum ist alles so rot?

Ich muss ihnen hinterher. Ich darf sie nicht verlieren. Nicht verlieren. Da sind sie. Langsam. Ich muss warten. Ich muss sie überraschen. Sie müssen. Moment. Hier war ich doch schon. Darf sie nicht aus den Augen verlieren. Augen. Mein Auge. Ich sehe nicht. Ich kann nichts sehen. Wo sind sie? Der Nebel. Ja, ich war schon hier, vorhin. Das war sie. Ja, das war doch sie. Ich habe sie doch gespürt, ich konnte sie spüren. Es brennt so sehr. Da ist das Haus. Sind sie. Nebel. Es brennt. Mein Kopf schmerzt so sehr. Was machen sie jetzt? Ja, das Haus. Sie gehen rein. Sie gehen rein. Vorsichtig. Der Aufzug.

Ich kann sie sehen. Da sind sie. Ich. Soll ich warten. Ich muss da rein. Was ist jetzt mit ihm. Ist er getroffen. Ich kann nicht. Warum hat sie überhaupt die Waffe. Nebel. Der kippt um, der macht schlapp. Ich hab ihn doch nicht. Was ist los mit dem. Versager. Haben sie ihn erwischt? Nein. Das hätten sie doch. Die fahren hoch. Es brennt so sehr. Verdammt, die fahren hoch. Wo fahren die hin? Ich geh rein, ich gehe jetzt rein. Mein Kopf explodiert. Ich muss auch hoch. Die fahren nach oben, ganz nach oben. Da. 23. Stock. Die wollen sich verstecken. Die fahren auf das Dach. Jetzt komme ich euch holen.

Gustav Lang

22

»Ich seh' dich wie durch Nebel
Ich seh' dich wie im Traum
Wir tauchen durch das Wasser
Und über uns der Schaum«
Weynberg

Ich musste kurz die Besinnung verloren haben, denn als ich die Augen öffnete, stand Maude vor mir, ein paar Meter weiter, am Rande des Daches, mit dem Rücken mir zugewandt. Sie musste schon länger wieder hier sein, denn sie hatte mir eine dunkle, braune Wolldecke um die Schultern geworfen, mich behutsam darin eingehüllt. Ich bemerkte auch, dass der Ärmel meines Hemdes aufgeschnitten war, und dort, wo ich mich schon vor Wochen verletzt hatte und seitdem einen Verband trug, hatte sie mich wieder verbunden, großflächiger und dicker. Sie musste geübt darin sein, ich hatte nichts davon bemerkt. Maude. Ohne sie wäre ich tot. In der Telefonzelle verreckt oder von Lang niedergeschossen. Oder auf dem Friedhof, wo ich das Bewusstsein verloren hatte. Sie hatte mir in den letzten Tagen gleich ein paar Mal das Leben gerettet. Das gerettet, was von meinem Leben noch übrig war. Unsere Erlebnisse hatten mir zugesetzt. Wie die zwei Jahre davor. Viel war nicht mehr übrig von dem Joseph Weynberg, den es mal gegeben hatte. Auch wenn der letzte Schuss Portobin lange her war, fühlte ich mich benommen. Ich schob das auf das Blut, das ich verloren hatte, die Verletzungen und meine Erschöpfung. Ich wollte endlich schlafen und erst einmal nicht mehr wach werden.

Am Grunde der Häuserschluchten schien die Polizei in heller Aufregung, sie jagten durch die Stadt, noch immer drangen die Sirenen ihrer Autos nach oben. Da lagen ja auch sechs oder sieben Leichen auf den Gehwegen, und ein paar Straßen weiter Gustav Lang mit der Haut eines Krokodils und bloß noch einem halben Gesicht. Sie suchten nach Flüchtigen, nach Beteiligten, nach Zeugen, Opfern, Tätern. Wir waren all das.

Doch hier würden sie uns nicht finden. Hier konnten wir uns verstecken. Selbst wenn sie in alle Häuser gingen, waren da noch immer die Chens, die leugnen würden, etwas gehört zu haben. Sie würden die Polizei vom Dach ablenken. Ich beruhigte mich und mein Atem ging jetzt regelmäßiger. Ich würde mit Maude hier oben warten, bis die Polizei abgezogen war, und dann würden wir zu den Chens gehen, meine Wunden ordentlich verarzten und untertauchen. Vielleicht hatten wir hier in Neu-Qingdao wirklich eine Zukunft.

Ich schaute Maude an. Sie sah toll aus. Mit der Waffe hinten im Gürtel, dem engen Hosenanzug und den Stiefeln, die Haare strähnig. Ich wollte ihr Gesicht sehen, das trotz der leichten Augenringe und der spröden Lippen so viel Leben in sich zeigen konnte. Ich hatte es gesehen. Bei all dem Verderben hatte ich Maude leben gesehen. Ich wollte sie so gerne küssen. Wie sie da im Mondlicht stand, auf einem Dach in Neu-Qingdao, in dieser anderen Welt, die wir gefunden hatten. Ich bewunderte Maude, egal, wie sie in den letzten Wochen mein Leben durcheinandergebracht hatte. Irgendetwas trieb sie an, trieb auch sie in die Tiefe. Wie sie lebte, das war auch ein Sterben. Aber da war gleichzeitig Lust. In ihr steckte so viel Leben und Tod. Ich wusste noch immer nicht, wer Maude Anandin eigentlich war. Vielleicht war es eben das. Dass ich sie nicht verstehen konnte. Das und dass sie aussah wie Hedy. Es war kaum zu begreifen. Ich hoffte, sie noch verstehen zu lernen, doch das würde Zeit brauchen. Zeit. Ich stöhnte, konnte vor Schmerzen kaum eine Bewegung machen. Aber wenigstens hatten wir es bis hierhin geschafft, hatten überlebt. Auf einem Dach in Neu-Qingdao, wo sich unter uns die Leichen stapelten.

In meinem Kopf quoll ein Rauschen an, während ich Maude so anschaute. Ich kannte sie erst ein paar Wochen. Nur ein paar Wochen. Was wir alles erlebt hatten. In den Pestfeldern und dann in Hedys alter Wohnung, und später, außerhalb der Stadt, im Osten. Bilder der Oase tauchten vor mir auf, immer wieder die leeren Autobahnen, und all die verlassenen Dörfer und Städte, die Pyramide, der Dschungel und schließlich Neu-Qingdao. Dazwischen die Toten. Nur wir hatten überlebt, Lang war tot, Strohm, unsere Verfolger. Die Polizei wusste meinen Namen nicht. Und Maudes Namen wussten sie auch nicht. Wir würden davonkommen. Wir brauchten nur noch ein wenig Geduld.

Ich versuchte, mich etwas aufzurichten. Die Decke rutschte dabei zur Seite und ich blickte an mir herunter. Mein Herz blieb stehen. Die Ledertasche vor meiner Brust war geöffnet. Die graue Blechdose war noch da, auch Hedys schwarzer Ring, der die Fotos zusammengehalten hatte. Die Bilder waren verschwunden. Der Herzschlag setzte wieder ein, viel zu schnell. Ich schaute zu Maude herüber, wollte etwas sagen, aber kein Laut entwich meinem Mund. Maude musste es gespürt haben, genau in diesem Moment drehte sie sich um. Sie hatte Tränen in den Augen und in ihren Händen hielt sie die drei Fotos. Kurz fror die Zeit zwischen uns ein. Dann, mit langsamen Schritten, kam sie zu mir herüber. Kniete sich vor mich hin. Sie legte ihre Hand auf mein Gesicht.

»Wer war sie?«

»Ich habe sie geliebt.«

Sie flüsterte und ihre Stimme zitterte.

»Weynberg. Sie sieht aus wie ich.«

Ich hätte es ihr sagen sollen, gleich zu Anfang.

»Es tut mir so leid.«

»Weynberg.«

»Bitte. Maude. Bitte. Setz dich zu mir. Lang hat mich beauftragt, dich zu beschatten. Er ... er hat mir Fotos gezeigt, Fotos von dir. Ich konnte nicht anders. Ich musste dich sehen. Musste dich anschauen. Ich konnte es nicht glauben. Und dann Tremmo, alles ging so schnell.«

Maude hatte aus der Wohnung eine Sektflasche mitgebracht, die Chens hatten große Vorräte. Sie ließ sich neben mir nieder, lehnte sich an den Schornstein und öffnete die Flasche. Der Korken verschwand trudelnd in der Nacht und der Sekt schäumte aus dem Flaschenhals. Sie nahm einen tiefen Schluck und gab mir dann die Flasche.

»Wer war sie?«

»Was?«

»Hedy. Joseph, du hast in jedem deiner Träume von ihr gesprochen.«

»Sie war meine Frau. Sie ist gestorben.«

»Was ist passiert?«

»Sie wurde ermordet.«

Ich sprach nicht mehr weiter. Ich konnte nicht mehr sprechen.

»Wann ist das passiert?«

Ich konnte nicht mehr sprechen.

»Wann ist das passiert?«

Vor zwei Jahren.

Wir tranken weiter und für eine Weile sprachen wir überhaupt nicht. Sie schaute auf die Bilder. Hedy, wie sie in die Kamera lächelte. Drei Fotografien. Dann sagte sie mir etwas, das mich überraschte. Sie sagte, dass sie es gewusst habe. Nicht von der Ähnlichkeit. Doch dass ich jemanden verloren hatte. Und dass es alles deshalb war. Wie ich war. Dass ich die Leute erschossen hatte. Sie sagte, ich habe getrauert und dass ich jemanden hatte retten wollen. Und dass aber jeder Mensch selber entscheiden müsse, ob er gerettet werden will. Das verstand ich nicht, nicht in dem Moment. Sie sagte, dass es vorbei sei und dass ich jetzt damit aufhören dürfe. Dass ich ein Leben gerettet hatte für eines, das ich nicht hatte retten können. Und sie nahm noch einen tiefen Schluck von dem Sekt. Dann sagte sie, dass das Gedicht das Schönste sei, was jemand in ihrem Leben je zu ihr gesagt habe. Geschrieben habe. Auf einen Zettel geschrieben habe. Und ob ich es ihr sagen könne, das Gedicht. Ich drehte mich zu ihr. Ihr Gesicht glänzte vor Tränen. Ich sagte ihr die paar Worte und sie fasste mich am Hinterkopf, zog mich zu sich, küsste mich. Es fühlte sich ganz anders an, als die Male davor. Es sollte nicht aufhören. Doch unser Kuss war nicht ewig und ich schaute sie an, wir schauten uns an. Eine Minute oder zwei Minuten. Ich weiß es nicht mehr. Sie fragte mich, ob da in der Dose Hedys Asche sei, und ich sagte ihr ja, das sei Hedys Asche. Sie sagte, ich solle sie gehen lassen, und sie meinte Hedy, und ich ließ sie gehen und ich ließ alle gehen. Dann sagte mir Maude, dass auch sie tot sei und dass das schon immer so gewesen sei und dass sie schon lange darauf gewartet habe, dass es geschah, dass ich ihre Zeit nur ein wenig verlängert hätte und dass sie mir dafür dankbar sei, und ich sagte ihr, dass das falsch sei. Dumm sei. Und sie schaute mich an und plötzlich lächelte sie, sie lächelte mich an. Sie bedankte sich und gab mir noch einen Kuss, mehrere Küsse. Auf den Mund, auf die Stirn, auf die Wangen, den Hals. Und ihre Wärme durchfuhr mich und ich wollte sie lieben und ich hoffte, sie lieben zu können.

»Aber du willst doch leben«, sagte ich zu ihr, »sonst wärst du doch nicht mit mir geflohen.«

»Weynberg, es ist vorbei.«

»Wir können doch hierbleiben.«

Ich hörte mich an wie ein kleiner Junge.

»Ja, wir können hierbleiben.«

»Und dann wird alles besser.«

Völlig in mich zusammengesunken.

»Dann wird vielleicht alles besser.«

»Ich kann dir doch helfen.«

Wie ein kleiner, dummer Junge.

»Ja, vielleicht. Du bist ein guter Mensch.«

»Ich bin ein Mörder.«

»Das ist jetzt vorbei.«

Ich schaute Maude an. Ich wollte ihr alles erzählen, von Hedys Tod und meinem Leben davor. Wollte ihr sagen, wie sehr ich sie mochte. Bis hierhin waren wir gekommen und jetzt war alles vorbei. Nun würden wir neu beginnen können.

Da flog die Tür vom Treppenhaus auf. Das Holz schlug gegen das Mauerwerk des Aufgangs. In der Tür stand Gustav Lang. Er war nicht tot. Sein Gesicht war voller Blut. Ich konnte nur ein Auge erkennen. Er atmete schwer, röchelte. Die Waffe auf mich gerichtet. Ich hörte Maudes Herz schlagen, ihren Atem aber nicht. *Wie konnte das sein?* Einem Reptil gleich schlich Gustav Lang in einem weiten Halbkreis langsam um uns herum, bis der Mond in seinem Rücken stand und seinen Schatten weit über das Dach warf. Bis zu unseren Fußspitzen. Hinter ihm der Himmel über der Stadt. Er war jetzt genau dort, wo kurz zuvor noch Maude gestanden hatte, nur ein paar Meter vor uns.

»Du stehst jetzt auf und kommst zu mir.«

Seine Stimme war kaum zu verstehen, ein tiefes Gurgeln. So stand er am Rand des Daches.

»Bitte.«

Ich flehte ihn an, hob die Hand und hielt ihm ihre Innenflächen entgegen, so als wolle ich ihn aus unserem Blickfeld löschen, als könne ich ihn daraus streichen.

Ich wollte hier oben mit Maude alleine sein. Ich wollte warten, bis die Sonne aufging, wollte warten, bis die Polizei weg war, mich hier mit Maude verstecken. Dann wollte ich runtergehen, zu den Chens und zu Eindruck, wollte mit Maude ein Bad nehmen, meine Wunden säubern und verarzten. Und schlafen wollte ich. Mit Maude in meinem Arm. Ich wollte, dass er nicht dastand, dass er weg war, ich wollte, dass Maude ihn auf der Straße erschossen hatte.

»Komm zu mir!«

Er zuckte beim Sprechen zusammen, als würde er vor sich selbst erschrecken. Seine Stimme ging von einem Gurgeln ins Grollen über, er schüttelte sich. Maude, die noch immer ihren Arm um mich geschlungen hatte, drehte langsam ihren Kopf zu mir. Sie küsste mich auf die Wange und flüsterte mir etwas ins Ohr. Sie drückte mir die Fotos in die Hand. Ich versuchte sie festzuhalten, wollte sie daran hindern, zu ihm zu gehen. Ließ die Bilder zu Boden fallen. Doch Maude stand auf, drehte sich langsam von mir weg. Ich griff nach der Pistole, die noch immer hinten in ihrem Gürtel steckte, bekam sie zu fassen, zog sie heraus und verbarg sie unter der Decke. Maude ging nun zu Lang herüber, tat langsam einen Schritt nach dem anderen, entfernte sich von mir und es wurde immer kälter. Sie stand neben ihm. Drehte sich zu mir. Er legte seinen Arm um ihre Hüfte, schaute kurz nicht zu mir. Schaute sie an. Mit seiner halben Fratze. Ich hob die Pistole, zielte auf ihn, drückte ab. Es klickte. Da war keine Patrone mehr im Magazin, kein letzter Schuss. Ich hätte so dringend einen Schuss gebraucht, einen verdammten letzten Schuss. Gustav Lang schaute mich an, die Waffe auf mich gerichtet. In seinem Gesicht, in dem, was davon übrig war, lag nur Abscheu. Er spannte den Lauf. Lachte.

Ich schaute zu Maude. Etwas blitzte in ihr auf. Ich sah etwas in ihr, das ich noch nicht kannte. Es lag in ihren Augen und als sich unsere Blicke berührten, gab sie es mir. Da war Wärme. Hitze. Licht. Dann kippte sie wie in Zeitlupe aus meinem Blickfeld, riss Lang mit sich, genau in dem Moment, in dem er seinen letzten Schuss abgab. Ich sah das Mündungsfeuer, länger als einen Augenblick. Alles war langsamer als sonst. Ich zuckte zusammen, die Kugel trieb in die Wand neben mir, blieb dort stecken, Steinsplitter trafen mich. Maude kippte nach hinten, kippte mit Lang nach hinten, ganz langsam. Ich sah ihren Mund, sah ein flüchtiges Lächeln. Sah noch einmal ihre Augen. Ich wollte schreien, doch es war zu spät. Maude hatte sich über die Kante des Daches fallen lassen und sie hatte Gustav Lang mit sich gerissen. Ich sah sie zum letzten Mal lebend. Sie verschwanden. Dann waren da nur noch der Mond und der Himmel und die Dächer von Neu-Qingdao.

Ich atmete schwer. Blieb so sitzen. Griff nach der grünen Flasche und nahm einen Schluck von dem Sekt, ließ sie fallen, die Flasche rollte über das Dach und der Rest der Flüssigkeit schäumte aus der Öffnung, lief auf den Boden. Überall Schaum. Maude war tot. Sie hatte mich gerettet.

Mit einem Mal, ich weiß nicht, nach welcher Zeit, war mir plötzlich, als säße Hedy neben mir. Ich zitterte, drehte langsam meinen Kopf zu ihr und schaute sie an. Ich wusste, dass sie nicht wirklich dort sein konnte. Doch sie blickte mich an.

Joseph, manche Menschen haben schon entschieden, dass sie nicht mehr leben wollen. Und du kannst weglaufen. Aber ändern kannst du es nicht. Und ändern musst du es auch nicht. Und manche Menschen kannst du auch nicht retten. Aber du, du sollst leben.

Ich kann nicht. Ihre Stimme.

Lebe für die, die nicht mehr da sind, und sie werden bei dir sein.

Ich werde immer bei dir sein.

Ich.

Dann war sie wieder verschwunden. Ihre Erscheinung hatte nur

Save the Date
9/10/11 August 2019

einen Augenblick gedauert. Doch sie war da gewesen, hatte zu mir gesprochen.

Ich saß noch einen Moment an den Schornstein gelehnt. Von unten hörte ich Schreie. Dann Sirenen, und kurz darauf sah ich blaues und rotes Licht.

Ich erhob mich mühsam und streifte Hedys schwarzen Ring über meinen Finger. Warf mir die Decke um, streifte sie mir als Umhang über, nahm die Tasche. Ging langsam zum Rand des Daches. Ich schaute über die Dächer der Stadt, sah das elektrische Leuchten von Neu-Qingdao. Ich machte einen Schritt nach vorne, stand nun ganz an der Kante. In den Häuserschluchten lag noch immer der Nebel, gespenstisch durchzog das blau und rot kreisende Licht der Polizeiautos das dichte Weiß. Doch von hier oben konnte ich ihre Körper sehen. Da unten lagen zwei Menschen. Maude Anandin und Gustav Lang. In einem Halbkreis darum Polizeiautos, deren Scheinwerfer sich kreuzten.

Ich griff vorsichtig in die Tasche und holte die graue Dose hervor. Meine Hände zitterten. Langsam öffnete ich den Verschluss. Hielt die Dose über die Dachkante. Ich schluckte. Drehte sie langsam um. Bekam keine Luft mehr. Der Staub rieselte aus dem Gefäß. Es war vorbei. Hedys Asche verschwand mit einem Windstoß in der Dunkelheit und mit ihrem Verschwinden legte sich mit einem Mal der Nebel. Ich kippte hintenüber und schlug mit dem Kopf auf dem Boden auf.

Dann fliegt die Tür auf und aus dem Augenwinkel sehe ich, wie Luisa und Eindruck auf mich zugerannt kommen, Lee und Mai direkt hinter ihnen.